倪匡奇情作品集
木蘭花傳奇
16
闇夜
倪匡
著

目錄

暗歷

人形飛彈

【總序】

木蘭花VS.衛斯理——倪匡奇幻系列的兩大巔峰

秦懷玉

對所有的倪匡小說迷來說，《衛斯理傳奇》無疑是他最成功、也最膾炙人口的作品了，然而，卻鮮有讀者知道，早在《衛斯理傳奇》之前，倪匡就已經創造了一個以女性為主角的系列奇情故事，甫出版即造成大轟動，《木蘭花傳奇》遂成為倪匡眾多著作中最具特色與最受讀者喜愛的兩大系列之一；只因衛斯理的魅力太過強大，使得《木蘭花傳奇》的光芒被掩蓋，長此以往被讀者忽視的情形下，漸漸成了遺珠。

有鑑於此，時值倪匡仙逝週年之際，本社特別重新揭刊此一系列，希望藉由新的編排與介紹，使喜愛倪匡的讀者也能好好認識她。

《木蘭花傳奇》是倪匡以筆名「魏力」所寫的動作小說系列。原載於香港新報及《武俠世界》雜誌，內容主要是以黑女俠木蘭花、堂妹穆秀珍及花花公子高翔三人所組成的「東方三俠」為主體，專門對抗惡人及神秘組織，他們先後打敗了號稱「世界上最危險的犯罪集團」的黑龍黨、超人集團、紅衫俱樂部、赤魔團、暗殺黨、黑手黨、血影掌，及暹羅鬥魚貝泰主持的犯罪組織等等，更曾和各國特務周旋、鬥法。

如果說衛斯理是世界上遇過最多奇事的人，那麼打擊犯罪集團次數最高的，即非東方三俠莫屬了。書中主角木蘭花是個兼具美貌與頭腦的現代奇女子，在柔道和空手道上有著極高的造詣，正義感十足，她的生活多采多姿，充滿了各類型的挑戰；她的最佳搭檔：堂妹穆秀珍，則是潛泳高手，亦好打抱不平，兩人一搭一唱，配合無間，一同冒險犯難；再加上英俊瀟灑，堪稱是神隊友的高翔，三人出生入死，破獲無數連各國警界都頭痛不已的大案。

若是以衛斯理打敗黑手黨及胡克黨就得到國際刑警的特殊證明文件的標準來看，木蘭花在國際刑警的地位，其實應該更高。

相較於《衛斯理傳奇》，《木蘭花傳奇》是入世的，在滾滾紅塵中演出令人目眩神搖的傳奇事蹟。衛斯理的日常儼然是跟外星人打交道，遊走於地球和外太空之間，事蹟總是跟外星人脫不了干係；木蘭花則是繞著全世界的黑幫罪犯跑，哪裡有犯罪者，哪裡就有她的身影！可說是地球上所有犯罪者的剋星！

而《木蘭花傳奇》中所啟用的各種道具，例如死光錶、隱形人等等，一如倪匡慣有的風格，皆是最先進的高科技產物，令讀者看得目不暇給，更不得不佩服倪匡驚人的想像力。

尤其，木蘭花等人的足跡遍及天下，包括南美利馬高原、喜馬拉雅山冰川、北極、海底古城、獵頭族居住的原始森林、神秘的達華拉宮及偏遠隱密的蠻荒地區等，讀者彷彿也隨著木蘭花去各處探險一般，緊張又刺激。

《衛斯理傳奇》與《木蘭花傳奇》兩系列由於歷年來深受讀者喜愛，書中主要角色逐漸由個人發展為「家族」型態，分枝關係的人物圖越顯豐富，好比《衛斯理傳奇》中的白素、溫寶裕、白老大、胡說等人，或是《木蘭花傳奇》中的「天使俠女」安妮和雲四風、雲五風等。倪匡曾經說過他塑造的十個最喜歡的小說人物，有三個在木蘭花系列中。白素和木蘭花更成為倪匡筆下最經典傳奇的兩位女主角。

在當年放眼皆是以男性為主流的奇情冒險故事中，倪匡的《木蘭花傳奇》可謂是開創了另一番令人耳目一新的寫作風貌，打破過去女性只能擔任花瓶角色的傳統窠臼，以及美女永遠是「波大無腦」的刻板印象，完美塑造了一個女版〇〇七的形象。猶如時下好萊塢電影「神力女超人」、「黑寡婦」等漫威女英雄般，女性不再是荏弱無助的男人附庸，反而更能以其細膩的觀察力及敏銳的第六感，來解決各種棘手的難題，也再一次印證了倪匡與眾不同的眼光與新潮先進的思想，實非常人所能及。

《女黑俠木蘭花傳奇》共有六十個精彩的冒險故事，也是倪匡作品中數量第二多的系列。每本內容皆是獨立的單元，但又前後互有呼應，為了讓讀者能更方便快速地欣賞，新策畫的《木蘭花傳奇》每本皆包含兩個故事，共三十本刊完。讀者必定能從書中感受到東方三俠的聰明機智與出神入化的神奇經歷，從而膾炙人口，成為讀者心目中華人世界無人能敵的女俠英雌。

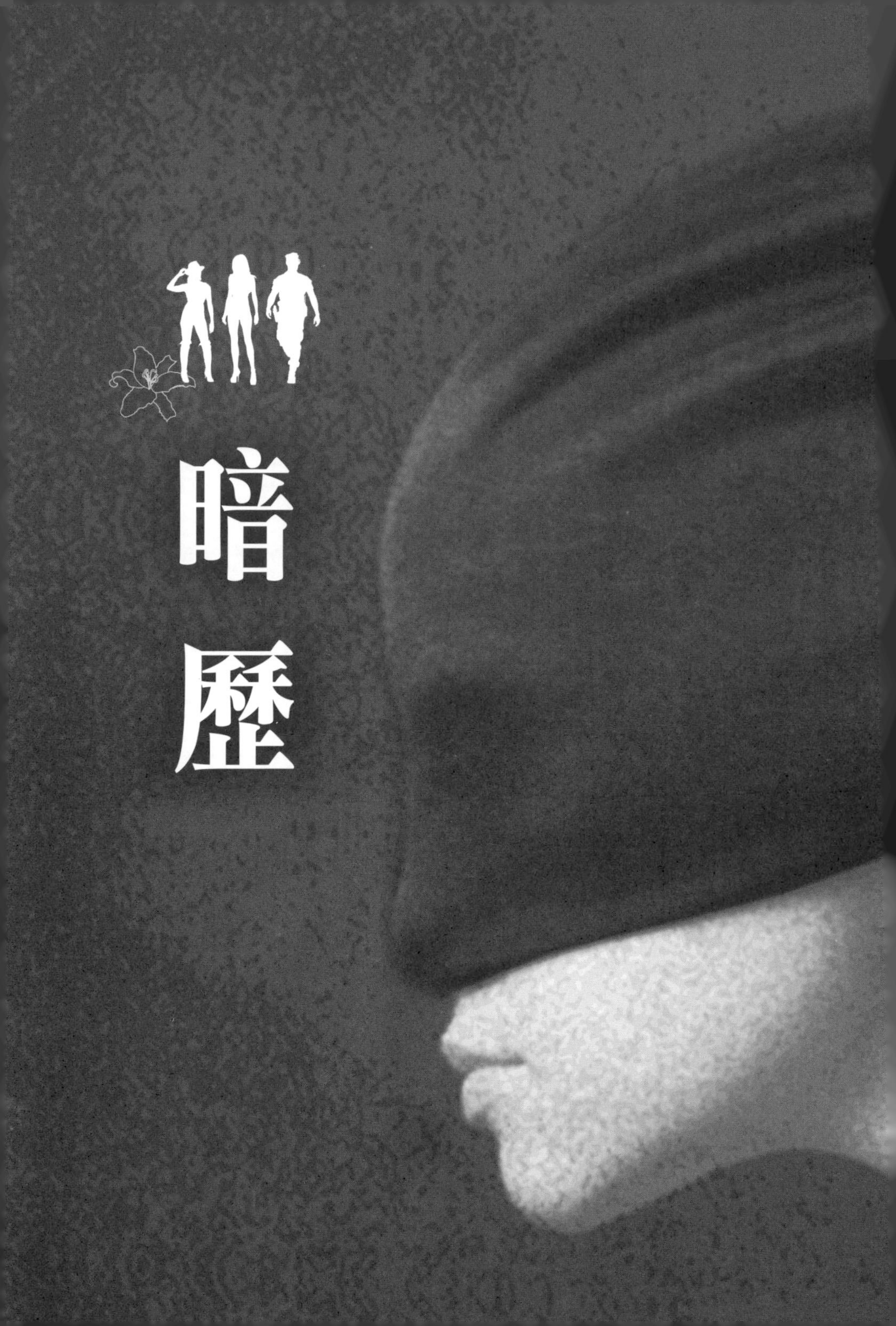
暗歷

1 黑暗世界

自從中了「洋娃娃」吉蒂的暗算之後，木蘭花的世界，可以說是黑暗的世界，她雖然早已離開了醫院，但是視力卻一直未曾恢復。

而且，由於她雙眼的黏膜組織仍然有輕度潰爛的現象，所以她一直遵照醫生的吩咐，在雙眼上紮紗布。

她離開醫院之後，也已有半個月了，在這半個月中，木蘭花只是躺在床上靜臥，或是在陽臺上坐著，聽她喜愛的音樂。她本來是一個在生活中充滿了「動」的人，但是現在卻一變而為極度的「靜」了。

穆秀珍和安妮兩人一刻不離地伴著她，高翔在警局中的工作也放棄了一半，而抽出更多的時間來陪伴木蘭花，安慰木蘭花。

反倒是木蘭花本人，好像並不將自己的視力喪失一事放在心上，那一天黃昏時分，她在陽臺上坐著，安妮，穆秀珍和高翔都在她的身邊，晚霞的反映，令得玻璃長窗內的白色窗紗泛出了一片奪目的金光。但是木蘭花當然是看不到這種美麗的景象的，自從那天起，她眼前就只是一片黑暗。

他們正在靜靜地欣賞音樂，輕快悠揚的小提琴聲，像是將人帶到了遙遠的、春光明媚的地方，等到樂曲結束時，木蘭花突然站了起來，穆秀珍忙過去想扶她。

但是，木蘭花卻立即搖手道：「別來扶我，高翔！」

高翔剛欠了欠身，他也想來扶木蘭花的，但是穆秀珍的動作卻比他更快。穆秀珍呆了一下，道：「蘭花姐，是我啊！」

「噢！」木蘭花笑了一下，「我以為是高翔，這些日子來，我竭力在訓練自己的聽覺，我已可以聽出有人要來扶我，但是還聽不出究竟是秀珍還是高翔，可是我的成績已經算是很不錯了，你們說是不是？」

木蘭花的聲調聽來十分輕鬆，可是實際上，她說的，卻是說她的視力喪失之後，訓練自己聽力的事！

高翔、穆秀珍和安妮三人的心頭都極其沉重，他們三人也都沒有出聲。

木蘭花雖然眼前只是一片黑暗，但在忽然之間，一點聲音也沒有，她也可以知道是發生了什麼事，她立時攤了攤手，笑道：「你們是怎麼啦？事情已經發生了，難過又有什麼用處，我們一定要面對現實，而不是逃避！」

安妮難過地叫了出來，道：「蘭花姐！」

木蘭花循著叫聲，向前走出了兩步，在她向前走出之際，她的雙手搖擺著，以免有什麼碰到她的身子，然後，當她一碰到安妮的輪椅之際，她就伸手握住了輪椅的柄，然後，伸手在安妮的頭上輕輕地撫摸著。

「我們必須面對現實，」木蘭花重複著，「我的視力已然喪失了，而我還要活下去，那我就必須訓練我的聽覺，對麼？」

「蘭花姐，」穆秀珍忙道：「醫生說你的視力會復原的！」

木蘭花低低嘆了一聲，立時又道：「是的，醫生只那麼說，可是醫生的話，並不是肯定的，他只說可能而已！」

高翔立時很低聲而又急促地道：「你會好的，會好的！」

木蘭花笑了起來，道：「高翔，會好，那只是我們的願望，願望是並不一定會實現的，但是經過自己努力的事，卻是一定可以實現的。」

木蘭花的話，令得高翔等三人的心情也開朗了不少，穆秀珍又道：「雲四風已到德國去請眼科專家保茲博士了，經過他的判斷之後，你就可以放心了！」

木蘭花又笑了笑，道：「不論怎樣，我們要作最壞的打算，我已經準備接受最壞的命運了，但是我卻不希望你們終日愁眉不展！」

高翔苦笑了一下道：「蘭花，你真了不起！」

木蘭花突然一揚手，道：「有人來了！」

高翔、穆秀珍和安妮三人都呆了一呆，有人來了，他們三人還都未曾發覺，何以失去視力的木蘭花，反倒先知道了呢？

他們一齊向下看去，果然看到已有一輛車子，在鐵門外停了下來。

安妮一面搖著頭，一面道：「那不可能！」

木蘭花笑道：「可能的，你們或許不注意汽車開動時的聲音，快的時候和慢的時候，是大不相同的。但在這一個月來，我分辨各種各樣不同的聲音。通常，汽車在公路上駛過，速度是絕不會如此之慢的，而它的速度既然如此的慢，那就表示它要停下來，所以，我就知道，有人要來了！」

當木蘭花講完了這一番分析之後，汽車中已有一個人跨了出來，木蘭花聽到了「砰」地一下關上車門的聲音，她忙舉起了手道：「你們別出聲。」

從汽車中跨出來的人，是他們全認識的，穆秀珍已張大口要叫出來了，但木蘭花一說，她便住口不言。

木蘭花道：「來人關車門時，十分大力，他是一個年輕人，他……並不是常來我們處的人，因為他到現在還沒有找到門鈴——」

就在這時，門鈴響了，穆秀珍道：「我去開門。」她一面說，一面就奔了開去。

木蘭花「啊」地一聲，道：「來的原來是熟人，讓我來猜猜看，來的不會是雲四風，如果是他，秀珍早就叫出來了，也不是方局長，那汽車的引擎聲音，聽來像是一輛跑車，我猜，來的是雲五風，我猜對了嗎？」

木蘭花的話一講完，高翔和安妮都不由自主發出了一下驚呼聲來！來的正是雲五風！

這時穆秀珍已然開了鐵門，帶雲五風進來了。雲五風的手中，捧著一只十分狹長的盒子，看來像是他帶來了什麼禮物，而木蘭花居然猜到了來的是誰，那是如何令人驚奇的事！

聽到高翔和安妮兩人的驚呼聲，木蘭花知道自己猜中了，她心中也十分歡喜，道：「你們看，人稍為有了一點缺憾，是可以用別的方法來補救的，何必難過？」

高翔走到木蘭花的身邊，握住了她的手，這時，穆秀珍和雲五風已然來到了陽臺上，木蘭花道：「五風，請隨便坐。」

雲五風是一個十分害羞拘泥的年輕人，他臉上紅了一紅，道：「蘭花小姐，我們幾兄弟商討了好久，決定送你一樣東西，可是……又怕你見怪。」

木蘭花側著頭，道：「我知道了，你們一定是想送我盲人用的東西，對不對？我絕對不會見怪，只有衷心感謝你們。」

雲五風立時驚訝地睜大了眼，說道：「蘭花小姐——」

木蘭花忙道：「你們送給我的東西，一定是十分之實用的了，快給我看看——」她講到這裡，突然住了口。然後，她才道：「我講錯了，我根本看不到什麼，如何可以說給我看看？我應該說給我摸摸才是，五風，我想那定是你親手製造的東西，是不？」

雲五風更加驚訝了，道：「蘭花小姐，你好像什麼都知道一樣，那的確是我設計的一件東西，你看——」他講到這裡，突然發現自己講錯了話，是以陡地停了下來，大是不好意思，紅著臉，將那盒子打了開來。

那盒子中，放著一根手杖。

一看到是一根手杖，高翔、秀珍和安妮三人，心不禁向下一沉。雲五風竟然送一根盲人的手杖來給木蘭花，雖然雲五風或者是一番好意，但是那卻實在是令人極之不舒服的一件事，因為那簡直已將木蘭花當作盲人了！

如果送手杖來的不是雲五風，而是雲四風的話，那麼穆秀珍一定已忍不住要責斥雲四風了，但她和雲五風究竟見面不多，不好意思責備他。

雲五風也覺察到了三人的心中似乎不十分高興，這更令得他手足無措了，他漲紅了臉，道：「是……一根手杖。」

雲五風在講出「一根手杖」之際，神色更是非常尷尬。

但是木蘭花一聽，卻立時高興得笑了起來，道：「一根手杖，那太好了，這幾天，我正在想設計一根手杖，我想你們設計出來的，一定比我想出來的更好得多了！」

雲五風的窘態消失了一大半，他忙道：「那不至於，但是這根手杖已是盡我們所能了，蘭花小姐，請你……握住它。」

雲五風將手杖遞到木蘭花的面前，木蘭花立時接了過來。

那實在是一支十分普通的手杖，只不過它在握手的地方比較粗大而已，木蘭花一接了過來，伸手在握手的部位撫摸了一下，道：「唔，一共有七個掣，它共有七個用途，是不是？請你向我詳細地解釋一下。」

雲五風興奮地道：「事實上，嚴格來說，它還不止七個用途，第一個掣，是控制超聲波的反應的，蘭花小姐，你沿著杖身摸下去，可以發現兩個小孔。按下掣後，在這兩個小孔中，不斷有超聲波射出，碰到物件之後反射回來，在握手處，就有輕微震盪的反應。」雲五風打著手勢，「前面阻礙超聲波去路的東西，是什麼質地，或是多少距離，震盪的反應也不一，經過短時期的練習之後，就可以判斷了。」

「這太奇妙了！」木蘭花高興地呼叫。

「它是使用六節長壽水銀電池的，即便二十四小時不停使用，也可以用三個月之久，而且，普通的電源也可以充電，它可以按掣發射二十發子彈，那子彈雖然小，但是在射出之後，卻會發生爆炸的。」

木蘭花忙道：「還有什麼用途？」

「還有，它握手部分是絕緣的，如果按下第三個掣，那麼水銀電池的電能，便在五分鐘之內一齊洩出，使得一碰到手杖的人，都會被震得至少喪失知覺半分鐘，但，握住杖柄的人，卻可以安然無恙。」

木蘭花不住答應著，雲五風又道：「第四個掣，可以噴出毒霧，令人受麻醉，噴出口是在按手處的尖端，是在這裡——」雲五風引著木蘭花的手指到手杖握手的尖端，木蘭花立即摸到了一個十分小的小孔。

「毒霧噴射的有效範圍是十呎，散開之後，在一千立方呎的空間中都可以起作用。第五個掣，是超微音波擴大作用的，按下它之後，可以聽到極細微的聲音。」

木蘭花一面聽，一面不斷發出讚揚的話來。

而雲五風也似乎恢復了信心，感到自己送這根手杖給木蘭花並不是送錯了，是以他說越是興奮。而高翔等三人的臉色，也和剛才大不相同了，因為這根手杖實在太奇妙了，那簡直是萬能手杖，妙用無窮！

木蘭花還未曾再問，而穆秀珍已經越聽越有興趣，她倒先問道：「第六個和七個掣呢？又有什麼妙用？」

雲五風道：「第六個掣，是我大哥設計的，它可以射出一股相當強烈的光線，令得對方的人會睜不開眼來，難以行動。」

穆秀珍道：「這可沒有什麼用處。」

木蘭花立時道：「秀珍，你怎知沒有？」

穆秀珍也不理會木蘭花說什麼，又問道：「第七個呢？」

「第七個，是我的設計，這個掣只可以按一次，一按之後，便有一股極強烈的氣體自杖尖噴出來，可以將握杖的人帶得升高二十呎！」

穆秀珍拍手道：「那太妙了，這有點像個人飛行器，在緊急的時候，可以用來逃走。」

可是木蘭花卻想了一想，才道：「升高二十呎？那麼那股氣體噴盡了，人怎麼落下來呢？就那樣跌下來麼？」

「不，那時若將杖柄旋開，就有小型降落傘，使人可以安全降落，但是動作必須鎮定和快疾，要不然，那就麻煩了。」

木蘭花點著頭，道：「真謝謝你，我太感謝你了。」

雲五風已沒有了剛才的窘態，他道：「只要你感到這根手杖有用，我們也夠高興的了。還有，今早接到四哥的長途電話——」

穆秀珍一聽雲四風有長途電話來，連忙迫不及待地問道：「他怎麼說，找到保茲博士了麼？什麼時候回來？」

「他說，明天下午五時，他和保茲博士一齊飛到本市，我會去接機的，接到了他之後，就直接到你們這裡來。」

「那太好了！」高翔和穆秀珍異口同聲地說著。

木蘭花握著手杖，緩緩地向外走開了兩步，轉過身，她已準確地走到了一張籐椅之前，是以一轉身之後，立時坐了下來。

她呼了一口氣，道：「五風，四風為什麼不打電話給秀珍？」

雲五風呆了一呆，道：「那，那我不知道。」

「電話是誰聽的？」木蘭花又問。

「是我。」

「你不覺得這電話有什麼異樣嗎？譬如說，他的聲音是不是很牽強，慌張，或者他曾向你作出什麼特別暗示？」

雲五風呆了一呆，高翔、穆秀珍和安妮三人也是一怔。他們自然都知道，木蘭花這樣問是有道理的，然而，他們卻想不出為什麼木蘭花要那樣問。

雲五風側首想了一想，道：「沒有，我不覺得有什麼異樣的地方。」

木蘭花笑道：「那就別再理會我剛才的話，秀珍，你送雲先生出去，明天，我會叫高翔一起到機場去接機的。」

雲五風沒有再說什麼，跟著穆秀珍走了出去。

高翔立時低聲問道：「蘭花，你為什麼會那樣問？」

「我只是感到奇怪。」木蘭花一面說著，一面不斷轉動著手杖，她已開始從不同程度的震盪上，來辨別前面是什麼東西了，「我奇怪為什麼雲四風不打電話給我們，而只是打電話給雲五風。」

「這有什麼可奇怪的？」高翔又問。

「你想，請到了世界知名的保茲博士，這是極大的喜訊，他自然應該先告訴我們，但是他卻甚至不給我們來一個電話！」

高翔呆了一呆，道：「那麼，是雲四風發生了意外？」

穆秀珍這時剛送了雲五風回來，她別的話都沒有聽到，只聽到了一句「雲四風有了意外」，立時吃了一驚，問道：「什麼意外？」

高翔笑了起來，將剛才木蘭花說的，和她說了一遍。

穆秀珍遲疑道：「不會吧。」

木蘭花道：「如果明天雲四風果然是和保茲博士一起來的，那自然沒有問題了，如果不是，我們就千萬要小心了！」

她講到這裡，頓了一頓，又道：「我們別忘記，『洋娃娃』吉蒂並沒有落網，她是一個十分厲害的人，她一定會想盡方法要來報仇的！」

木蘭花的話，說得十分鄭重，雖然高翔、穆秀珍和安妮都覺得只根據雲四風不打電話來，就判斷他已有了意外，並不十分可靠，但是他們在聽了木蘭花的話後，還是點著頭道：「是的，我們要十分小心！」

穆秀珍道：「蘭花姐，你答應我，不論有什麼事，你都不能再和歹徒交手了！」

木蘭花道：「秀珍，你這話說得太傻氣了，我不和歹徒交手？如果歹歹徒找上門來，那我要怎麼辦呢？」

「那也有我們！」

「如果只有我一個人呢？」

「不會的，我絕不離開你。」

木蘭花又笑了起來，道：「你不離開我，你又怎麼去對付歹徒呢？秀珍，你的話，犯了邏輯上的錯誤了！」

這時，天色已然黑下來了，但是對木蘭花而言，不論天亮、天黑，全是一樣的，但是，她雖然生活在黑暗世界中，她也可以想像出穆秀珍在聽了自己的話後，那種張大了口，瞪大了眼，心中不服，但又無法反駁的神情。

她站了起來，道：「今天輪到誰煮飯？我想我有了這根手杖作幫助，下星期起，我就可以替你們煮飯了！」

安妮立時控制著輪椅，離開了陽臺，木蘭花也向房間內走去，從她那種肯定而自然的步伐中看來，根本看不出她是一個喪失了視力的人！

四時三十分，高翔和雲五風便已經到了機場。

他們兩人在機場見了面之後，雲五風第一句話就道：「高先生，我四哥說，他有些事，還要在德國停留兩天，今天不來了。」

高翔陡地一呆，道：「他什麼時候說的？」

「今天早上的長途電話。」雲五風回答。

高翔又呆了半晌，思潮起伏。昨日，木蘭花便已經感到事有蹊蹺，那或者只是一種敏感，那麼，今天就絕不是敏感了，一定已有什麼意外發生了！

高翔的心中已敲響了警鐘，他又問道：「那麼，保茲博士呢？也不來了麼？」

「不，四哥說，保茲傳士還是依時來到，博士說，像蘭花小姐的那種情形，不能耽擱得太久，所以他必須先趕來。他是一個胖子，五十多歲，戴著金絲邊眼鏡，又是德國人，我們是很容易在人叢中認出他來的。」

高翔點了點頭，道：「好，這情形，我要向蘭花說一說，我看，這其中可能有意料不到的意外發生了！」

雲五風吃了一驚，道：「你是說我四哥——」

「現在還不能肯定，」高翔安慰著雲五風，「但總是事有蹊蹺，四風他有說為什麼要在德國多留兩天麼？」

「說了，那是工廠中的事，他要出席一個德國光學工業家的年會，那對我們工廠今後的業務有很大的幫助，所以要多留兩天。」

「那的確是雲四風的聲音？」高翔再問。

「是的……我想是的，」雲五風遲疑了起來，「你知道，長途無線電話，聲音並不是太清晰，但那……實在是四哥。」

高翔「嗯」地一聲，走向一個電話間，接通了木蘭花的電話，將雲五風剛才所講的話，向木蘭花報告了一遍。

木蘭花的聲音在電話中聽來十分緊張，她道：「高翔，千萬小心那個保茲博士，我看這其中，一定有十分重大的陰謀！」

「會不會雲四風真的有事？」

「你錯了，你以為雲四風是重財輕義的人麼？他為了可以親耳聽保茲博士說我的雙眼有希望，他會寧願拋棄所有工廠不要的！我想，四風一定已在德國遭到了意外，接連兩次電話，都是有人摹仿他的聲音。」

聽得木蘭花將事情講得如此之嚴重，高翔的心中也不禁大吃一驚，道：「那麼，這個保茲博士，他——」

「他自然是假冒的！」木蘭花立時回答。

高翔看到雲五風正在向他打手勢，他忙道：「我知道了，我會小心應付的，那是不是要將他帶到你這裡來？」

「當然要！」

「好了，再見。」

高翔放下了電話，推門而出，雲五風立時迎了上來，道：「飛機已到了，我們快去迎接保茲博士，使他可以早一點去檢查蘭花小姐的眼睛。」

高翔和雲五風一齊向前走去，他是警方的特別工作組主任，要通過關閘，當然是毫無問題的。他們出了閘口，旅客們也魚貫下機了。

不多久，他們立即認出了保茲博士！

那是一個十分肥胖的德國人，他的行動看來十分顢頇，正在一個空中小姐的扶持下自機上走下來，高翔和雲五風連忙迎了上去。

雲五風首先開口，道：「保茲博士？」

保茲博士點頭道：「是我，你是雲先生的弟弟？」

雲五風道：「正是，博士請和我們一起上車，我已為博士安排了酒店，但是請博士先去替病人進行檢查。」

「好的，好的！」保茲博士點著頭，他兩頰上的肥肉隨著點頭而上下顫動著。

高翔一直不出聲，直到保茲抬頭向他望來，他才道：「我叫高翔，是警方人員。」

他這樣講，是特地看一看對方反應的。

但是在保茲的肥臉上，卻只現出了十分驚訝的神色來，道：「哦，是麼？」

「我是病人的好友。」高翔又解釋著。

保茲博士又點著頭，看來他是一個十分和氣的人，雲五風接過了他手中的一只提箱，三人一齊向外走了出去，不一會便上了車。

三十分鐘之後，他們已經在木蘭花的家門前停了下來，而穆秀珍早已在鐵門前等候，他們一到，便拉開了門，讓他們走進去。

2 得力軍師

當他們走進客廳的時候，木蘭花已十分安詳地坐在沙發之中了，在沙發之旁的，則是坐在輪椅上的安妮。安妮的神態有些緊張，她正在不斷地咬著指甲。

木蘭花略欠了欠身，道：「博士，要你遠道前來，真不好意思。」

保茲博士微笑著，道：「先給我一杯水，可以麼？」

穆秀珍斟了一杯水來，博士喝了兩口，拉鬆了領帶，道：「好，我們可以開始了，先解開紗布來再說。」保茲博士一面說著，一面向木蘭花走去。

然而，當他來到木蘭花的前面，雙手還未曾碰到紗布之際，木蘭花已揚起手來，手中的一柄槍，槍口已陷進了他的肥肚之中。

保茲博士大吃了一驚，道：「小姐，這是為什麼？」

其餘各人也陡地一驚，他們也都不知道木蘭花突然之間會有那樣的行動！

剎那間，只聽到木蘭花一個人的聲音，只聽得她一字一頓地道：「因為你不是保茲博士，你是誰？」

保茲博士現出一副又是氣惱，又是無可奈何的神氣，他轉過頭去，道：「這是什麼意思，我不明白，我從德國來——」

「你的確從德國來，但是你不是保茲博士，」木蘭花仍然堅持著，「如果你是的話，那麼你應該可以答覆我一個有關眼睛的問題！」

保茲博士的臉色變了一變，道：「我……我不明白——」

木蘭花不等他講完，便已然冷冷地道：「歐洲人稱之為『麥粒腫』，中國人稱之為『針眼』的眼病，正式的名稱是什麼？」

保茲博士道：「這真太可笑了，難道我不知道麼？」

「那麼，請說！」

保茲博士道：「那……自然是眼睛發炎！」

木蘭花像是對這個答覆滿意了，她點了點頭，然後又道：「那麼，有一種眼病，稱為『毛囊皮脂腺發炎』，是不是要嚴重得多？」

「當然，那當然嚴重得多。」保茲博士回答。

「高翔，」木蘭花立時叫著，「將這胖子的雙手反扭到背後去，胖子，毛囊皮脂腺發炎就是麥粒腫，你露出馬腳來了！」

那胖子一聽，立時身子向後一縮。可是也在這時，木蘭花手中的槍發出了「喀列」一下響，保險掣已被扳了下來，同時木蘭花冷笑道：「別動，先生！」

胖子汗如雨下，高翔早已踏前一步，將他的雙臂反扭了起來，加上了手銬，然後，開始搜查他的身上。

雲五風著急道：「蘭花小姐，他……是假冒的，那麼我四哥呢？」

木蘭花道：「在這傢伙的身上慢慢問，會問出來的。」

那胖子這時已怪叫了起來，道：「我不知道，我什麼也不知道，我……」

他未曾再叫下去，穆秀珍已跳了上去，「叭叭」兩聲，在他的肥臉之上重重摑了兩掌，喝道：「你是說，還是不說？」

胖子忙道：「說了！說了！」

高翔喝道：「那就快說！」

胖子喘著氣，道：「有人給我一千美金代價，叫我來的，我是一個失業漢，那人說，只要我檢查一下病人，滴幾滴眼藥水就可以了。」

「他叫你滴什麼眼藥水？」

「我不知道，我根本不是醫生，那眼藥水在提箱中的藥箱內。」

穆秀珍將提箱打開，取出藥箱來，再打開藥箱，箱中全是醫藥儀器，胖子轉過頭去，道：「就是那瓶，有黃色標籤的。」

穆秀珍取了出來，木蘭花吩咐道：「交給化驗室去化驗，那個叫你假充保茲博士的，是什麼人，照實說。」

「是兩個中年人，像是東方人，他們先給我五百美金，替我準備了機票和護照，其餘一切，我全不知道，真不知道了！」

木蘭花道：「如果事成了之後，你怎樣向他們報告？」

「我打一個電報給他們。」

「地址是——」

「漢堡機利士文街六十三號。」胖子回答著。

木蘭花不再說什麼，手中的槍也放了下來。

穆秀珍忙道：「我們怎麼辦？」

木蘭花用手托住了額角，她想了片刻，才道：「喂，你在假冒保茲博士之前，叫什麼名字？」

那胖子忙道：「卡德勒，我是麵包師。」

木蘭花冷笑了一聲，道：「高翔，放開他。」

「放開他？」高翔奇怪地問。

「是的，放開他！讓他離去。」木蘭花重複著說。

高翔遲疑了一下，但是他並沒有遲疑多久，就打開了手銬，用力在卡德勒的背上推了一下，喝道：「滾！」

卡德勒匆匆向前奔出了幾步，到了門口。

但也就在此際，只聽得木蘭花冷冷地道：「慢一點，你可有考慮到，你未能完成任務，會有什麼結果麼？」

卡德勒呆了一呆，他顯然未曾考慮過這一點，他呆了許久才道：「我……至多不再要那另外的五百美金！」

木蘭花笑了起來，道：「你太天真了！卡德勒先生，託你來行凶的人，是一個黨徒遍佈全世界的犯罪集團，你完不成他們的委託，唯一的結果便是被殺！」

卡德勒全身的胖肉都發著抖，他道：「我……只不過是來滴眼藥水，我不是受委託來行凶的，你們弄錯了！」

木蘭花沉聲道：「我們絕不會弄錯的，那所謂眼藥水，一定是致命的毒藥，我相信，你一回去，一定立即會被暗殺的。」

卡德勒驚懼欲絕，忙道：「那麼……那麼我……我……」

木蘭花道：「只有一個辦法可以救你，你已完成任務了，照預先的約定，打電報到那個地址去報告。」

卡德勒遲疑道：「那……你們肯幫我隱瞞？」

「可以！這是兩利的事，我們可以引對方上鉤。五風，我看卡德勒先生已答應了，你送他到預訂的酒店去，卡德勒先生，鎮定些，他們在這裡，也會有人在監視你的，你這樣面色蒼白，可不是好現象。」

「我的面色——」卡德勒驚叫起來，「你……你……他們說，你是什麼也看不到的，可是……你卻……」

卡德勒驚詫得難以說下去，木蘭花吩咐雲五風道：「五風，當心一些，那一定是吉蒂的安排，吉蒂的人也可能在這裡出現的。」

雲五風道：「我知道，可是四哥——」

「你放心，我立即請高翔到德國去，有那個地址做線索，他再和國際警方合作，那是不成問題的。你別擔心。」木蘭花安慰著雲五風。

雲五風苦笑了一下，和卡德勒一齊離去。

木蘭花在他們離去之後，又道：「高翔，你要盡一切可能趕到德國去，現在最好的估計，是四風為他們所軟禁了，最壞的估計……唉，那是無法設想的，你到了德國之後，別忘記隨時和我聯絡，我等你消息。」

高翔深深吸了一口氣，道：「蘭花，小心你自己。」

木蘭花道：「你別牽掛我，我會自己照顧自己的！」

高翔仍是有點不放心，但是雲四風在德國既然已遭到了意外，他是絕不能不管的，他必須盡快地趕到德國去！他已經打算好了，駕駛小型的噴射機，利用和國際警方的關係，可以免卻許多麻煩，他可以在二十小時左右趕到漢堡。

他心中暗嘆了一聲，向穆秀珍揮了揮手，走了出去。

高翔一走，木蘭花立時說道：「秀珍，雲五風替保茲博士訂的酒店，是什麼酒店？你可知道麼？」

「好像是藍天酒店。」

「你現在就去，監視這胖子的行動。」

「不行，」穆秀珍立時叫了起來，「高翔走了，我如果再離開的話，那麼，你便只有一個人了，那怎麼行？」

木蘭花和緩地道：「秀珍，你這樣講，不怕安妮會不高興麼？」

「安妮只是一個小孩子！」穆秀珍抗議著。

「然而我卻不是小孩子，有安妮陪我已經足夠了，你快去，我想卡德勒裝出那一副可憐相，也是奸謀中的一部分。」

「為什麼你這樣想？」

「你想，吉蒂是貝泰的情婦，她和貝泰在一起多少年，為何會行動這等魯莽，這件事的破綻十分多，她想利用那胖子來害我，那是沒有可能的；剛才，我不想雲五風捲入漩渦，是以才未曾提起這一點來，你快去吧。」

穆秀珍想了一想，道：「好，我去看看。」

「要小心！」木蘭花叮囑著。

穆秀珍大聲答應著，收拾了一些應用的工具，也走了。

木蘭花不再說什麼，房間中靜了下來，過了好一會，才聽得安妮低聲道：「蘭花姐，我們……該做些什麼？」

「等著！」木蘭花回答。

安妮有點莫名其妙，道：「等什麼？」

「有什麼發生，就等什麼。」

安妮更加不懂了，但是她卻也不再問下去，她也不去開燈，天色越來越黑了，公路上的路燈已然亮了起來，郊外一片沉靜。

天黑了，大都市在黑暗之中，頓時變得美麗起來，各種各樣的色彩在競妍鬥麗，閃耀著，流動著，從藍天酒店十樓的華貴套房望出去，下面的街道上，全是五光十色，嬌艷奪目的霓虹燈，來往的車輛像流水一樣。

卡德勒憑窗望著，他剛和雲五風分開，當著雲五風的面，吩咐侍者拍發了那封電報，又答應雲五風，明天一早他就走。

雲五風雖然滿臉焦急，但是他卻也沒有什麼法子好想，只好怏怏地走了，他對木蘭花總是有信心的，而且，高翔立時要啟程了。

在雲五風走了之後，卡德勒打了一個電話。然後，他就站在窗前，向下面看著。

藍天酒店是第一流的大酒店，從上面望下去，可以看到一輛輛華貴的汽車在門口停下，穿著制服的小童，便奔上去將車門打開。

他等了十分鐘，看到一輛銀灰色「阿發羅米歐」蜘蛛型跑車，在酒店前停了下來。自那輛跑車中跨出來的，是一個穿銀色緞子長褲，和銀光閃閃鑲珠上衣的女子，那女子下車之後，抬頭向上看了一眼，便走進了酒店。

卡德勒搓了搓手，轉過身來，他的神情顯得十分愉快。

兩分鐘後，房門響起了剝啄聲，卡德勒連忙將門打開，那一身銀色的女子走了進來，她臉上的化妝十分濃，但是她的臉看來仍然帶著娃娃氣。

那是「洋娃娃」吉蒂。

吉蒂一進來，便打開煙盒，卡德勒連忙替她點著了火，吉蒂深深地吸了一口煙，才道：「怎麼樣，軍師，一切安排好了麼？」

「全安排好了，我們至少有二十四小時的時間。」卡德勒說。

「我不明白。」吉蒂又吸了一口煙，「什麼意思？」

「我想，高翔一定已到德國去了，他到德國，最快也要二十四小時，當然，他一到漢堡，也不能立時就明白雲四風仍在醫院中等候保茲博士開世界性的會議，他會到那個地址去，哈哈，那是歐洲著名的妓院！」

「那沒有什麼好笑！」吉蒂冷然回答。

「木蘭花一定對我也起了懷疑，她一定會又派穆秀珍來跟蹤監視我的。」卡德勒又興致勃勃地道：「那麼，她身邊就沒有人了。」

「你錯了，胖子。」吉蒂的聲音更冷了，「不是木蘭花一個人，還有一個人陪著她！」

「哈哈哈！」卡德勒轟笑了起來，「那是一個小兒麻痺症患者，一個孩子，她坐在輪椅上，不能離開半步！」

「可是你不知道她的輪椅，甚至是可以發射火箭的？」

卡德勒呆了一呆，道：「發射火箭，吉蒂小姐，你不是在開玩笑吧！」

吉蒂陡地揚起手來，「叭」地一掌，重重地擊在卡德勒的胖臉之上，厲聲道：

「沒有人和你開玩笑，我吩咐你將她身邊的每一個人都引開，我要親自殺她，替貝泰報仇，你明白麼？所有的人，全要引開！只有她一個人！」

卡德勒後退了一步，面上一陣青，一陣紅。

吉蒂繼續凶神惡煞也似地道：「貝泰死後，我就是整個組織的首領，你參加組織已經十年以上，你當然會明白違背首領的命令，是會有什麼結果的。」

卡德勒的臉色變得十分蒼白，他道：「吉蒂，我沒有違背你的命令，我只不過犯了一個小小的錯誤而已，我想我很快就可以糾正過來。」

「你是說你能將那殘廢小女孩引開？」

「是的，我一定設法。」

「不是一定設法！」吉蒂又尖叫起來，「是一定要做到，在一小時之內，你替我將她引開，要不然，我絕不放過你！」

吉蒂一個轉身向門外走去，用力地拉開了門，用力地關上，留下了「砰」地一聲響，離開了卡德勒。

卡德勒抹了抹汗，來回地踱著，天氣雖然熱，然而在房間中卻只是七十二度，但是卡德勒仍然不斷地在冒汗！

有什麼法子，可以在一小時之內將那小女孩引開，而只留下木蘭花一個人在那屋子之中，以便吉蒂可以去下毒手呢？

卡德勒在貝泰的手下，是出名的智多星，是最得力的軍師，這一點，從他安排妙計，引開了高翔和穆秀珍兩人上，可以獲得證明，可是這時候，他卻是一片茫然，想不出有什麼辦法可以引開安妮！

他來回踱著，不時翻起手腕看著手錶，時間在這樣的情形下，似乎過得特別快，轉眼間已是十五分鐘過去了，他還是想不出辦法來！

他的汗流得更急了，他不再是在踱步，簡直就是在團團亂轉，但是，突然之間，他的心中陡地亮了一亮！他可以肯定，木蘭花一定會派人跟蹤他的，被派的人一定是穆秀珍，那麼，穆秀珍現在在什麼地方呢？

最可能的地方，當然是在酒店的大堂中，穆秀珍一定會在酒店大堂中監視他的出入，防止他和人聯絡。他之所以立時叫吉蒂來和他相會，也是為了這個原故，因為穆秀珍不可能來得那麼快，現在，她總應該已經在了吧！

為了可靠起見，卡德勒乃決定下去看看。他連忙走出了房間，下了電梯，在電梯門打開的那一剎間，他已經看到了穆秀珍。

穆秀珍正坐在一張沙發上，像是在看雜誌，但是她卻對準了電梯的出口處和樓梯的出口處，不論有什麼人走出來，都逃不過她的眼睛。

可是她卻不能看到卡德勒，因為卡德勒根本沒有走出升降機，他只是探頭一看，立時縮回頭去，而升降機也又升上去了。

卡德勒在回到了自己的房間之後，通知接線生，接通木蘭花家中的電話，在電話鈴響時，他用力咳了幾下，清了清喉嚨。

卡德勒在未曾作為貝泰的軍師之前，是著名的口技表演家，他可以模仿任何聲音，而他最著名的絕技，則是模仿別人講話的聲音，在以前的表演中，他曾模仿英國首相邱吉爾的演講，連邱吉爾自己也訝異不已。

在模仿聲音這一方面而言，他是天才，而且，他精通各國、各地的方言，他可以替西藏喇嘛和哥斯達黎加的人做翻譯。所以，當他模仿雲四風的聲音時，連雲四風的弟弟雲五風也聽不出一點的破綻來，以為那確是他的兄長！

電話鈴響了，安妮和木蘭花兩人正在吃晚飯，安妮連忙放下筷子，轉過輪椅去接電話。

木蘭花道：「安妮，給我一些行動的機會，好嗎？」

安妮已經拿起了電話，她向木蘭花抱歉而又關懷地笑了一笑，然後道：

「喂？」

安妮聽到的是穆秀珍的聲音，道：「喂，你猜我是誰？」

「秀珍姐！」安妮立時叫了起來。

穆秀珍的聲音笑了起來，道：「一猜就給你猜中了，告訴蘭花姐，那胖子一直在房間中，我是不是還要繼續監視他？」

安妮連忙轉向木蘭花，木蘭花道：「繼續監視。」

安妮又道：「秀珍姐，繼續監視。」

穆秀珍的聲音又道：「安妮，大約二十分鐘後，會有一輛車子駛到我們家門口，送來一些東西，你出來接一接，那人別讓他進來。」

安妮大惑不解道：「這……是怎麼一回事？」

「你別問，照我的話去做就是了。」

安妮還想再問時，那邊已然掛上電話。

安妮將聽到的話轉告給木蘭花聽，她覺得十分奇怪，因為這事情是突如其來的，但是木蘭花好像不以為意，只是點頭道：「是麼？」

安妮道：「蘭花姐，秀珍姐為什麼忽然要我這樣做？」

「那不是秀珍。」木蘭花的聲音仍然很安詳。

「什麼？」安妮嚇了一跳，「那明明是秀珍姐啊！」

「不是的，」木蘭花搖著頭，「秀珍是一個最性急的人，凡是性急的人，有一個特點，是絕不會在電話中叫對方猜猜自己是誰的。」

安妮吸了一口氣，道：「那麼——」

木蘭花放下了筷子，想了一想，道：「有人想引開你，事情已漸漸明白了，有人想將我身邊的人全都引開去！」

安妮吃驚得臉色都變白了，她低聲道：「蘭花姐，他們要來害你，他們要趁你看不見東西的時候來害你，那些卑鄙的東西！」

木蘭花緩緩地點著頭，道：「我想是的。」

安妮道：「那麼，秀珍姐她怎麼了？」

「我不知道，她或者沒有事，或者也已落到了歹徒的手中，安妮，你聽我的話，我一定要將想害我的人引到我的面前來！」

木蘭花在未曾講出那句話之前，已然料到安妮是要反對的了，果然，安妮大搖其頭，道：「不行的，蘭花姐，一定不行！」

木蘭花道：「必須這樣做，我甚至已可以肯定，要來害我的人是『洋娃娃吉蒂』，她想親手殺死我，就讓她來好了，我有辦法對付她的。」

安妮呆了半晌才道：「那麼，你是要我——」

「我要你在車子來了之後，依言出去，除非他們想要殺你，否則你聽憑他們——」木蘭花講到這裡，突然頓了一頓。

因為她想到，那不是好辦法！這個辦法可以適用別的人，但不能適用安妮！因為安妮如果離開了她的輪椅，那便絕沒有機會趁機逃脫，或是伺機反攻的，木蘭花絕不能讓安妮去冒這樣大的危險！

所以，她立時改變了主意，道：「安妮，你將電話推到我面前來。」

安妮也不知道木蘭花要做什麼，她立時將電話推了過去，木蘭花拿起了電話，用手指摸索著，撥了號碼，然後問道：「是警局麼？請值日警官。」

又過了片刻，木蘭花又道：「值日警官麼？我是木蘭花，能不能派一輛在我家附近的警車，在五分鐘之內到我家門口來？」

「當然可以，蘭花小姐要不要通知高主任？」

「不必了，謝謝你。」木蘭花放下了電話。

安妮高興了起來，道：「蘭花姐，有警車來保護你，那就好了，你什麼也看不見，我又行動不靈，我們——」

木蘭花不等她講完，便搖了搖頭，道：「安妮，你料錯了，我召警車來，不是求保護，而是要他們將你接走的，你明白麼？」

「將我接走？」安妮叫了起來。

「是的，你到藍天酒店去和秀珍會合，安妮，我要你答應我，和秀珍一齊留在藍天酒店，不要告訴她任何事，只說你想和她在一起！」

「為什麼？」安妮咬著手指，「為什麼？」

「只有你離開了，吉蒂才會來，我必須引她出來，讓我面對著她。」木蘭花的聲音十分沉著，回答著安妮。

「可是如果我和秀珍姐趕回來，那有多好？」

「是的，你們趕回來，自然吉蒂更容易落網，但是安妮，你要知道，我雙眼可能再也不能見到任何東西了，我可能要在黑暗之中過一輩子，這絕不是一件容易的事情，所以我現在最需要的是信心。只要有了足夠的信心，才能使我永遠的在黑暗中生活下去。」

「我……知道。」安妮的鼻子發酸。

「那麼，安妮，就讓我一個人來對付吉蒂。吉蒂以為我喪失了視力，就成了廢人，她就可以來輕而易舉地對付我，但是我要證明我並不是廢人，我雖然喪失了視力，一樣可以戰勝她，如果我戰勝了她，那會使我獲得無比的信心和生活的勇氣！」

安妮的大眼睛中淚花亂轉，她吸了一口氣，道：「蘭花姐，歹徒方面，可能會來許多人，許多許多——」

木蘭花道：「那更好，更可以考驗我自己！」

公路上有急速的汽車聲傳了過來，木蘭花道：「你該去了，你一定要讓人家看到，你是和穆秀珍在一起，在藍天酒店之中！」

警車的剎車聲也已傳過來了，木蘭花對著傳音器道：「請進來，門是開著的。」

她聽到了腳步聲，等到腳步聲來到了客廳時，因為客廳上鋪著地氈而減弱了，但是木蘭花憑那根手杖的超聲波反應上，已可覺出來人已到了近前。

木蘭花立時道：「兩位，請將安妮小姐送到藍天酒店去，非常感謝你們，因為這樣的小事而麻煩你們，真是不好意思。」

那兩位警察忙道：「哪裡，哪裡！」

其中一位，立時推了輪椅向外走去，安妮竭力忍著，可是當她被推到了門口之際，她回過頭來看了一眼，看到木蘭花一個人全然無依地坐在廳中，她淚水已忍不住落了下來，幾乎要大聲哭了出來！

但是，她也知道，如果木蘭花真的永遠失明的話，那麼，今天晚上發生的事對她來說，是極其重要的！雖然那是十分冒險的事，但也只好如此了！

當安妮開口向木蘭花說「再見」的時候，她的聲音有些哽咽，但木蘭花的聲音卻和平時一樣，道：「安妮，再見，兩位請替我將燈關掉。」

那兩個警官將客廳中的燈熄去，推著安妮上了警車，離去了。

只剩下木蘭花一個人了！木蘭花站了起來，靠手杖的反應，和她對自己家中傢俬陳設的記憶，她向前走著，來到了鋼琴後面，坐了下來。

她坐了下來，然後等著。她知道，那輛藉詞來送東西的車子快到了。

她只不過等了六七分鐘，便聽到了車子停在門口的聲音，接著，便是按喇叭的聲音，喇叭接連按了十來分鐘，然後，車子突然開走了！

這一切，都是在木蘭花的意料之中。木蘭花破壞了對方預先訂下的計劃，對方自然立即離去，但是，當對方發現安妮在藍天酒店，和穆秀珍在一起時，又會知道木蘭花只有一個人在家中！那麼，吉蒂就會來了！

木蘭花知道吉蒂一定會來的，而她也非要一個人來對付吉蒂不可，這對她極其重要，她雖然有生活下去的勇氣，但更要事實證明她不是廢人！

除了不時有汽車駛過的聲響外，四周圍靜到了極點。

木蘭花知道，她坐在鋼琴後面，客廳的燈又熄著，有人進來的話，是不能立即看到她的，但是她立即可以知道是不是有人進來。

她等著，這時她所能做的，只是等著！

3 「洋娃娃」吉蒂

在摹仿了穆秀珍的聲音打了電話給安妮之後，卡德勒立時通知了黨徒駕車到木蘭花家中去。他在電話中吩咐那黨徒，當他車到之後，就會有一個坐輪椅的小女孩出來見他，他的任務是不准弄出任何聲音，將小女孩弄昏過去，甚至可以弄死！

而他在得手之後，必須立即用電話報告。卡德勒估計，二十五分鐘之後，他就可以接到報告，而他立即可以通知吉蒂，那麼，一小時的限期，還未曾到期！

他覺得輕鬆了許多，坐了下來，吩咐侍者送來一瓶好酒，慢慢地酌著，不多不少，恰好是二十五分鐘，電話鈴響了。

卡德勒拿起電話來，一個喘著氣的聲音叫道：「軍師！」

「怎麼樣，得手了麼？」

「得手個屁！」那人急急地道：「我到了木蘭花的家門口，按了十來下喇叭，也沒有人來，你是在開玩笑麼？」

「他媽的，」卡德勒罵道：「你走了麼？」

「當然走了，是在木蘭花的門口啊，軍師！」

卡德勒在剎那之間出了一身冷汗，他呆呆地站著，也忘了將電話放回去，他僵立了好幾分鐘，才一口喝乾了杯中的酒。

他沒有別的選擇了！他必須逃走，盡快逃走，盡可能逃走！

因為他未能將安妮引開，而吉蒂是不會放過他的。

他匆匆地拿起上衣，走了出去，他寧願穆秀珍跟蹤他，他甚至寧願去坐牢，也比被吉蒂用違反首領的命令來處罰好得多！

當他踏進升降機的時候，他才略鬆了一口氣，升降機好像落得特別慢，在八樓和四樓停下的時候，都令得他心驚肉跳，唯恐走進來的是吉蒂。

好不容易，升降機到了樓下，門一拉開，卡德勒便怔住了！因為他一眼便看到，一個警察推著輪椅走了進來，輪椅上坐的，正是安妮！

卡德勒在那一剎間，實是不知發生了什麼事。但是他究竟是一個十分靈敏的人，他立時想到，不論安妮到了什麼地方，只要她不在木蘭花的身邊就行了！

他身子縮了一縮，立時又有人進了升降機。

而穆秀珍也沒有看到他，因為穆秀珍已看到了安妮，她正驚訝地向安妮迎去。

卡德勒在升降機門將要關上之際，擠了出來。

他在一具電話前站定，那具電話恰好在大柱之後，將他的身子遮住，他撥了號碼之後，看到安妮和穆秀珍已到了沙發之前。

穆秀珍坐了下來，正在和安妮講話，卡德勒當然聽不到她們在說什麼，電話那邊一有人聽，他便道：「吉蒂，我將安妮也引到藍天酒店大堂來了，我會先使她們留在這裡的，但如果你希望有比較長的行事時間——」

吉蒂立時應道：「我知道，我會派人來的。」

「ＯＫ！」卡德勒興奮地放下了電話。

然後，他又裝出一副可憐巴巴的樣子，向外走了出去，當他看到穆秀珍的時候，立時裝出吃驚的神色來，道：「小姐，你……也在？」

穆秀珍立時道：「哼，你到什麼地方去？」

「我……只不過想出去走走。」

「不准出去，坐下來。」穆秀珍命令著。

那正是卡德勒求之不得的事，但是他還要裝出十分委屈的樣子來。他坐下之後，又道：「我……還有一點事，忘了對小姐說。」

「什麼事？」穆秀珍立時問。

「我聽得他們——就是叫我來的那些人，提起過一個人的名字，這個人叫雲……雲……」

穆秀珍吃了一驚，道：「雲四風！」

卡德勒道：「是他，是他。」

穆秀珍忙道：「他怎麼了，你快告訴我。」

卡德勒道：「詳細的情形我也不知道，我只聽得他們說，這位雲先生好像是被他們軟禁了，而我一來到，他的弟弟會來接我。」

卡德勒的話講得十分慢，他是在有意拖延時間，因為吉蒂派的人就要到了，吉蒂派的人一來，就可以出其不意地制住穆秀珍和安妮兩人，那樣，吉蒂足足有二十四小時可以行事了！

十分鐘之後，卡德勒看到四個西服煌然的人，自旋轉玻璃門中走了進來，卡德勒立時打了一個呵欠，那四人向前走來。可是，安妮和穆秀珍都沒有注意，她們只是用心地在聽著卡德勒的話，那四個人一走到了近前，便分開成了兩組。

其中兩個，突然一伸手，捉住了安妮的手臂。穆秀珍陡地一怔，一柄槍已抵住她的後頸。同時，卡德勒也站了起來，喝道：「走，槍是有滅聲器的，我們開槍之後，仍將你放在椅子上，只怕要好幾分鐘才會有人發現你！」

安妮則叫了一聲，道：「秀珍姐！」

穆秀珍苦笑了一聲，站了起來。沒有人注意他們，穆秀珍和安妮被押著，離開了酒店大堂！

她們一出了酒店大堂，一輛大房車立時駛到。

安妮還希望他們會將她連輪椅一齊推上車，可是，一個身形高大的歹徒，卻將安妮從輪椅上抱了起來，放進了車廂中。

安妮想高聲尖叫，但穆秀珍卻向她使著眼色，而穆秀珍同時也沉聲警告著歹徒：「你們若是膽敢傷害安妮，那我絕對不會放過你們的，小心！」

幾個歹徒現出可怕的獰笑來，其中一個，用槍口在穆秀珍的背部重重地指了一下，道：「進去，少廢話，我們的槍全是有滅音設備的，將你們打死了，再推進車子去，只怕也不會有人知道的——還是識趣些好！」

穆秀珍「哼」地一聲，不再出聲。

她們兩人一齊被推進車中，而且兩邊各被一名大漢持槍守著，車子已向前直駛了出去。歹徒的行事十分俐落，根本未曾引人注意！

而在家中的木蘭花，全然不知藍天酒店中已發生這樣的變故，她只當安妮和穆秀珍好好的在一起！

木蘭花只是等待著，她知道，當她身邊的人全都離開了之後，她的敵人一定會來的，會趁她喪失視力之際來害她的。

如果說木蘭花的心中一點也不緊張，那是欺人之談，木蘭花不知經過多少大風大浪，也不知曾經歷多少驚險，但是，在雙目失明，眼前一片黑暗的情形下，等候最凶惡的敵人前來殺害自己，那卻還是第一次！

她緊緊地握著雲五風送給她的那支「手杖」，手心在冒著汗，她已經擦了三次汗，她全身的神經，每一根都像是繃緊了線一樣！

任何輕微的聲音都逃不過她的耳朵，她看不到任何東西，只好在黑暗中等著！

除了屋外的公路上偶而有汽車聲傳過來之外，夜是十分寂靜的，木蘭花傾耳聽著來往汽車聲。她知道，如果吉蒂前來的話，當然不會是步行來的，那麼，她留意汽車聲音，就可以使她更早地知道敵人是不是已經來了。

可是，出乎她意料之外的是，電話鈴突然響了起來！

只有在夜闌人靜之際，在留意任何低微聲音的人，才會感到電鈴聲是多麼地驚人，木蘭花的身子不由自主震動了一下。剎那之間，她實在決定不下自己是不是應該去聽電話，但是如果她不去聽的話，電話鈴將一直地響下去。

那樣，她除了電話鈴聲之外，就聽不到別的聲音了，而如果她去聽電話的話，那她就必須離開現在所坐的比較安全的位置。

木蘭花考慮了沒有多久，終於，她站了起來。

這幾天中，她對自己家中一切傢俬的陳設早已摸熟了，是以她毫無困難地就來到了電話几的旁邊，拿起了電話來。她緩緩地吸了一口氣，令得自己鎮定一些。也就在那個時候，她聽到了「洋娃娃」吉蒂那種做作的聲音。

「木蘭花，你一個人在家中，是不是？」吉蒂問著。

「是的，我想你要來探訪我了。」木蘭花立時回敬。

「你猜對了，」吉蒂立時承認，「希望你不要外出，我就要來了，順便告訴你一個消息，穆秀珍和安妮已成為我的客人了！」

吉蒂在「客人」兩個字上，特地加重了語氣。

木蘭花的手震了一震，那怎麼會？一定是在藍天酒店中出了事，唉，這是十分糟糕的一件事，木蘭花不擔心穆秀珍，但是卻擔心著安妮。

然而，在木蘭花的聲音之中，是聽不出地心中有絲毫著急的，她只是淡淡地道：「是麼？多謝你告訴我。」

吉蒂又嬌聲笑了起來，道：「木蘭花，你當然也知道，我是不會這麼笨的，如果有人埋伏在你住所附近的話，我是不會來的！」

「當然，你放心好了。」

「我想，你也一定急於希望我在你的面前出現，是不是？那麼你等著，我就要來了，我是隨時隨地都可以在你面前出現的。」

不等木蘭花再有任何回答，「卡」地一聲，吉蒂已掛上了電話，木蘭花放下了電話，又拿起了聽筒。她是想打一個電話給警局，詢問高翔的確切行蹤。

但是當她再拿起電話之際，電話卻寂然無聲！

在正常的情形下，電話聽筒一拿起來，是可以聽到一陣「胡胡」聲的，可是這時候，一點聲音也沒有！木蘭花的心中陡地一凜，她立時知道，電話已經被割斷了，那也就是說：敵人已然來到她住所的附近了！

這又是一個意外，如果她不是想打電話，她還未能發現這一點的，她連忙回到剛才的地方，又坐了下來。

那是客廳的一角，她緊靠著牆，前面又有一架大鋼琴遮著，當然比較安全些。她知道敵人已離得她極近了，可是她坐下來之後，卻一點聲音也聽不到，而且她那根特製的「手杖」，也是一點反應也沒有。

木蘭花意識到，吉蒂絕不是一個人來的，她一定帶著許多同黨，先完成對她住所的包圍，然後，她才進來對付自己。

木蘭花的心中實在是十分焦急，因為她雖然料到了這一點，但是她除了等待之外，卻完全沒有別的辦法！

木蘭花絕不是性格衝動的人，可是這時，她衝動得想將眼上的紗布撕了下來，她需要光亮，那怕是一絲光亮，也是好的！

那一絲光亮，將可以使她判斷敵人究竟在什麼地方，在做著什麼事，但是，她眼前卻連一絲光亮也沒有！

木蘭花並沒有真的將眼上的紗布撕下來，因為她究竟還不是那樣衝動的人，而她的理智也告訴她，就算她將紗布撕了下來，那還是不能獲得光亮的，她必須面對現實，現實就是黑暗，她要在黑暗中應付敵人的來襲。

她緩緩地吸著氣，又緩緩地呼著氣，等著。

木蘭花料得一點也不錯，吉蒂並不是一個人來的。四輛車子，在木蘭花住所兩百碼處便停了下來，是以木蘭花根本沒有機會聽到任何車子的聲音。

而吉蒂之所以命令車子在兩百碼開外處停下，最主要的目的，還是在弄清楚，木蘭花住所的附近是不是有人埋伏著。

所以，當那四輛車子一停下之後，有四個漢子立刻在吉蒂的命令下，在木蘭花的住所附近作了一項詳細的檢查。直到他們肯定，的的確確只有木蘭花一個人在屋中，而屋外又絕沒有埋伏時，他們才開始他們的行動。

兩個人先掩近木蘭花的住所，那兩個人，一個提著一捆電線，另一個則提著一只箱子，他們繞著木蘭花的住所圍牆轉了一轉，找到了電話線。

其中一個打開箱子來，將電話線鉗斷，然後又接在一條電線上，然後，他們迅速地退了回來，來到了吉蒂的身邊。

他們的行動十分小心，是以他們在那樣做的時候，木蘭花全然不知道，而當他們回到了吉蒂的身邊之際，電線已被接在另一具電話上，所以吉蒂可以和木蘭花直接通話。當吉蒂講完話時，她又拉斷了那根電線。

一共有十五人，連吉蒂在內，是十六個，這時正在公路旁的林子中，圍成了一個圓圈，吉蒂是他們的領導人，所以每一個人的目光，都集中在吉蒂的身上，想聽聽她準備如何安排。

吉蒂來回踱了幾步，才道：「木蘭花雖然喪失了視力，但是我們還是要小心行事，你們一定要接受我的指揮。」

那十五名歹徒一齊低聲道：「是。」

「你們五個人，」吉蒂向一邊的五個人指了一指，「設法爬上圍牆去，就守在屋子外面，不必進屋子去。」

那五個人答應著，吉蒂又指著另外五個人道：「你們，爬上二樓，我估計木蘭花是在樓下，你們守在二樓，不准弄出任何聲音來。」

那五個人齊點著頭，吉蒂吸了一口氣，道：「還有五個人，守住了屋子的每一處出路，我們絕不能讓木蘭花逃走！」

眾人中有人問道：「那麼，你一個人進去見她麼？」

「是的，」吉蒂咬牙切齒地回答著，「我一個人去見她，我一定要讓她嘗夠死亡的痛苦，然後才親自下手殺死她，現在，開始行動！」

十六條人影，迅速無聲地在黑暗中逼近木蘭花的住所，他們的行動十分小心，是以，一直當他們來到圍牆之外時，木蘭花還不知道。

但是，當他們開始攀過圍牆的時候，木蘭花已經知道了。

吉蒂這次帶來準備殺害木蘭花的人，全是暹羅鬥魚貝泰在生時最得力的部下，他們手段凶殘，思想靈敏，行動敏捷，全是為非作歹多年的歹徒。

但是，不論他們的身手是如何的靈敏，他們總不可能凌空飛過牆頭的，他們必須從牆頭之上翻進花園去。

當他們的身子一碰到牆頭之際，便必然會碰到牆頭的鐵枝，而一有東西碰到了那些鐵枝，木蘭花家中便有三處地方會發出輕微的「滴滴」聲來。

那會發出輕微的「滴滴」警報聲的地方，是廚房、臥室和客廳。

木蘭花這時正在客廳中，她自然立時可以聽到那聲音。而一聽到那種聲音，木蘭花也立時知道：有人來了！

她在真正知道敵人已然開始進犯的時候，心中反倒鎮定了下來。人的心理總是那樣的，在等待之際，那是最焦急的時刻。但一旦所等的事已然不可避免地降臨時，那麼，心境反會平靜下來，準備接受事實了！

木蘭花聽得那「滴滴」聲不住地響著，那表示不斷有人在觸及牆頭上的鐵枝，也就是說，來的絕不止一個人！

從那連續不斷的「滴滴」聲來判斷，吉蒂帶來的人，可能在十個以上，這麼多人來對付一個喪失了視力的人！木蘭花的心中，也不禁感到了一陣驕傲。

「滴滴」聲持續了兩分鐘之久，才靜了下來。

木蘭花用心地傾聽著，她實在聽不到任何聲音，已爬進了圍牆來的人，行動一定十分小心。木蘭花等了片刻，便按下了「手杖」柄上的一個掣，將杖柄放在耳朵邊上，「手杖」的微聲波擴大儀開始起了作用。

木蘭花聽到了本來聽不到的聲音，那是一陣十分雜沓的腳步聲，那種腳步聲之所以十分輕微，輕微到了木蘭花如果不靠儀器的幫助便根本聽不到的原因，是因為進了圍牆的人，全是在草地上走過來的，而且，他們的腳步都放得非常之輕。

過了半分鐘左右，木蘭花又聽到了一種爬牆聲，那是極其細微的一種「刷刷」聲，木蘭花立時知道，有人爬到二樓去了。

木蘭花仍然等待著，她在期待有人從二樓下來。可是，在分明有人上了二樓之後，卻又變得寂然無聲了。

木蘭花緩緩地吸著氣，她已開始明白吉蒂所作出的佈置了。

吉蒂的部署是：先將她包圍起來，再來慢慢地對付她！

反正，高翔已到德國去了，穆秀珍和安妮又已落到了她的手中，她有的是時間，她可以採用對她最有利的方法來進行！

木蘭花的心中開始有點懷疑起自己這樣做法，是不是很聰明來了。

她獨自一個人留在家中，目的是要將吉蒂誘到她面前來。現在，吉蒂的確來了，但是，吉蒂卻並不是貿貿然前來的，吉蒂是安排好了，有計劃前來的，現在是她安排好了讓吉蒂來上當，還是她自己鑽進了吉蒂的圈套？

一切又都靜了下去，就算有微聲波擴大儀的幫助，也聽不到什麼異樣的聲響了。木蘭花放下了「手杖」，她仍然坐著不動。

然後，在大約三十秒鐘之後，木蘭花聽到了玻璃碎裂的聲音。

玻璃碎裂的聲音，是從客廳的三面一齊傳了出來的。可見得同時之間，有三個人一齊動手，打破了玻璃。

木蘭花的身子震了一下。她是可以立時循聲射出三槍的，但是她卻沒有那麼做，她若是一開槍，那麼她的所在便立時暴露了。

可是木蘭花卻不知道，即使她一聲不出地坐著，她所在的地方，也已經暴露無遺了，在三塊玻璃打破之後，三盞小型的水銀燈已然被放上了窗臺，立時大放光明，整個客廳亮得如同白晝一樣，什麼都無法隱蔽！

吉蒂和另外五個人立時看到木蘭花坐在客廳的一角，在一架鋼琴之後。吉蒂也看清木蘭花的雙眼上都蒙著紗布，而她的手中握著一根手杖！

木蘭花完全是一個瞎子！而且，客廳是如此之光亮，但是木蘭花顯然未曾覺察，她還以為自己是在黑暗的包圍之中，十分安全！

當吉蒂一想到這一點時，她幾乎忍不住要放聲大笑了起來，如果她這時真的笑了出來，木蘭花知道了她的所在，那倒事情簡單了！

但是即使在她已然佔了極度上風的情形下，吉蒂的行事仍然十分小心，她並沒有弄出聲來，只是向木蘭花做出了十分獰惡的一個笑容來。

木蘭花當然看不到吉蒂的那種獰惡無比的笑容，她不但看不到吉蒂的笑容，而且，也根本不知道客廳中已然光亮無比了！

然後，吉蒂取出了一柄槍口十分大的手槍來，她將那柄手槍伸進了窗口，而且，立時扳動槍機。

當她扳動槍機之時，所發出的聲音十分之輕，但也足以令得木蘭花又震了一震，然而她仍然未採取什麼對付的行動。

而自那柄手槍中射出來的，也不是子彈，而是一具附有橡皮吸盤的擴音器，那擴音器射到了牆上，發出了「啪」地一聲響，就吸在牆上。

吉蒂立時伏了下來，伏在窗下，然後，她「哈哈」地笑了起來。

她人在客廳之外，可是她的笑聲卻是在客廳之內響起！她的笑聲，自那個吸在牆上的擴音器中傳了出來。

她的笑聲，對木蘭花來說，完全是突如其來。木蘭花只聽到了玻璃的破裂聲，和那「啪」地一聲響，她以為那「啪」地一聲響，只不過是有人拋了一塊石頭進來而已。

她還以為客廳中是黑暗的，而吉蒂和她的黨徒還徘徊在門外，不敢就這樣貿然地進客廳來，可是突然之間，笑聲卻自客廳中響了起來！

而且，木蘭花一聽，便可以認出，那是吉蒂的笑聲！木蘭花不但全然未曾聽到吉蒂進來的聲音，而且，她手杖上的超聲波探測也沒有起到任何的反應，吉蒂是什麼時候進來的呢？

在那一剎之間，木蘭花根本沒有多作考慮的餘地，連射了三槍！

雲五風的那根「手杖」，雖然有發射子彈的設備，但是「手杖」的子彈發射裝置，和普通槍枝的原理是絕不相同的。

這根「手杖」是利用壓縮的原理而射出子彈的。所以發出的聲音並不是十分強烈，只是「嗤嗤嗤」地三下聲響。

那三下聲響，聽來像是蒸汽管漏氣時發出的聲響一樣！倒是三枚子彈射中牆上時，所發出的三下聲響，在窗外也清晰可聞。

那只吸在牆上的擴音器，只不過手指般大小，而那面牆距離木蘭花坐的地方大約是十四呎。以木蘭花的射擊術而論，如果她不是視力喪失的話，那麼，她只要一槍，就可以將那只擴音器打成粉碎的。

但是現在，她的眼睛卻是一片漆黑，她只不過是循聲突然發出了三槍，根本不可能瞄準。

但即使是那樣，她那三槍雖然未曾射中那枚擴音器，然而其中有一顆子彈，卻在那擴音器只不過四吋處嵌進了牆中！那也就是說，如果真是吉蒂站在那牆前大笑的話，那麼木蘭花還是可能射中她的！

躲在窗外的吉蒂，也聽到了三下聲響，她立時取出了一具小型潛望鏡來，將管子拉長，令得管子的一端伸進了窗口之內。

這樣，她仍然伏在窗下，但是她卻可以看到客廳中的情形，她首先看到，牆上多了三個子彈的彈孔。然後她轉動著潛鏡，看到木蘭花仍然坐在那角落中。

令得吉蒂感到奇怪的是，木蘭花的手中並沒有槍！

剛才那三槍，肯定是木蘭花發射的，因為她已可以確信，屋中除了她的人之外，便只有木蘭花一個人。但是木蘭花的手中，為什麼沒有槍呢？

吉蒂只不過略想了一想，便有了答案。

那根手杖！

吉蒂立時想到，木蘭花手中的那根手杖，絕不是普通盲人所用的手杖，它是一柄手杖槍，更可能，除了當作槍用之外，這手杖還有許多別的用途！

吉蒂一想到這裡，她不禁又笑了起來。她又進一步地接近成功了！因為木蘭花竟是如此沉不住氣，不等她真正進入客廳，便已然射了三槍。

這使她有了一個行動的步驟！她的下一個步驟就是：設法將木蘭花手中的「手杖」弄走！那麼，木蘭花便再也沒有反抗的餘地，只有聽憑她的宰割了！

吉蒂的心中在迅速地轉著念，木蘭花的腦細胞當然也未曾空閒著，她在射出了三槍之後，沒有聽到任何聲息，木蘭花的心中實是疑惑到了極點。

她那三槍若是射中了，那麼應該有吉蒂的倒地聲！如果她三槍未曾射中，那麼吉蒂應該已經逃了開去，那也有聲音發出來，如何會一點聲音也沒有呢？

木蘭花痛苦地搖著頭，她什麼也看不見，她實是難以判斷在眼前發生了什麼事，而這時候，吉蒂的笑聲又響了起來！

那令得木蘭花又是一震，她連忙再以「手杖」對準了笑聲的來源，這時，不但聽到了吉蒂的笑聲，而且聽到了吉蒂的講話聲。

吉蒂的講話聲，自吸在牆上的擴音器中傳了出來，道：「蘭花小姐，久違了，你雙眼瞎了，那真是十分遺憾的事情！」

木蘭花的身子在微微發著抖，在那一剎間，她心中的恐懼竟變得無法掩飾了！那是因為她感到她自己實是失去了保護自己的能力！

在那片刻之間，她心中的慌亂，實在是難以形容的。

而接下來，吉蒂的話，卻更是令得她慌亂之極，她又聽得吉蒂道：「咦，我們大名鼎鼎的女黑俠木蘭花，怎麼發起抖來了！」

木蘭花一聽得吉蒂這樣講法，心中只想到了一件事：她看得到我！而我卻一點也看不到她！

木蘭花仍然不十分明白，何以吉蒂可以看得到她，而且看得如此之清楚，因為她未曾聽到任何開燈的聲音傳出來過。

但是，她的確在發著抖，而吉蒂又的確看到了她。

木蘭花從來也沒有陷入那樣的困境過，她竭力要使自己鎮靜下來，但是她竟不能做到這一點，她喘著氣，並不出聲。

吉蒂又哈哈大笑了起來，木蘭花在吉蒂的笑聲中，在她自己心情的極度慌亂中，她突然想到了一點！吉蒂何以竟不怕自己攻擊她？

自己雖然喪失了視力，但是無論如何，吉蒂也沒有如此肆無忌憚的道理，難道她不怕自己亂槍射中她麼？而她之所以敢如此肆無忌憚，那只可能有三個原因，那便是：她人根本不在客廳之中，雖然她的聲音在客廳中傳了出來。

木蘭花的心思何等縝密，她一想到了這一點，立時想起了三塊玻璃破裂之後，所聽到的「啪」地一聲響來，當時她以為那是一塊小石子！但如今，她卻知道，那是一具擴音器！

是這具擴音器，將吉蒂的聲音帶到了客廳之中，而實際上，吉蒂人還在外面！

4 老鼠開會

木蘭花一想到了這一點，她心情並不因此而稍為鬆懈些，因為她知道自己的目標已然暴露了，吉蒂是隨時隨地可以對付自己的！

而吉蒂之所以不立即對付自己，那是因為她的心中將自己恨到了極點，她遲早是要對自己下手的，但是她卻要在下手之前，將她心中的恨意先宣洩出來！

木蘭花歡迎吉蒂那樣做，那樣對木蘭花是有利的。木蘭花可以利用這一段時間，從極不利的處境中，竭力爭取變為有利。當然，木蘭花是不是能達到目的，也只有天曉得了。

現在，吉蒂是在客廳之外，但是，她在什麼地方呢？

木蘭花將手杖對準了吉蒂聲音發出來的地方，反射回來的超音波的震盪告訴她，在她的前面只有牆，而並沒有人在！因為人和牆會產生不同程度的震盪，木蘭花是可以分辨得出來的，這更證明她所料的事是料對了！

而吉蒂這時，則繼續地在嘲笑著木蘭花，道：「女黑俠，你的臉色看來太蒼白了，為什麼？可是因為你心中害怕了麼？」

木蘭花還是第一次開口，她聲音之鎮定，令得吉蒂吃了一驚，木蘭花道：「是的，我害怕，可是你又何嘗不害怕呢？」

吉蒂「格格」地大笑著，道：「我怕？我怕什麼？」

木蘭花道：「你怕我，雖然我喪失了視力，雖然你帶了那麼多人來，但是你仍然是那樣怕我，不然你為什麼不敢進來，為什麼？」

木蘭花的話，令得吉蒂感到了極度地憤怒！

而木蘭花的目的，就是要吉蒂感到憤怒！她剛才一面用言語來激怒吉蒂，一面不斷旋轉著手中的手杖，如果吉蒂受不住木蘭花的刺激，而突然現身的話，那麼木蘭花立時可以知道她在何處了！

可是，吉蒂雖然心中的怒意到了極點，但是她只是緊緊地握著拳，絕不妄動。而其餘人沒有她的吩咐，自然也一律靜伏不動。

吉蒂只是「嘿嘿」地冷笑著，道：「木蘭花，你的時間已經不多了，但是你在那一段時間中，卻可以飽嘗死亡的恐怖！」

木蘭花笑了起來，她已然漸漸恢復了鎮定，是以，她那種聽來十分安詳的聲音，令得吉蒂的心中感到十分狼狽，更使吉蒂難以明白，何以她竟一點也不害怕！

木蘭花當然是驚震的，但是她卻能在極度的驚恐下控制自己的情緒，使她的敵人不覺得她在害怕，這是他人所難及之處！

吉蒂的心中想著，一定要奪下木蘭花手中的手杖來，一定要解除她的武裝，那麼自己就可以走進去，當面去侮辱她了。

吉蒂蹲著身，後退了幾步，抬起頭來。

已經佔領了二樓的五個人中，有三個守在窗口，正探頭向下望著，所以，吉蒂一抬起頭來，便立時看到了他們，吉蒂向他們連連打著手勢，那三個人一齊點著頭，吉蒂又回到了窗下，她仍然將眼湊在潛望鏡上。

她是極安全的，因為木蘭花就算知道她伏在什麼地方，也是沒有法子射得中她的，一堵厚厚的牆保護著她！但是，她又可以看到客廳中的情形！

她看到，一個人已躡手躡腳自樓梯上走下來了！

她剛才退後，向樓上的人打手勢，就是要樓上的人下來，設法奪走木蘭花手中的那根手杖，這時，已有一個人走下來了。

樓梯上是鋪著地氈的，一個人輕輕地走下來，可以說是一點聲音也沒有的，但是吉蒂還是唯恐木蘭花的聽覺十分靈敏，是以，她又怪笑了起來！

她的笑聲，經過了擴音器的傳播，在客廳中聽來，簡直刺耳之極。在那樣的情形下，就算那人是跳下樓梯來的，也不會有人聽到的！

吉蒂的笑聲一響起，下樓的那人，速度陡地加快。轉眼之間，那人便已到了客廳之中，他在樓梯停了一停，向前走來，他一步一步地逼近木蘭花，木蘭花仍然坐著不動。

木蘭花雖然坐著不動，但是，在那人還在樓梯上的時候，藉著「手杖」柄上的震盪，她已然知道，有一個人下來了。她接著更知道，那人在漸漸地接近自己。

她可以肯定，那只是一個人！

她不想浪費子彈，所以，她要到那人來到最近時，才開始射擊！

那人來到了鋼琴之前，他離木蘭花只不過是五呎了！

他停了一停，然後，繞過了鋼琴，又向前走去，他一繞過鋼琴，便已伸出手去，那是準備出其不意將木蘭花手中的手杖奪過來的。

可是，他才一轉出鋼琴，木蘭花的「手杖」已然疾揚了起來，接著，便是「嗤」地一聲響，子彈已然疾射了出來。

只見那人突然一呆，伸手按住了胸口，在他的臉上，現出了一股莫名其妙的神色來，像是在那片刻之前，他根本不知道發生了什麼事一樣，但是，血已順著他的指縫流了出來，他退了三步，「蓬」地跌倒在地！

由於那人在中了一槍之後，還呆了幾秒鐘才倒向地上的，是以在那幾秒鐘之內，木蘭花的心中可以說緊張到了極點！

她以為自己又沒有射中那人，或是超聲波探測儀有了毛病，雖然只是幾秒鐘的時間，但是在木蘭花的感覺上而言，卻是長得出奇！

終於，「蓬」地一聲，那人倒地的聲音傳了過來。隨著那一下響，木蘭花的心中頓時像放下了一塊巨石。

她雖然看不到眼前的情形，但是從那一聲響，和那一下聲響之後再也沒有別的聲息這兩點看來，那人是一中槍還未倒地時，就已經死了的。

那也就是說，這一槍，已射中了他的要害！

木蘭花緊緊地握住了那根「手杖」，那是她唯一能保護自己的工具，她絕不能失去這根「手杖」，而她也意識到，那人偷偷地接近她，目的並不是殺害她，而是要奪取那根手杖，使得她完全失去抵抗的能力！

木蘭花仍然坐著，慢慢地轉動著那「手杖」。

這一切情形，伏在窗外的吉蒂，自然也是看得清清楚楚的，她心中又驚又怒，又向二樓窗口揮了揮手。

一個人在快接近木蘭花時突然喪生，其餘四個人自然不免膽寒，但是他們都知道，如果違反吉蒂的命令，結果只有更糟糕！而如果能夠成功的話，那當然是一項極大的功勞，可以自此而獲得吉蒂的特別青睞，是以，樓上的四人略一猶豫，立時又有一人在樓梯口出現。

那人不是從樓梯上走下來，而是從樓梯的扶手上滑下來。

他疾滑而下之後，一個翻身，便翻到了樓梯的另一邊，木蘭花「手杖」的扶手震動了一下，使她知道又有一個人下來了。

但是，那個人滑了下來之後，到什麼地方去了呢？

木蘭花「手杖」上的探測波沒有反應，木蘭花知道，那人一定是躲起來了，躲在什麼傢俱的後面。他的一個同伴死了，他當然會小心得多。木蘭花也用心等著。

那人在樓梯的一邊，伏了約有半分鐘，便慢慢地向前走來，當他走到餐桌之旁的時候，他突然舉起了一張椅子，拋了出去。

「砰」地一聲響，那張椅子跌在一張茶几旁邊，將一盞座地燈撞得倒了下來，木蘭花立時循聲轉過頭去。

在那片刻之間，木蘭花明明知道，那人並不是在聲音傳來的方向，而是在餐桌的附近，可是當她聽到了那一下巨響之後，她還是立即轉過了頭去。

那可以說是一種自然的反應！就在木蘭花一轉過頭去間，那人以十分敏捷的身法向前直跳了出去，看情形，他是準備突如其來撲向木蘭花的。

但是就在他身在半空中的時候，木蘭花的手腕一沉，杖尖對準了那人，緊接著，「嗤」地一聲，那人在半空之中直跌了下來。

那人跌下來的地方，恰好就在中槍的歹徒旁邊，他跌下之後，還掙扎了一下，想要坐起身子來。但是，他的身子只伸了一伸，頭便垂了下去。

接著，他再度的向下倒去，血自他的頸際流出來，他的頭枕在第一個死去的歹徒身上，而他也在中槍之後，半分鐘就死了。

原來木蘭花雖然被聲音吸引得轉過頭去，但這時候，她的「眼睛」實際上就是那根「手杖」，那人只不過令得木蘭花的頭轉了過去，其實那是完全起不了作用的，木蘭花的「手杖」仍然對準了他。當木蘭花發覺出震盪的感應，突然加強之際，她知道對方已經向自己疾衝了過來，所以，她立時又射了一槍。

她知道，這一槍又射中了！

在牆外看著客廳中情形的吉蒂，緊緊地咬著了牙。

吉蒂是從潛望鏡中觀察客廳中的情形的，而另外兩個人，則探出了半個頭，從窗口中看進去，當他們看到接連兩個人死在木蘭花的槍下之際，他們的心中都大為駭然，不約而同地爬行到了吉蒂的身邊。

其中一個用極低的聲音道：「吉蒂，我們上當了！」

吉蒂心中的怒意正在十分熾烈之際，聽得那人這樣講，忍不住沉聲斥道：「你這樣講，是什麼意思？」

那人的講話聲十分低，木蘭花根本未曾聽到，而吉蒂的講話聲也十分低，可是她心情惱怒，多少有點呼喝對方的意思在內，聲音總比較高了些，木蘭花仍然未曾聽清她在講些什麼，但是她卻聽清在窗外有人聲傳來！

木蘭花立即想到：敵人是伏在左面窗下！

木蘭花又多瞭解了一點敵人的動向，這使得她的自信心又增加了不少。

而這時，在窗外，那人仍以極低的聲音道：「吉蒂，木蘭花的視力沒有喪失，她是可以看得到東西的，我們被騙了！」

兩個歹徒的相繼死亡，也令得吉蒂的心中又怒又驚，她立時道：「胡說，她盲得像蝙蝠一樣，誰說她看得見東西？」

那兩個人一齊苦笑，道：「吉蒂，可是她的感覺卻比蝙蝠還要靈敏得多，我們已經少了兩個人，這——」

吉蒂怒道：「怎麼，你們可是想打退堂鼓？」

那兩個人的臉色微微變了一變，一個忙道：「不，我們不是這個意思，我的意思是，我們不妨乾淨俐落，就這樣——」

他講到這裡，握了一柄槍在手。那是一柄殺傷力十分大的德國軍用手槍，他將槍伸進窗口，向木蘭花指了指。

他的意思十分容易明白，那是他想勸服吉蒂，不要再去想奪走木蘭花的「手杖」，就這樣在窗口一槍結果了木蘭花，立時便離開這裡，遠走高飛！

木蘭花在一聽到窗外有輕微的人聲傳來之際，她的注意力便開始集中在左方，窗外的輕微語聲一直傳了過來，她已然準備向著窗外發射幾槍了。

就在那人將手槍揚過窗臺，伸進窗子來之際，木蘭花突然覺出了一陣金屬的震盪，她陡地一驚，連按了三下掣！

三顆子彈呼嘯而出，兩顆射穿了玻璃向外飛去，其中有一顆，恰好射在那柄手槍上，那人雖然舉槍向內，但是他卻仍然是望定了吉蒂在說話的，剎那之間，他根本不知道發生了什麼事，手上猛地一震，那柄槍已被射中了！

而那柄槍一被射中，「蓬」地一聲巨響，立時爆炸了開來，那人的右手在突然之間化為一陣血雨，自他右腕上消失了！

那人被炸碎的右手，血肉亂噴，噴得吉蒂一頭一臉。

在剎那之間，那人全不知發生了什麼事，但是那差不多只是半秒鐘的時間，接著，那人便怪叫了起來，叫道：「我的手，我的手！」

在那人怪叫的時候，吉蒂已經靈敏得像一頭小貓一樣，向外滾了開去，她滾開了三四碼，轉身發槍，一連兩槍卻射進了那人的胸口。

那人的身子搖晃著向下倒了下去，倒在地上時，他仍然直舉著他已經沒有了右手的右臂，張大了口，像是他還在問他的手到了何處去一樣！

在那一剎間發生的聲響，實在是驚心動魄的，而木蘭花也實在難以判斷在那片刻間，究竟發生了一些什麼樣的情況。但是她總可以知道，她向窗外射出了一槍，對她來說是有利的，而對方則一定已然因為這一槍而蒙受了相當的損失。

吉蒂在射死了那人之後，連忙蹲了下來，她的臉上全是血漬，她矮著身子，向噴水池奔過去，在噴水池中，將臉上的血污洗去。

她並沒有受傷，但是她卻暫時不敢再接近窗子了。

她略定了定神，向那四個人招了招手。那四個人一齊矮著身，向前奔了過來。

吉蒂沉聲道：「不聽我命令的人，有什麼樣的結果，你們都看見了？」

那四個人的心中一齊苦笑，他們互望了一眼。在那瞬間，他們四個人所想的事，全是一樣的，他們全在想：聽你命令去奪木蘭花手杖的人，不是也完結了？

吉蒂喘了一口氣，道：「木蘭花手中的那根手杖上，一定有著極其靈敏的探測設備，她就是靠著這根手杖，才維持著如今局面的。我們一定要先將她的那根手杖奪下來！」

那四個人全都苦著臉，不出聲。

這等於是一群老鼠在開會，說貓走的時候，無聲無息，不易發覺，最好能在貓的頸上掛一個鈴，貓一走動，鈴就響，那麼牠就再也捉不到老鼠了。可是，由誰去將那個會響的鈴掛在貓的頸上呢？

吉蒂也像是看出了那四個人的心意，她恨恨地道：「你們也太不中用了，現在並不是要你們去想辦法，只不過要你們去實行！」

那四人苦笑道：「吉蒂，可是——」

吉蒂怒氣漲紅了臉，尖聲地道：「別說什麼可是！」

她那一下尖叫聲，叫得實在太大聲了，當她自己知道這一點的時候，已然聽得木蘭花的笑聲從客廳中傳了出來，木蘭花大聲道：「吉蒂，你已經手足無措了，是不是？」

木蘭花從聲音方面來辨別，她可以斷定吉蒂是在噴水池那一帶附近，她記起雲五風曾對她說過，這手杖可以發射兩枚火箭的，她已經在準備了！

吉蒂一聽得木蘭花在嘲笑她，咬牙切齒地道：「你的死期快到了，你還——」

她的話還未曾講完，只聽得一下尖銳之極的嘶空之聲剎地傳了出來，一枚四吋長，手指粗的小火箭，已然呈拋物線向噴水池落了下來。

吉蒂連忙大喝一聲，道：「快伏下！」

她雖然叫了三個字，但事實上，根本沒有人聽到一個字，因為等她開口時，火箭早已落在噴水池中的石像上爆炸了。

那座石像，是約有五呎高的天使雕像，在一秒鐘之內被炸得粉碎，碗大的石塊，如暴雨也似地落了下來，吉蒂聽到了兩下慘叫之聲。

然後，她的左腳一陣奇痛，她雙手遮住了頭，不敢抬頭去看，她忍著痛，冒著汗，那時間，其實只不過半分鐘而已，但是那半分鐘的時間，卻像是真正的世界末日似的！

等到那爆炸聲已成為過去，再也沒有石塊下落時，吉蒂才勉力站了起來，向外奔開了兩步，她的左腳又是一陣劇痛，令得她幾乎跌倒。一個人連忙奔過來將她扶住。

吉蒂咬著牙，轉過頭去看時，石像爆炸後的石塊令得三個人喪了生，石頭正擊在他們的頭部，而扶她的那個人，卻未曾受傷。

吉蒂的足踝也被一塊石頭砸中，痛得她左足難以點在地上，她用力推開扶住她的那人，自己跳躍著向前跌出幾步，在一張石凳上坐了下來。

她的外號雖然叫著「洋娃娃」，可是此際，她臉上神情之難看，卻比凶神惡煞更甚。

她坐下後，足足喘了三分鐘才道：「召集他們！」

那人回頭望著死在噴水池旁的三個同伴，發出了一下尖叫聲，樓上尚餘的三個人，沿著牆爬了下來，其餘五個人也趕到吉蒂的面前。

他們來的時候，連吉蒂也在內，一共是十六個人！而這時，他們只剩下十個人了。兩個死在客廳中，一個死在吉蒂的槍下，另外三個，則在噴水池旁被石塊砸死。而木蘭花呢？自始至終坐在椅上，未曾站起來過。

木蘭花聽到那一下尖嘯聲，也聽得在花園中奔來奔去的聲音，她不知道剛才那一枚小型的火箭，已使對方受了極重的傷亡。然而木蘭花從那一陣雜亂的腳步聲中，卻可以聽得出，對方的陣腳已開始亂了，至少他們已不敢再在窗口潛伏著了。

那麼，自己要不要趁這機會換一個地方呢？

木蘭花一想到了這一點，立時站了起來，迅速地奔到了樓梯上。

她本來是準備奔上樓去的，但是等她到了樓梯口的時候，她立時想到，如果她奔上樓去，那麼敵人守候在樓下，她就變成困守在樓上了！

那對她來說，將是一件十分不利的事情。是以在剎那之間，她改變了主意，她不向樓上去，而是向前踏出了兩步，推開了通向廚房的門。

她也不向廚房去，又向旁轉了一轉。

在通向廚房的那一段短短的走廊中，有一間雜物室，木蘭花打開了那雜物室的門，她也不躲進雜物室中，只是站在雜物室門後。

木蘭花已離開了客廳，但是吉蒂和她手下的歹徒卻全然不知道，那九名歹徒的心中都十分驚怖，但是他們又不敢在吉蒂的面前表現出他們心中的害怕來，是以他們的臉上都帶著一種十分尷尬的神色。

他們一齊望著吉蒂。吉蒂沉默著，並不出聲，但是她的心中卻在不斷地告誡自己：別發怒，越是發怒，木蘭花便越是有可趁之機！

自己這方還有十個人，至少還有二十個小時的時間，那是絕沒有理由鬥不過木蘭花的，只要用用腦筋，一定可以將木蘭花活捉的。

吉蒂咬牙切齒地想著，她突然指著其中一人道：「你！」

那人陡地一震，道：「是！」

當他的身子一震之際，他的面色也變了，吉蒂怒得幾乎要順手給他一巴掌，但是她總算忍住了，因為這時正是用人之際！

她只是冷笑一下，道：「看你害怕成那樣，你的槍法一定也不會準的了，是不是？」

「不，不，」那人忙道：「誰說我害怕？我是第一流的射擊手。」他一面說著，一面花巧地轉著手中的槍。

吉蒂冷冷地道：「那好，你過去，從窗外瞄準，一槍射中木蘭花手中的手杖，你可以做得到這一點麼？」

那神槍手遲疑了一下。那實在不是一件什麼困難的任務，但即使是一件十分簡單的事情，當想到要對付的對手是木蘭花時，都是不免令人心悸的。

但是那神槍手只猶豫了一下，便道：「吉蒂，我可以遠程射擊，那樣更有把握，我可以爬上那株樹去，用小型來福槍射向——」

當他講到這裡的時候，他自然而然伸手向客廳指了一指，也就在那時候，他呆住了，客廳中仍然十分之光亮，而他也可以看得到，木蘭花已不在那個位置上了，他立時道：「吉蒂，木蘭花，她已經走了。」

吉蒂直跳了起來，一時之間，忘記了她左踝已受了傷，等到她記起來時，她的左足已重重地踏到了地上，她又是怒，又是痛，發出了一下尖叫聲來！

那一下尖叫聲，連站在雜物室門後的木蘭花也聽到了，木蘭花立即知道，吉蒂還在花園中。

吉蒂自然是不會離去的，她準備和她的手下怎樣對付自己呢？木蘭花心中想著，她是不是會放棄折磨自己的打算呢？如果是那樣的話，那麼她可能放火燒房子，或者用毒氣將自己逼出去！

木蘭花想到了這一點，她手心又不禁滲出汗來。

如果吉蒂下令將催淚氣射進屋子來呢？木蘭花迅速地走進廚房，靠她的記憶，取到了一疊毛巾，然後，她將那一疊毛巾全都用水淋濕，又回到了那扇門後。

她總共花了不到兩分鐘的時間，而在那兩分鐘中，吉蒂還坐在地上，抱著她的左腳，咬著牙，那一陣劇痛，使她還未能夠講出任何話來。

在吉蒂恢復了講話的能力之際，自她的口中，爆出了一連串最惡毒的詛咒來，然後她罵道：「還不去包圍屋子，站在這裡做什麼？」

那幾個人一齊奔了開去，但吉蒂立時又叫著：「留一個人在我身邊，準備催淚彈，我不信她可以不出來！」

一名漢子立時提過了一只箱子來，打開箱子，取出了兩枚催淚彈，裝在發射槍上。吉蒂一伸手，搶過了發射槍來，連射出了兩枚，一枚射向二樓，另一枚是從客廳中直射進去。

射進了兩枚之後，她又射了兩枚，濃煙已充滿了整幢房子，窗口中有濃煙湧了出來。

催淚彈爆開來的時候，發出的聲音十分沉悶。對於武器素有研究的木蘭花，一聽到那四下聲響，她知道自己又料中了！

吉蒂果然施放毒氣彈了，但是木蘭花一時之間，還不能肯定吉蒂施放的是什麼毒氣，她立時將濕毛巾敷在臉上。

透過濕毛巾來呼吸，當然比較困難，但是卻可以有效地阻隔毒氣。

而且，每一次她都可以在事先料到吉蒂要做什麼，這也令得她感到十分欣慰，她開始感到，自己並不是必然處在下風的。

催淚氣在屋中漸漸地蔓延開來，木蘭花一層一層地加著濕毛巾，她身上有幾筒壓縮氧氣，但是非到萬不得已，她不想使用它們。

發射了四枚強力的催淚彈之後，吉蒂命那人扶著站了起來，等候著木蘭花出來，她設想著木蘭花跌跌撞撞走出來的情形，然後，她就先射木蘭花的膝蓋，令木蘭花跌倒，然後，再射向她手中的「手杖」，那麼，事情已完成一大半了。

可是，時間慢慢地過去，濃煙已漸漸散盡了，吉蒂的等候卻落了空，木蘭花並未曾從屋子之中走出來！

吉蒂氣得連聲音也有點啞了，她一揮手，道：「兩個人一組，進去看看，連一個瞎子也鬥不過，那太好笑了！」

圍在屋旁的幾個人又聚在一起，商議了幾句，首先兩個人，「砰」地一腳踢開了大門，人還沒有進去，便掃出了兩排子彈。

他們手中的手提機槍看來雖然輕巧，槍聲也十分輕，但是其威力卻是十分驚人的，軋軋軋軋的槍聲過處，客廳中的陳設已幾乎全被破壞了，有七八枚子彈打在鋼琴上，鋼琴在破壞時，發出巨大的嗡嗡聲來。

那兩個人在掃了兩排子彈之後，大踏步衝了進去，他們在客廳中略停了一停，立時向樓梯之上奔了上去。

那一切聲響，木蘭花全是聽得清清楚楚的，她的心中又緊張了起來，她知道這一次雙方再接觸，已經是短兵相接了，她聽得兩個人奔上樓梯去的聲音，心中暗自慶欣自己未曾上樓去。

但是也就在這時，只聽得又是一陣槍聲，自廚房後門響了起來，接著，便是廚房中所有的用具全遭到破壞時所發出的驚人的嘈聲。

有幾枚子彈，甚至射穿了通向走廊的門，呼嘯著從走廊中飛了過去。這令得木蘭花陡地一凜，敵人不但從前面衝進來，而且還從後門衝進來！

從後門衝進來的人，第一個到達的地方，自然是廚房，而除非他們不準備再深入，要不然，下一步，一定便來到那短短的走廊之中！而木蘭花就在那個走廊中！

木蘭花立時揚起了「手杖」，她的手指輕輕地按在一個掣上，只要她一用力，杖尖就會有強烈的麻醉氣射出來，可以使人在二十四小時之內昏迷不醒。

木蘭花不知道敵人究竟有多少，她必須盡可能節省子彈。

而已進入廚房中的人，只要他繼續深入，那麼他一推門，木蘭花和他們的距離便不會超過七呎，在那麼短的距離下噴射麻醉氣，比子彈的作用更大，而且不會有什麼聲音發出來。

木蘭花緊張地傾聽著，她聽得兩個人的咒罵聲。

那兩個人一面罵著，一面踢開跌在地上的罐頭和各種各樣的東西，發出唏哩嘩啦的聲音來，終於，木蘭花聽到，他們已來到了門口。

他們在門口略停了一停，然後用力拉開了門。

就在聽得門被拉開的時候，木蘭花用力按下了掣，自杖尖急噴出來的麻醉氣體足可以令首當其衝的兩頭大象昏迷不醒，何況是兩個人！

那兩個人的身子一陣搖晃，向後倒去。

其中的一個，在向後倒去的一剎間，手指還在槍機上緊緊地扣了一下，幾十發子彈立時呼嘯著射了出來。

由於他是仰天向後倒去的，是以那幾十發子彈是斜斜向上射出的，穿過了通向客廳的門，射向樓梯，剛好那兩個上了樓的人正在這時走下來，其中一個首先中彈，立時骨碌碌地自樓梯上滾了下來。

另一個大叫道：「喂，你們瘋了？是自己人！」

可是，那兩個人早已昏迷不省，哪裡還聽得到他的呼叫，那人的身子蹲著，眼看著剛才還和他活生生進來的同伴，這時至少有十處地方在流著血，已經倒斃在樓梯之下，他雖然是極其凶狠的匪徒，也不禁發起抖來。

他一面發著抖，一面站起身來，手中端著槍，大叫道：「木蘭花，你在什麼地方？你敢出來麼？你敢麼？」

木蘭花仍然躲在門後不動。

那人像是飲醉了酒一樣，從樓梯上跌跌撞撞走了下來，他毫無目的地又掃了幾排子彈。在軋軋的槍聲中，他的膽子似乎壯了些。

他大叫著道：「木蘭花，你——」他只叫到這裡，便陡地呆住了！

原來就在這時，木蘭花竟突然在他眼前出現！

木蘭花走了出來！

5 雙重打擊

木蘭花敢在那樣的情形下走出來，那實在是極其大膽的一個行動，她實在是在藉這一個行動，考驗她自己的勇氣！

首先，她已在那人的聲音中，聽出那人的心中實是恐懼之極，其次，她想到自己如果突然出現，對方一定會呆一呆的。那一呆，或許只是十分之一秒，但已經夠了。是以她突然拉開門，走了出來。

而就在那人話講到了一半，看到木蘭花，陡地停口之際，他還未及轉過槍口來，木蘭花已連射了三槍。

那三槍，每一槍都射中了他的身子。然後，木蘭花立時伏了下來，那人的身子轉了一轉，在幾秒鐘之內，他幾乎將手提機槍中的子彈全都射了出去。

其中有一大部分是穿過了客廳的窗子，射向花園去的，接著，突然變得寂靜了，靜得什麼聲音也沒有。

木蘭花在地上迅速地爬出了幾步，當她碰到第一張沙發之際，她立時一轉身，到了那張沙發的後面，然後，拉著沙發，退到了牆角。

她眼前仍然是一片漆黑，什麼也看不到，在過去將近一小時之間，她全身神經都像是弓弦一樣地緊張，這時候，她仍是不敢鬆弛，她蹲在沙發後面，喘了幾口氣。

實在太靜了，和敵人還沒有來的時候一樣，這樣的靜，實在不很正常，吉蒂又在出什麼主意呢？她在想什麼新的辦法呢？

那時候，在花園中的吉蒂，面色蒼白得難以形容！

從屋中傳來的槍聲，呼叫聲，她在花園中全可以聽得很清楚，當屋中的聲音突然靜了下來之後，她也可以知道，她派進去的四個人又完了。

她不由自主地喘著氣，她只剩下五個人了！

而當她向那五個人望去之際，她也知道，如果她再命令那五個人衝進屋子去——不要說衝進屋子去，就是接近屋子，只怕也沒有可能！

就在她向五人望去之際，其中一個哀求似地道：「吉蒂，我們有足夠的力量將整幢房子夷平，何必虛耗時間，如果有人——」

吉蒂惡狠狠地道：「不會有人來的，木蘭花要逞英雄，她以為自己一個人可以對付我，怎麼，你們以為我真的沒有辦法了麼？」

那五個人面面相覷，苦笑著。

吉蒂突然怪聲笑了起來，道：「將無線電通訊儀給我，如果以為我沒有辦法了，那你們就大錯而特錯了，我有辦法叫木蘭花乖乖地拋出她那根手杖，走出來聽憑我的處置！」

在那樣的情形下，那五個人聽得吉蒂那樣說法，簡直就像是在聽神話一樣。但是吉蒂一接了無線電通訊儀在手，按下了掣，連續地道：「我是吉蒂，我是吉蒂！」

「卡德勒，我們的俘虜怎樣？」

「很好。」

「立即帶她們回家來，我等著！」

吉蒂一講完，面上便又現出了獰笑來！

那五名歹徒一聽得吉蒂下令，要卡德勒將穆秀珍和安妮兩人押來，他們的臉上立時現出了喜容來，有一個還諂媚道：「吉蒂，你真行！」

吉蒂冷笑了一聲，道：「我們是一定勝利的，穆秀珍和安妮來了，如果木蘭花仍不肯投降，那我們就先將她們兩人殺死，這已夠令木蘭花痛苦的了，我的氣也出了，到時，將整幢屋子夷平，叫高翔回來，什麼也看不到！」

由於同伴的不斷受殲，那五人本來已然十分沮喪，但是吉蒂的話，卻又令得他們興奮起來，他們問道：「那我們現在怎麼辦？」

「等著！」吉蒂咬牙切齒地說著，她之所以咬牙切齒，一則是由於她心中對木蘭花的懷恨，二則是由於足部的奇痛。

她喘了一口氣，又道：「等到穆秀珍和安妮一到，那就什麼都解決了，快來扶我，我們不要停在一個地方太久了！」

那五個人中，有兩人連忙扶起了吉蒂，他們退到了花園圍牆的一角才停了下來。而另外三人，則散了開來，監視著那幢房子。

夜十分寂靜，但是寂靜對木蘭花來說，卻是比剛才那樣驚心動魄的爭鬥更來得可怕，因為她完全無法知道在寂靜中有什麼事發生，她需要聲響，因為她眼前已然是一片漆黑，如果再加上寂靜，那對她是雙重的打擊。

但是，木蘭花只隱隱地聽到吉蒂的聲音自花園之中傳來。木蘭花並聽不清楚吉蒂是在講些什麼，她只是心中想：吉蒂還在，自己那一枚火箭是白射了，自己的武器有限，敵人可能不斷有增援的人，還是小心些好。

接著，她便什麼聲音也聽不到了，像是敵人已撤退了！

然而，那是絕無可能的事。

木蘭花的心神一直是如此之緊張，這使得她實在覺得非常之疲倦了，她真想好好地躺下去睡上一覺，可是，她卻連這樣的念頭都不敢想！

她如今是一個喪失了視力的人，只有她一個人，但是卻要對付著不知多少，而且是極其凶惡的敵人！在那樣的情形下，「休息」一下對她來說，實在是一個太奢侈的願望了。

她一直躲在那張沙發之後，等候新的發展。

她是無法採取主動的，她只有耐心地等著，在敵人開始進攻的時候，她反擊敵人，才能將敵人一個個地消滅，直到輪到吉蒂！

這時，如果有什麼人在公路上駕車經過，除了驚訝於何以客廳中如此光亮之外，一定想不到，在表面上看來如此平靜的一幢花園洋房之中，竟然會隱伏著如此驚心動魄的殺機！

安妮和穆秀珍兩人被兩名大漢夾在中間，坐在那輛大房車的後面。那兩名大漢的手中都持著槍，槍也都對準了她們的腰眼。

那輛車子雖然不小，但是後面坐上四個人，也實在擠得可以了，安妮根本一動也不能動，她只是面色蒼白，用力地咬著手指。

本來，在那樣的情形下，安妮一定是將兩隻手的手指輪流放在口中來咬的，那是她心情極度緊張的一種表現。但這時她卻無法那樣，因為她的左手被穆秀珍緊緊地握著。穆秀珍握住了她的手，當然是在叫安妮鎮定些，不要恐慌。

雖然，這時如果只有穆秀珍一個人的話，穆秀珍是絕不會如此乖乖就範的，但是她的心中，卻也沒有一點怪責安妮的意思。

她只是在想，他們要將自己帶到什麼地方呢？毫無疑問，自己要去的地方，一定是未被發現的泰國鬥魚貝泰原來在本市建立的一個據點。

那麼，他們會將自己怎樣呢？家裡只有木蘭花一個人在，她又喪失了視力，敵人如果趁機去找木蘭花的麻煩，那麼她怎有力量保護自己？

穆秀珍一想到了木蘭花，她心中立時極度不安起來，大聲道：「喂，你們全是貝泰的部下，是不是？你們想將我們送到何處去？」

可是，卻並沒有人回答她的問題。

如果對方的行動也可以說是回答的話，那麼便是她身邊的那人，手中的槍用力向她的腰際頂了一下，同時發出了一個獰笑。

穆秀珍不再說什麼，而車子的速度越駛越快，穆秀珍幾乎不能看清外面的街道，她只覺出，那司機的駕駛技術十分之高超，而車子則正在山上左盤右旋，突然之間，車子轉進了一條斜路，在兩扇鐵門前停了下來。

從那兩扇大鐵門望進去，裡面黑沉沉地，是那條斜路的延續，而在路盡頭，是一幢十分宏大，也十分古老的建築物。

車子停了下來之後，車頭燈連續地亮了幾下。

穆秀珍和安妮兩人不約而同地互望了一眼。在那一剎間，她們都注意到，車頭燈迅速地連亮了七下，然後，不見有什麼人來，那兩扇鐵門就自動地打了開來。

鐵門當然是電控制的，因為在鐵門之旁根本沒有人。

門一開，車子又駛了進去，直到那幢大洋房之前停了下來，穆秀珍和安妮兩人向外看去，只見有五個人站在石階之上。

出乎她們意料之外的是，卡德勒也在其中！

她們車子的速度已然十分快，但卡德勒一定是用更快速的交通工具趕來的，要不然他就不會先從藍天酒店中來到這裡了。

車子再度停下，只見卡德勒張開了雙手，道：「歡迎，歡迎，兩位是貴客，真是不容易請得到的貴客！」

他一面說著，一面還發出「哈哈」的笑聲，態度十分之囂張，和他在假扮保茲博士而被揭穿之際的那種可憐相，完全判若兩人！

穆秀珍首先被逼出了車廂，她望著卡德勒，自鼻子眼中發出了兩下極其不屑的冷笑來，道：「原來是你，你在這裡做什麼？你不是一個可憐的麵包師麼？」

卡德勒「哈哈」地大笑了起來，道：「小姐，你生氣了？要騙信你們，那也不是一件容易的事情啦！」

安妮從車窗中探出頭來，尖聲叫道：「你沒有騙信我們！蘭花姐早已知道你是吉蒂的一黨，她也是特地支開我的，她一個人就可以對付你們了！」

就在這時，有四輛汽車在屋後以相當高的速度駛了出來，從那條斜路駛了出去。

穆秀珍並沒有看到那四輛車中是些什麼人，但是她卻看到卡德勒目送著那四輛車子離去，然後，又聽得卡德勒轟笑了起來，道：「木蘭花，她一個人，哈哈，可憐的木蘭花，她現在是個瞎子啊！」

「她是瞎子，也比你們強！」安妮的叫聲更尖利了。

卡德勒仍然笑著，然後道：「穆小姐，相煩你將安妮小姐抱出來可好？安妮小姐，你不妨盡情呼叫，我們是不怕吵的！」

他又自以為講了一句十分幽默的話，是以在講完之後，又怪笑了起來。

穆秀珍深深地吸了一口氣，迅速地打量著四周圍的情形。

那輛車子中所有的歹徒全下了車，車子中只有安妮一個人。而在石階上，除了卡德勒之外，有四名歹徒，手中全握著槍。除此之外，原來在車中的四個大漢，在下車之後，也四下散了開來，監視著她們。

穆秀珍並沒有立時行動，卡德勒催促道：「穆小姐別客氣了！」

穆秀珍向車子走近了一步，道：「安妮的輪椅呢？」

卡德勒又笑了起來，道：「穆小姐，你以為我會將她的輪椅給你麼？她的輪椅可以發射火箭，這已不是什麼秘密了，快將她抱出來吧，我們準備好了一間十分精美的臥室，你們一定會喜歡的！」

穆秀珍又踏前一步，拉開了車門，向安妮使了一個眼色，一面伸手去抱安妮，一面低聲道：「你快吵著要你的輪椅。」

安妮立時叫了起來，道：「我不要你抱來抱去，我要我的輪椅，」她一面叫著，一面還用力推開了穆秀珍。

穆秀珍的半個身子已經進了車廂，被安妮一推，她向側跌了一跌，就在她向側一跌間，只見她的身子猛地一縮，進了車子，而且迅速地自椅背之上滾了過去，到了駕駛位，她根本還未曾坐穩，便已然發動了車子，車子像青蛙也似地跳了幾跳，發出了震耳欲聾的吵聲，向前直衝了出去。

車子衝向斜路的速度，至少是時速九十里！

那段從屋前到大鐵門的斜路，至多不過兩百碼，轉眼之間，車子已快撞到鐵門了，卡德勒瘋了也似叫了起來，道：「你是在自殺！」

但是穆秀珍當然聽不到卡德勒的叫聲。這時，她已然坐好在駕駛位上了，在車子離大鐵門只不過四五碼時，她陡地扭轉了方向盤。

車子陡地轉了一個彎，但是車尾還是在鐵門上重重地碰了一下，那一碰，令得整輛車子向旁側轉，再加上這時車子正在急轉彎，於是車子便一下又一下地打著滾，直向斜路之外的斜坡滾了下去。

車子滾下了三四十碼才停住。穆秀珍並沒有受傷，她雙手抱著頭，喘著氣問道：「安妮！你怎麼了？你沒有事麼？安妮，你怎麼了？」

她雖然連連發問，但是並沒有得到回答。穆秀珍轉過頭去，只見安妮在她的身後，緊緊地抓住了椅背，睜大著眼，她看來並沒有受什麼傷，只不過因為太驚愕了，是以才忘了出聲！

穆秀珍看到了這樣的情形，大大地鬆了口氣。

安妮直到這時才定過神來，道：「秀珍姐，如果不是那兩扇倒霉的鐵門，我們早已逃出去了，是不是？」

穆秀珍十分高興，道：「多謝你，安妮！」

她們兩人在車中自我安慰，卡德勒早已帶著那八個人衝了下去，卡德勒揮著手，大聲道：「好了，快出來，兩個人一起出來。」

穆秀珍走出了車子，然後，將安妮抱了起來，走上了斜坡。卡德勒冷笑一聲，道：「穆小姐，如果你撞死了，不會有人替你開追悼會的。」

穆秀珍也冷笑道：「是的，但你如果撞死了，一定會有人替你開追悼會的。」

安妮立時問道：「為什麼啊？」

穆秀珍道：「因為吉蒂不會放過他，會將他殺死，那麼，就有人替他開追悼會了。」

她們兩人一問一答地說著，令得卡德勒十分之惱怒，但是卻也無法可施，他只是大聲地斥喝著，用槍指押著穆秀珍，向上走去。

到了那所大屋子的門前，卡德勒才又道：「兩位，你們聽著，如果你們在這裡不安分，那麼，你們就會吃到一點小苦頭了。」

他在講這句話時，不但就站在穆秀珍的旁邊，而且還伸過頭去，他的用意，當然是想狠狠地警告穆秀珍。可是，他做夢也沒有料到，他話才一講完，穆秀珍突然反手一掌，向他摑了過來！

那一掌，出手又快，認得又準，卡德勒又絕未曾預防，是以在電光石火之間，只聽得「叭」地一下響，一掌已然摑了個正著！

穆秀珍卻「哈哈」一笑，道：「這樣的小苦頭，是不是？」

卡德勒伸手摀住了臉，他一邊臉煞白，一邊臉通紅，看他全身胖肉都在發顫的樣子，實在令得人禁不住感到好笑！

安妮和穆秀珍兩人都大笑了起來，卡德勒咬牙切齒地向前衝了過來，但穆秀珍已迅速地跳上了石階，她雖然抱著安妮，但是行動仍然十分快捷。

卡德勒撲了一個空，發出了一聲怒吼，立刻拔出了槍來，穆秀珍搖著手，道：「我不想參加你的追悼會，你還是不要亂來的好！」

吉蒂的確曾經吩咐過卡德勒，在她未曾殺了木蘭花凱旋回來之前，只准將穆秀珍和安妮兩人關起來，她還要再在兩人的身上洩恨的。

是以卡德勒雖然恨不得將槍中所有的子彈一起送進穆秀珍的身上去，但是他緊扣著槍機的手指，卻始終未曾再緊下去。

穆秀珍抱著安妮，穿過了那陳設得十分華麗的大廳，走過了一條走廊，只見兩個大漢站在一扇門前，一見有人來，那兩人便打開了這扇門。

卡德勒在穆秀珍的身後怒喝道：「走進去！」

穆秀珍來到了門口，向內看去，只見有一道十分殘舊的木梯，通向下面，下面是一個十分陰暗的地窖，堆著很多雜物，有一盞半明不暗的電燈。

穆秀珍大聲道：「不行，這是什麼地方？」

卡德勒冷笑著，道：「將就一點吧，小姐，等到吉蒂殺了木蘭花回來之後，你就知道這裡是天堂了！」

穆秀珍吃了一驚，道：「你說什麼？」

看到穆秀珍吃驚，卡德勒感到一陣快意，他立時道：「剛才你沒有看到四輛車子駛出去麼？那是吉蒂帶著貝泰生前最得力的十五個部下，前去報仇了！」

穆秀珍聽了，不禁一連打了幾個寒顫！

這對她來說，實在是無比的噩耗！她剛才還在唯恐敵人會去趁機進攻，現在果然已經證實了，而且，前去對付木蘭花的人，竟然還如此之多！

她尖聲罵了起來，道：「你們全是最卑鄙的野獸！」

卡德勒哈哈地笑著，道：「不論我們是什麼，小姐，木蘭花的日子不多了，而你是不是不肯下去？你需要我推你下去麼？」

穆秀珍這時，心中亂到了極點，她只想先靜一下，好好地想一想，怎樣應付眼前的這種局面，她沒有心思再和卡德勒唇槍舌劍了，是以她也不等卡德勒再催她，她抱著安妮，便向地窖之下走了下去。

而她才走下地窖，「砰」地一聲響，那扇門就關上了。

穆秀珍一直向下走著，到了下面，她翻轉了一只箱子，放安妮坐了下來。

安妮早已急得淚花亂轉，道：「秀珍姐——」

穆秀珍的心中煩躁之極，她立時大聲喝道：「別叫我，你怎麼可以留蘭花姐一個人在家中，怎麼可以？」

安妮哭了起來，道：「秀珍姐，不是我要離開她，是她硬要我走的，是她叫了警車來，將我送走的，不關我的事情！」

穆秀珍「哼」地一聲，道：「你硬是不走，不是好了麼？有你陪著她，那她至少就可以容易的應付敵人了。」

安妮不再哭了，她也不抹眼淚，她只是緩緩地道：「我是不肯離開她的，可是蘭花姐卻說，如果我一直陪著她，使她感到她自己是個廢人！」

穆秀珍叫道：「她是喪失了視力啊！」

安妮又流起淚來，但是她卻沒有哭，只是流著淚，她道：「秀珍姐，你不會明白的，喪失了視力，人可以活下去，但如果喪失了信心，人就活不下去了。蘭花姐要趕開我，要獨自一人面對敵人，她就是要建立起信心來。」

穆秀珍呆了半晌，才嘆了一聲，道：「別哭了，安妮，剛才那一番話，是蘭花姐對你說的，不是你自己想出來的，是不？」

「是，」安妮點著頭，「可是蘭花姐的話，卻說到了我的心坎之中，我和她一樣，我……秀珍姐，記得你和蘭花姐是如何給我信心的麼？我……怎能不給蘭花姐產生她信心的機會呢？秀珍姐，那不是我的錯！」

「信心！信心！」穆秀珍頓著足，「現在有十六個亞洲最凶惡的歹徒對付她了，而她什麼也看不見，她怎能應付得了！」

安妮的面色，在黃昏的燈光之下看來更是蒼白無比，她道：「秀珍姐，我……我……我求你一件事。」

穆秀珍苦笑道：「什麼事？」

「秀珍姐，你別再理我，你快設法逃出去。去救蘭花姐，你一個人一定是容易逃出去的，你曾經歷過那麼多的凶險！」

穆秀珍瞪著眼，叱道：「你在胡說些什麼？」

安妮又哭了起來，道：「那麼，蘭花姐——」

穆秀珍雙手握緊了拳頭，大聲叫道：「別哭！別哭了！」

她的大叫聲，在地窖中傳來了沉悶的回音，她看到幾隻又肥又大的老鼠迅速地竄了過去，鑽進了牆角處的一個大洞之中。

她四面打量了一下，除了那扇門之外，這地窖是沒有別的通道的，如果她要逃出去的話，那麼她必須由那扇門逃出去。

的確，安妮說得對，如果全然不理安妮的話，那麼她是比較容易逃出去的。但是，她有可能不理安妮麼？穆秀珍嘆了一口氣，團團亂轉著。

安妮又叫道：「秀珍姐，你如果不聽我的話，那你一定會後悔的。」

穆秀珍瞪著眼，道：「少廢話！」

她快步地來到了樓梯口，向那樓梯上走了上去，到了門旁，側耳聆聽了一會，只聽得門外有斷斷續續的腳步聲傳了進來，那當然是門外有人守著。

穆秀珍心中暗忖，用什麼法子可以使得門外的守衛將門打開來呢？自己大可以出其不意將他們拉進來，奪取武器的。

可是，她正在想著，突然聽得卡德勒的聲音就在她的身後傳了過來，大聲道：「小姐，你不必動什麼腦筋了，不會有用的！」

那聲音突如其來，著實將穆秀珍嚇了一大跳！穆秀珍連忙回頭看去，身後並沒有人，卡德勒的聲音自然是通過了傳音器傳進來的。

從他的話中聽來，這地窖雖然殘舊無比，但是分明裝置有電視攝像管，卡德勒不但可以聽到她們的講話，而且可以看到她們任何的舉動。

穆秀珍又是吃驚，又是惱怒，因為她的行動若是全受到了監視的話，那麼，她和安妮兩人逃出去的機會，實在是微乎其微的了。

她怒吼了一聲，用力一腳，直向那扇門上踢了下去。那扇門看來十分陳舊，像是隨時可以倒下來一樣。可是，穆秀珍一腳踢了上去，才知道那是一扇真正的鋼門！

她的足尖感到了一陣劇痛，令得她的身子一晃，若不是她立時抓住了扶手的話，幾乎整個人都從樓梯上滾跌了下來！

她狼狽地喘著氣，卡德勒的笑聲卻不斷地又傳了出來。

穆秀珍從樓梯上退了下來，在安妮的身邊坐了下來，一聲不出。

她的確是沒有辦法了，雖然她的身邊還有一些可供應用的工具，但是那些小工具，卻是沒有法子幫助她們離開這地窖的。

穆秀珍不出聲，安妮也是愁眉苦臉地不出聲。足足過了十幾分鐘，穆秀珍才道：「唉，蘭花姐現在不知怎麼樣了。」

安妮卻滿有信心地道：「我知道吉蒂一定還未曾得手，要不然，卡德勒一定會對我們說蘭花姐不幸的消息了，蘭花姐一定不會輸的。」

穆秀珍並不是肯認輸的人，但是現在，雙方的力量實在太懸殊了，木蘭花雖然機智過人，但是她卻喪失了視力，她什麼也看不到，她的眼前，只是黑暗！

6 虛張聲勢

穆秀珍一想到了這裡，她突然直跳了起來。黑暗！木蘭花的眼前只是一片黑暗，那使得木蘭花極不便利，但是如果現在地窖中成了一片黑暗呢？卡德勒還能監視自己麼？

當然，在隱蔽的電視攝像管中，可能有紅外線裝置，在黑暗中也能視物，但是這總多少可以給他們帶來一些意外的麻煩！

她伸手在左腳的鞋跟上推了推，推開了鞋跟，取出了一柄十分小巧的槍來。那種小槍，只能發射兩枚子彈，而且射程也不太遠。

這種槍用來射人的話，除非是距離十分之近，否則根本不可能令人受到什麼傷害的。但是用來射別的物事，譬如說一盞電燈泡的話，那就綽綽有餘了！

穆秀珍將那柄槍瞄準了地窖頂上，那個滿是積塵的燈泡，沉聲道：「安妮，我要射穿這燈泡，在黑暗中，我們行動可以自由些。」

她那兩句話的聲音十分低，但即使是如此之低，也被卡德勒聽到了，只聽得卡德勒的笑聲又傳了出來，道：「小姐，你的科學常識似乎太貧乏了些，你難道不知道，利用紅外線的幫助，可以根本不用任何光線的麼？」

穆秀珍的回答，是一下冷笑，和一下槍響！

「砰」地一聲，那燈泡破裂了，地窖之中立時變成了一片漆黑，在漆黑之中，穆秀珍卻立時有了意外的發現！正因為地窖中變成了一片漆黑，所以，隱隱閃耀著暗紅色的光芒，本來是隱藏著的電視攝像管，都可以看得十分清楚了。

穆秀珍四面看了一下，她一共發現了有七個之多！

那七支電視攝像管，像是七個怪物的眼睛一樣，盯著她們，雖然在黑暗之中，也可以使卡德勒在電視的螢光幕上清楚地看到她們的一舉一動。

穆秀珍放了一槍，射向離她最近的一支電視攝像管，一下輕微的爆烈聲過處，那支電視攝像管已經被射壞了。

穆秀珍的那支小槍也失去了作用，她用力將那支槍向另一支電視攝像管拋去，但是，卻沒有擲中！

這時候，卡德勒憤怒的聲音又傳了過來，道：「小姐，如果你再不安靜下來的話，我們會放些令你安靜的氣體進來制住你的！」

穆秀珍陡地一凜，本來她計劃設法將那些電視攝像管一支一支地加以破壞的，但是卡德勒這樣警告她，卻使得她不能不有所顧忌。

她在木箱上坐了下來，但是她在口頭上卻不肯認輸，她冷笑了一下，道：「喂，你的吉蒂怎麼還沒有消息，怕是全軍覆沒了吧！」

卡德勒「哈哈」地笑了起來，像是聽到了全世界最好笑的笑話一樣，道：「你想會麼？小姐，有可能麼？」

「老實告訴你，」穆秀珍索性胡扯，「在我們家附近，有上百名的警察守著，哼，你們十幾個蠢才一去，那是甕中之鱉！」

卡德勒又笑了起來，道：「小姐，你在開玩笑，木蘭花如果處處都要靠警方的幫助，那麼，還成其為木蘭花麼？」

穆秀珍眨著眼，無話可說了。

安妮在黑暗中拉住了穆秀珍的手，卡德勒像是存心在對她們兩人進行精神虐待，時不時發出一陣冷笑聲來，令得她們感到不安。

約莫過了將近一小時，穆秀珍和安妮兩人仍是一籌莫展，看來，她們根本沒有逃脫這地窖的可能。

但是，隨著時間慢慢過去，她們的心中卻越來越是放心了，因為，已將近一小時了，吉蒂仍然未曾回來，那說明雖然吉蒂帶著大隊人馬前去生事，但是至少到目前為止，她還未能佔到什麼便宜，她佔不到便宜，那麼佔上風的自然是木蘭花了。

穆秀珍和安妮兩人實在很難想像木蘭花如何能在那樣的情形下佔上風的，但是吉蒂沒有出現，這卻使她們略感安心。

然而，就在那時候，只聽得「呀」地一聲，那扇門被打了開來，一股光亮從上面直向下射了下來，使得整個地窖浸在十分陰森的光線之中，那實在比一片漆黑，什麼也看不見時，更令人覺得可怕。

穆秀珍和安妮兩人連忙抬頭向上看去，只見門口站著兩個人，那兩個人是背對著光線的，是以從地窖向上望去，所看到的只不過是兩個黑影而已。

但是，穆秀珍和安妮卻可以看得清這兩人的手中握著手提機槍，同時，他們立時呼喝道：「快上來！」

穆秀珍和安妮的心向下一沉，她們的手握得更緊了，她們的心中都感到了一陣劇痛，那一定是吉蒂回來了。

一時間，她們一句話也講不出來。

站在門口的那兩人又呼喝道：「快上來！」而且，他們顯得極之不耐煩，一面呼喝，一面還突然向上掃出了一排機槍子彈，而卡德勒肥胖的身形也在門口出現。

卡德勒的聲音更是十分煩急，道：「快上來，聽到了沒有？你們站著幹什麼？

下去將她們兩人押上來，快，吉蒂在等著！」

安妮低聲道：「秀珍姐，發生了什麼？」

「我不知道，」穆秀珍搖著頭，「但是看來，他們像是很慌亂，好像他們要帶我們到什麼地方去見吉蒂！」

這時，那兩個握著手提機槍的人已然快步從梯子之上奔了下來。穆秀珍吸了一口氣，道：「安妮，你伏下來，別動！」

穆秀珍踏前了一步，趁機移了一隻木箱，放在安妮的身前，那兩個人來到了下面，兩支槍口對準了穆秀珍的胸口，道：「走！」

穆秀珍道：「走，當然走！」她一面說著，一面突然握住了指住她的槍口，雙臂向上猛地一振，同時，人已整個跳了起來，一起「雙飛腳」踢向兩人！

「雙飛腳」是各種武術之中都佔極重要地位的一個招式，在使出「雙飛腳」之際，人是整個縱起在半空之中，雙腳向對方蹬出的。

在柔道、空手道、泰國拳、摔角等等的武術之中，都有這一式，穆秀珍在電光石火間使出這一式，勢子更是銳不可當！

只聽得「砰砰」兩聲響，由於穆秀珍飛得夠高，兩腳分別踹在那兩人的面門之上，踢得那兩人怪叫著，向後倒了下去。

穆秀珍一個「雙飛腳」得手，身子突然向下一沉，落下地來，那兩個人向後倒去之後，手提機槍仍然未曾脫手，立時狂掃了起來。

穆秀珍伏在地上，那兩人的盲目掃射，並未能射中她，但是子彈呼嘯著在她的身上掠過，卻也是驚險萬狀。

穆秀珍正在考慮如何才可以將那兩人的手提機槍奪下來時，只聽得卡德勒在上面大叫道：「別開槍，蠢才，別開槍！」

槍聲突然停止，那兩個人也掙扎著站了起來。

可是，他們中的一個，剛掙扎著站起來時，穆秀珍已經竄了過去，一伸手拉住了那人的足踝，用力拉了一拉。

那人的身子立時仰天跌倒，「砰」地一聲響，後腦跌在地上，他顯然是立時昏了過去的，穆秀珍再撲了上去，也不及將手提機槍自那人的手中搶下來，就在那人的手中扳動了槍機，射出了一排子彈！

另外一人還未曾站起來，所有的子彈便已射進了他的體內，他被子彈的衝力撞得向後連連退了出去，最後，還撞翻了一只木桶才倒了下來。

穆秀珍用力奪過了那柄手提槍，一面向上掃射著，一面向後退來。這時安妮也已推開了遮在她面前的木箱，興奮地叫道：「秀珍姐！」

穆秀珍退到了安妮的身前，身形矮了一矮，道：「快，快伏在我的背上，抓住這柄槍！」

她將手中的手提機槍交給了安妮，又負著安妮，到了另一個人的屍體之後，將他手中的機槍奪了下來。

穆秀珍一直聽到卡德勒的怒吼聲自上而下傳來，當她奪到了兩柄槍，想要衝上去之際，卻又發生了變化。

只聽得「砰」地一聲響，那扇門被關上了！

同時，卡德勒的聲音自擴音器中傳了進來，道：「你們是在自討苦吃，完全是在自討苦吃！」

穆秀珍仍是不顧一切地向前衝了出去，上了樓梯，當她來到了門前之際，她對準了那扇門，接連地扣動了機槍的槍機！

可是，那扇門卻是真正的鋼門，子彈並不能毀壞這扇門，穆秀珍負著安妮，又向後退下來，她剛一落地，便聽得卡德勒又一次道：「你們是自討苦吃！」

隨著他那一句話，只聽得右上角有「嗤嗤」的聲音發了出來，像是有什麼氣體正被送進這個地窖來。

那扇門被關上之後，地窖中一片漆黑，根本看不見任何東西，穆秀珍也無法知道究竟是發生了什麼事，她只是立即向那聲音傳出之處，掃出了一排子彈。

可是，那種「嗤嗤」聲卻來得更快了，不到一分鐘，穆秀珍和安妮都聞到了一種十分甜膩的氣味，穆秀珍忙叫道：「麻醉氣，安妮，快屏住呼吸！」

卡德勒的怪笑聲又傳了出來，道：「對的，是麻醉氣，再過一分鐘，整個地窖的空氣中就會充滿了麻醉氣，你們能屏住呼吸多久？」

穆秀珍在叫安妮屏住呼吸之後，立時知道，屏住呼吸是一點用也沒有，至多不超過一分鐘，她們便非要呼吸不可的！而當地窖的空氣中充滿了麻醉氣之後，她們只要吸進空氣，就非被迷醉過去不可，她們應該怎麼辦呢？

她們沒有辦法，雖然她們手中有槍，但是她們都被困在地窖之中，她們衝不出去。她們只覺得空氣中的甜味越來越濃，而隨著空氣之中那種甜味的增濃，她們的頭也越來越沉重。

終於，穆秀珍一個踉蹌，站立不穩，向地上倒了下去！

而在她向下倒去之際，她的手也鬆開了，手中的手提機槍「啪」地一聲落在地上，她張大口想叫安妮，可是卻出不了聲，她只知道安妮還在她的背上，安妮的雙臂仍然緊緊地掛在她的頸上，但是安妮顯然比她早一步昏了過去。

穆秀珍的手在地上按著，想要站起來，但是她整個人卻已軟得一點力道也沒有了。

終於，她覺得整座地窖都在不斷地旋轉，旋轉，然後，她忽然起了想嘔吐的感覺，再然後，便不省人事了！

在穆秀珍和安妮兩人相繼昏迷過去之後不到兩分鐘，那扇門便被打開，戴著防毒面具的卡德勒，帶著另外幾個人衝了下來。

他們將穆秀珍的手反銬，也將安妮的手銬住，使安妮仍然可以掛在穆秀珍的頸上，然後，將她們兩人抬了出去，塞進了早已準備好的車子。

卡德勒和一名歹徒坐在她們的身邊，另外一名歹徒駕著車，向前疾駛而出，卡德勒一路上在不斷地抹著汗！他耽擱了不少時間，吉蒂已經用無線電話來催了兩次，而且，聲音一次比一次發怒，聽了令人戰慄！

總算將她們兩人制住了，如果不是地窖上有麻醉氣噴射裝置的話，真不知是否能將穆秀珍和安妮兩人送到木蘭花的家中去！

車子向前飛馳而出，不一會，便已離開了市區。

勁風從車窗中撲了進來，那種麻醉氣本就不是十分強烈，一接觸到新鮮空氣，穆秀珍首先醒了過來。

她醒過來之後，第一個感覺便是出奇地渴，和手臂被扭曲的疼痛，她倏地睜開眼來，發現自己是在車中，雙手被反銬著。她立時又覺出，安妮掛在自己的頸上，正在轉著頭，看來已經快醒來了。而卡德勒則坐在自己的身邊。

她舐了舐乾枯的上唇，呻吟了一下，道：「我們到什麼地方去？」

「到你的老家去！」卡德勒冷冷地說。

穆秀珍心中陡地一震，可是她立即認出來了，車子是在通往她家中的那條公路之上飛駛，那麼，卡德勒的「回老家」就不是另一個意思了。

她乾笑了兩聲，安妮已在她的耳際問道：「秀珍姐，我們……我們現在，在什麼地方，你聽到我的話麼？」

「我聽到了，」穆秀珍連忙回答，「看來我們是在回家去，不知道他們在搗什麼鬼，我們的手全被銬起來了。」

安妮發出了一下苦笑，車子駛得更快，漸漸地接近木蘭花的住所了，在還有一百多碼之際，她們已然看到了那三盞水銀燈的燈光。

然後，在一分鐘之後，車子發出了難聽的刹車聲，在花園外停了下來。

車子一停，立時有一個人扶著吉蒂，雖然有人扶著，但仍然一拐一拐地走了過來。

吉蒂因為過度的憤怒，是以她的娃娃臉可怕地扭曲著，卡德勒首先跳出車來，但是他還未曾出聲，吉蒂已然撲了過來，「叭叭」打了他兩巴掌！

而吉蒂的怒意並不因之稍減，她厲聲罵道：「豬，你只是一頭肥豬，我叫你立時帶她們來，可是你花了多少時間，你自己說！」

卡德勒掩住了自己的臉，道：「吉蒂，她們……她們奪到了兩柄機槍，是我施了麻醉氣，這才將她們制服了帶來。」

「所以我說你是豬！」吉蒂仍然怒叫著：「還不快將她們兩個人拖出來？仍呆站在我的面前做什麼？」

卡德勒轉過身來，當他轉過身來的時候，穆秀珍看到他的臉上現出了難以形容的怒容！他顯然是想竭力克制著自己不露出怒容來，但是，他的心中一定太憤怒了，是以令得他面上的神情變得如此之可怕。

而在那一剎間，穆秀珍從那花園中望去，看到了破爛的石像，噴水池旁的屍體，這一切，再和憤怒欲狂、一跛一跛的吉蒂加起來，穆秀珍自然也知道在這裡究竟發生過什麼事了，在這裡發生的事是：木蘭花大獲全勝，吉蒂遭到了慘敗！

而她在明白了那一點的同時，也知道了為什麼吉蒂要命令卡德勒將她們帶到這裡來了，吉蒂是想利用自己和安妮來威脅木蘭花！

穆秀珍的心中十分著急，她是知道木蘭花為人的，如果吉蒂以她們兩人來威脅木蘭花投降的話，那麼可以說找對了木蘭花的弱點了！

穆秀珍本來是想高聲叫木蘭花的，但是她陡地心念一動，想到只有一個辦法，可以使木蘭花不受吉蒂的威脅，那便是：她們兩人絕不出聲！

木蘭花的視力已然喪失，是以絕不能肯定她們兩人是不是真的來到了花園中而且生命受著威脅，那麼她就不會投降的。而她和安妮兩人如果一出聲的話，那麼木蘭花為了保護她們，一定會被吉蒂的毒計得逞了。

是以，她連忙深吸了一口氣，低聲道：「安妮，你聽我說，我們絕不能出聲，絕不能，你明白麼？一聲也不能出！」

安妮立時點頭，道：「我明白了。」

穆秀珍道：「那就好，那樣，木蘭花聽不到我們的聲音，就會以為吉蒂是在騙她，她就不會中計了！」

「我明白，」安妮重複著，「我明白。」

這時，卡德勒已經來到了她們兩人的面前，他臉上的怒容化為一種十分獰惡的厲笑，穆秀珍卻還不肯放過他，當他俯身下來，將穆秀珍拉出車子來時，穆秀珍低聲道：「喂，看來你的追悼會就快要舉行了！」

卡德勒咬牙切齒，罵了幾句十分難聽的話，將穆秀珍從車中用力拉了出來。

穆秀珍的雙手被反銬著，她的背上又負著安妮，是絕沒有反抗餘地的，但是穆秀珍卻仍然不肯放過卡德勒。

她才一出車廂，就重重地在卡德勒的足尖之上踏了一腳，那一腳，踏得卡德勒不由自主大叫了起來！

吉蒂的怒氣仍然未熄，怒罵道：「豬，別做戲了！」

卡德勒的臉上再一次現出那種怒極的神色來，但是吉蒂卻沒有注意，吉蒂已然轉過身去，大叫道：「木蘭花，你聽著！」

木蘭花一直在聽著，花園中根本寂靜無聲的時候，她已經在傾聽著了，她要從聽到的任何細微的聲音中，分辨出究竟發生了什麼事。

那是與她的生存死亡有關的事，她實是不能不傾聽！

而當那輛載著卡德勒、穆秀珍和安妮前來的車子，發出了難聽的急剎車聲停了下來之後，木蘭花神經又到達了新的緊張頂點。她立即知道：對方的增援到了。

她也立即想：又來了多少人呢？來的是什麼人呢？

然後，她聽到了吉蒂的怒罵聲和卡德勒的分辯聲（木蘭花立即認出那聲音就是假裝保茲博士的那個人發出來的），因之木蘭花知道他們帶來了兩個人，而這兩個人在被帶來之前，曾在他們手中奪走過手提機槍！

當木蘭花一想到這一點之際，她心頭的吃驚，實在是難以形容的，她的身子突然一震，以致將她身前的沙發推開了半呎！

她甚至於想立即站起來，去責問吉蒂，她究竟打算如何。因為木蘭花想到，卡德勒帶來的兩個人，除了穆秀珍和安妮之外，不可能有第三個人的！

她心頭狂跳著，但是她卻也感到奇怪，何以聽不到穆秀珍的聲音呢？穆秀珍若是到了，一定會大聲叫自己的，尤其穆秀珍根本不知自己處境如何，她怎肯忍住不問？而吉蒂既然要利用穆秀珍來威脅自己，也絕沒有不讓穆秀珍出聲之理的。

可是為什麼聽不到穆秀珍的聲音？莫非穆秀珍和安妮兩人根本未曾落在他們的手中，一切都是他們在虛張聲勢，想引自己上他們的當？

木蘭花如果不是視力喪失的話，她自然一眼就可以看到穆秀珍和安妮兩人這時如此狼狽的情形，如果她一看到了那種情形，那麼，她是沒有考慮的餘地的。

但是，她卻看不見。

她什麼也看不見，而她又未曾聽見穆秀珍和安妮的任何聲音，是以她開始懷疑，那是一個騙局，是對方設來引自己上當的。所以，當吉蒂高聲呼叫，要她聽好之際，她心中已然十分鎮定，她一聲也不出，仍然躲在那張沙發之後。

吉蒂又叫道：「木蘭花，穆秀珍和安妮在我們手中，現在，有六柄手提機槍指著她們，我給你十秒鐘的時間去考慮，你可以投降，或者你看著她們，在槍聲之中倒下去！」

木蘭花心中早已打定了主意，她迅速地從沙發後面走了出來。當她走出來之際，她仍然是矮著身子的，她走向窗口。

木蘭花走向窗口的用意，是想和吉蒂對答，可是她走近的那個窗口，卻有三盞發出強烈光芒的水銀燈！

木蘭花的視力既然喪失，對於任何再強烈的光線，她也是起不了反應的，可是，水銀燈不但發出光，而且發出熱力來。

木蘭花才一接近窗口，便覺出有一股熱氣逼近來，乍一感到那種熱氣之際，木蘭花只是一怔，還不知道那是什麼原故。但是木蘭花卻立即明白了，那是燈！

吉蒂一到的時候，就在窗臺上安置了強烈的燈光！在自己來說，眼前始終是一片黑暗，但是對敵人來說，客廳中的一切，他們卻是可以看得清清楚楚的！所以，自己雖然坐在鋼琴之後，也立即被他們看到了！

木蘭花的身子一直是伏著的，當她肯定了窗臺上有燈之際，她伸出手杖尖來，慢慢地移動著，碰到了一盞燈，她便射出一槍！

吉蒂限木蘭花在十秒鐘之內答覆，但是她所得到的答覆，卻是三下槍響。而且，隨著那三下槍響，三盞燈一齊熄滅！

這實在是難以想像的事！

吉蒂並沒有看到木蘭花已到了窗下，是以木蘭花何以能三槍便射滅了三盞燈，對吉蒂而言，那實在是難以想像的！

吉蒂陡地一呆，又大叫道：「木蘭花，你想穆秀珍和安妮死在你面前麼？」

木蘭花冷冷地道：「她們在什麼地方？」

「在這裡……在我們的槍口指對之下，只要我一下令，她們的身子就會變得像蜂巢一樣，你快放下武器，走出來投降！」

木蘭花冷笑著，道：「我看不見她們，你是知道的，你有什麼辦法使我相信她們的確在你的控制之下呢？」

吉蒂沉聲道：「你要聽她們的聲音麼？那太容易了，穆小姐，告訴她，你和安妮都在我們手中，她要是不投降，你們就要沒命了。」

穆秀珍卻一聲不出，只是用一種十分鄙視的眼光望定了吉蒂。

吉蒂怒道：「說啊，你們兩人，隨便哪一個，還不說麼？」

不但穆秀珍不出聲，連安妮也不出聲。

她們雖然全不出聲，但是卻不約而同在臉上盡量表現了她們心中的鄙視，吉蒂尖聲叫了起來，道：「你們出不出聲？」

吉蒂的手已揚了起來，她臉上也現出了凶神惡煞的樣子來，穆秀珍當真想用力啐她一口，但這樣子，她就變得要出聲了，所以她並不出聲，但是她早已有了準備，準備萬一吉蒂出手打她的話，她如何對付。

吉蒂怒吼著，她揚起的手，終於向穆秀珍的臉上摑來。

穆秀珍是早已有了準備的，吉蒂才一動手，她頭便突然一側，是以吉蒂的那一掌並未打在她的臉上，只打在穆秀珍的頭頂上，而穆秀珍卻在側頭的同時，一抬腿，膝蓋重重地撞在吉蒂的小腹之上！

那一撞，令得吉蒂發出了一下難聽之極的怪叫聲。她喘著氣，向後退了開去，怪叫道：「木蘭花，我只數到十，如果你再不放下武器的話，那我就——」

她才講到這裡，突然，一下銳利的子彈呼嘯聲，陡地傳了過來。

別人都是到聽到了子彈的呼嘯聲之後，才突然吃了一驚的，可是，吉蒂卻比別人吃驚得更早！因為子彈的呼嘯聲還未曾傳到之前的一剎那，她已經感到一顆子彈在她的頭部只有四五吋的地方掠了過去！

在那一剎間，她實在嚇得呆了，還是在她身邊扶住了她的人機警得多，立時低聲道：「伏下，快伏下！」硬拉著她伏了下來。

其餘的人也大吃一驚，一齊伏了下來。

只有穆秀珍還站著。看到了剛才那樣的情形，她們兩個人實在要忍不住大聲叫起好來！木蘭花什麼也看不見，那是她們可以肯定的事情！但是木蘭花的那一槍，卻射得如此之準，幾乎就射中了吉蒂！

她們當然不知道，木蘭花那一槍射得如此精彩，也是有一個小小的秘密的。那就是，她在射出那一槍之前，利用「手杖」上的超聲波探測，已然大致確定了吉蒂所在的位置，否則，如果只是聽著吉蒂的聲音，她是無法射得如此精彩的。

吉蒂在伏到了地上之後，臉色都發青了，她惡狠狠地自身邊一個人的手中，奪過了一柄槍來，在地上一仰身，用槍對準了穆秀珍，同時，她大叫道：「木蘭花，你等著去後悔吧！」

吉蒂一面說，一面手指已用力地向槍機扣去，在那一剎間，實是緊張得每一個人都屏住了氣息，穆秀珍頭上，汗珠也開始滲了出來。

可是，吉蒂卻並沒有開槍。

在貝泰死後，吉蒂能夠順理成章地接管貝泰的「事業」，那不僅是由於她是貝泰的情婦，而且也由於她有相當縝密的腦筋，所以，那一群原本貝泰的手下，那些窮凶極惡的亡命之徒才肯跟著她再去進行犯罪，而且，也承認她是他們的首領。

吉蒂在這時候，心中的恨意實在已到了極點，但是她還是及時控制了自己的情緒，她想到，殺了穆秀珍和安妮，固然可以逞一時之快，但再也沒有威脅木蘭花的可能了，到時，就算她甘心遠走高飛，不再找木蘭花的麻煩，木蘭花也必然找她報仇的。

她最主要的敵人是木蘭花，而不是穆秀珍和安妮，穆秀珍和安妮兩人在她來說，只不過是釣餌，是用來釣木蘭花這條「大魚」的。在「大魚」還未曾上鉤之前，她怎能自己毀去「釣餌」？

所以，她對準了穆秀珍的槍，又慢慢地垂了下來，冷笑著道：「好，你們兩人不開口，我會有辦法令你們開口的！」

木蘭花直到這時為止，還不曾聽到穆秀珍和安妮兩人的聲音，但是，她本來懷疑那是吉蒂在騙自己的，此際，她卻不再懷疑了。

她已經肯定了一點：穆秀珍和安妮兩人正是吉蒂所說的那樣，是在花園中，是在敵人的監視之下，處境十分之危險！

木蘭花心念電轉著，如果她一直不知道這一點，那倒也罷了，吉蒂可能也想不出什麼辦法來，而且吉蒂也不會輕易殺死穆秀珍和安妮兩人的。但是，她卻知道了實在的情形。

木蘭花之所以會知道了實在的情形，那是由於她聽不到穆秀珍和安妮的任何聲音之故。

有時候，弄巧，是反會成拙的。穆秀珍和安妮兩人一聲不出，令得吉蒂無可奈何，卻使木蘭花知道了真相。

因為木蘭花想到，如果對方有心來欺騙自己的話，那麼一定會喬裝穆秀珍和安妮的聲音來騙自己的，對方有著第一流的喬裝聲音的專家，為什麼不加利用？

而自始至終一點聲音也聽不到，那正證明是穆秀珍和安妮兩人咬緊了牙關不出聲，而她們之所以不出聲，原因也很簡單，那是怕連累了自己！

木蘭花想到了穆秀珍和安妮正是在吉蒂的手中，她也不禁開始沉不住氣了，她的手心不住地出著汗，也不住地問自己：怎麼辦，應該怎麼辦？

突然，她想到了，剛才卡德勒和吉蒂兩人都曾發出過怒叫聲，像是他們受到了攻擊。而如果他們受到了攻擊的話，攻擊他們的，自然是穆秀珍了！

由此可知，穆秀珍不是全然不能行動的，那麼，如果自己製造一個混亂的局面呢？穆秀珍是不是有幫著安妮脫身的機會？

木蘭花聽得吉蒂又在大聲呼喝她的手下，木蘭花遂用最快的速度奔向樓梯口。

由於客廳中的一切早已混亂不堪，是以她在奔向樓梯口的時候，跌了兩跤，也弄出了很大的聲響來。

吉蒂立時道：「你可以準備投降了！」

木蘭花不出聲，到了樓梯口，她扶在扶手上，迅速地向上奔去，然後，摸到了她的工作室，摸索著，拉開了一只抽屜。

她伸手進去，抓到了兩個手榴彈一樣的東西。

她舐了舐因為心情緊張而顯得特別乾燥的嘴唇，又摸到了一柄口徑特別大的槍，將一枚那樣的武器塞進了槍口，然後，她來到了窗前。

她雖然來到了窗前，但是她仍然是矮著身形，她高聲叫道：「吉蒂，我不信穆秀珍在你的控制之下，你不必騙我了！」

吉蒂這時已然握了一條十分粗的皮鞭在手，揮出「呼呼」的聲響來，道：「我會使你相信的，我會打得她們叫出聲來。」

木蘭花陡地高叫道：「快逃！」

7 死裡逃生

她在叫出「快逃」兩個字之前，已經伸手扣動了槍機，「砰」地一聲響，那枚強力的煙幕彈，已然帶起了一股黑煙，射向前去。

那種強力的煙幕彈是在半空之中爆炸的，爆炸之後所產生的濃煙，足在二十呎方圓以上，而且，濃煙極快地向下沉來。

花園之中，本來就十分黑暗，等到黑煙一沉下來時，幾乎在不到三秒鐘之內，便如到了世界末日，變成什麼也看不見了。

穆秀珍是聽到了木蘭花那一聲「快逃」的，她在乍一聽時，根本不知道那是什麼意思，但是緊接著，濃煙已罩了下來，穆秀珍卻完全明白了！

她明白她和安妮兩人雖然一點聲音也未曾出過，但是木蘭花已經知道她們是在花園之中，這時，木蘭花射出了強力的煙幕，正是給她們逃走的機會，穆秀珍立時向前疾衝了過去！

她才一衝出，「砰」地一聲響，就和一個人迎面撞了一下，她也不知道撞中了什麼人，她的力道十分大，那人立時被她撞了開去。

穆秀珍的身子轉了一轉，又向前衝了出去！

在混亂中，有人沉不住氣，開起槍來。

只聽得卡德勒和吉蒂兩人同聲喝道：「別開槍！」

穆秀珍拚命地向前奔著，轉眼之間，她便衝出了煙幕的範圍，在她而言，自然最好是衝進屋去，和木蘭花會合在一起。

但是，她知道，她向外衝時，別人也在向外衝，如果她被人家看到，那就不妙了，她奔得再快，也快不過子彈的速度的。是以，她必須在別人還未曾衝出濃煙之前，先找最近最妥當的地方躲起來，不讓別人知道她的去向。

她奔出了七八碼，奔到了噴水池旁，她毫不猶豫翻身滑進了水池之中。水池的水約有三呎深，她伏了下來，只留鼻子在外面。

在她背後的安妮，也立時身子斜了一斜，將頭部的一半浸入水中，而她們的身子已經完全沒入了水內。

她們剛浸進水中，已有三個人也衝出了濃煙！

穆秀珍暗自慶幸自己決定得快，她雙手被反銬著，一動也不能動，只得用口咬斷了兩根當中空心的水草，安妮連忙取了一根，含在口中。含住了水草之後，安妮整個人都沒進了水中。

穆秀珍也含住了水草，但是她卻還留半邊頭在外面，她要仔細觀察敵人的動靜，以便應付突如其來的變化。

繼那三個人衝出了濃煙之後，其餘的人也衝了出來，好幾個人正在盲目放著槍。

吉蒂在被人扶了出來之後，正在破口大罵，她一面罵，一面道：「快搜尋，她們不夠時間奔到屋子去的，一找到她們，立時將她們擊斃，誰找到她們的，我有巨賞！」

吉蒂的頭髮披散著，額上綻出根根青筋，她實在氣得瘋了！

穆秀珍緩緩地吸了一口氣，她知道，吉蒂在恨極之餘下了那樣的命令，若是給她手下的人找到了，實在不是玩的。因為她毫無反抗的能力，若是一被發現，那是只有捱子彈的份兒了！

射出了那枚煙幕彈，木蘭花心神緊張地聽著。

等到吉蒂下了那道命令之後，她知道自己已成功了，安妮和穆秀珍至少已暫時躲了起來，未被發現，但是事情卻更凶險了！

因為吉蒂已然因為極度的惱怒，而改變了她原來的計劃，她會不擇手段，只求殺害她們三個人，穆秀珍和安妮若是被她找到的話……

木蘭花想到這裡，不由自主打了一個寒噤！

吉蒂的呼聲不斷地傳過來，她像是不斷地在花園中奔來奔去，是以木蘭花也無法去攻擊她，那一段時間，實在是緩慢得令人感到地球像是停頓了，再也沒有時間的進展一樣。

木蘭花在屋中著急，浸在水池中的穆秀珍也不見得好些，她覺出安妮好幾次像是要從水中伸出頭來，她用自己的臉部壓住了安妮的頭，不讓她冒上水面來。

但是安妮的身子向旁移開了些，還是從水中升出了頭來。

她不但伸出了頭來，而且還立即說道：「秀珍姐——」

雖然浸在水中，但是穆秀珍的頭也不禁冒出汗來，在安妮冒冒失失叫她的時候，有兩個歹徒離水池只不過兩呎！幸而安妮的聲音並不高，而噴水的聲音也十分吵耳，是以那兩人並沒有聽到，也未曾轉過身來。

安妮在叫了一聲之後，看到了那兩人，也不禁一呆，可是她又繼續道：「秀珍姐，我想我可以除去你的手銬的！」

穆秀珍急得幾乎要大聲呼喝她住口，她瞪了安妮一眼，用極低的聲音道：「那你就快動手，別再出聲了！」

站在噴水池之前的兩個人，這時像是略有所覺，一齊轉過身來，安妮連忙又含住了通心的水草，沉下水中去，穆秀珍則一動不動地伏著。

然而，那兩人卻根本連仔細察看一下的機會都沒有，吉蒂已衝到了他們的面前。

吉蒂這時的情形，十足使人聯想起狂怒的美洲豹來。

她還要另一個人扶著她，才能快捷地行動，但是她一到了那兩人的面前，動作卻是快捷得出奇，在不到五秒鐘的時間內，那兩人已各捱了兩下耳光，同時，吉蒂用最凶狠的聲音罵著：「飯桶，我叫你們去找人，你們為什麼站在這裡不動？」

那兩人分辯道：「剛才……我們……」

「剛才你們在這裡違反我的命令，豬！」吉蒂不等那兩人講完，又咆哮了起來，同時又揮著她的手。

那兩人害怕地退了開去，吉蒂站在水池邊上大口地喘著氣，胸脯起伏著，穆秀珍抬眼看去，可以清楚地看到她雙眼之中那種陰森可怕的光芒。

穆秀珍那時離吉蒂只不過五呎而已！如果她不是雙手被反銬著的話，她可以輕而易舉撲向前去制住吉蒂的！但這時候，她卻只是伏著，動也不動。

自水池中心噴出的泉水，不住落在水面上，發出均勻的「嘩嘩」聲，也使得水池的表面動盪不定，這對穆秀珍是有利的，因為那樣，她就不容易被人發現。

穆秀珍已然覺出，安妮好像在利用髮夾，正在設法打開自己的手銬，穆秀珍心中暗自希望著吉蒂不要遠去。

吉蒂果然沒有遠去，她非但不曾遠去，而且還向著噴水池走了過來！

當吉蒂向著噴水池走過來之際，穆秀珍緊張得幾乎要窒息了過去！她又不肯在這時候沉下水去，這時候她一動，那是一定會被吉蒂發覺的！

而當吉蒂來到池邊的時候，穆秀珍離她只不過兩三呎了，但吉蒂卻沒有向池面看一眼，她只是望著噴泉，口中發著含糊不清的咒罵。

然後，她轉過身，就在噴水池的邊上坐了下來。

穆秀珍的心頭一陣狂喜！吉蒂背對著她坐著，離她只不過兩呎！

只要她的雙手可以自由活動，只消半秒鐘的時間，她就可以從水中竄起來，箍住吉蒂的頭頸，令她窒息！可是她的手什麼時候可以自由行動呢？

安妮正在努力，安妮自己的手也被銬著，但幸而不是反銬，所以還有活動的餘地，她取下了一支髮夾，在水中摸到了穆秀珍的手銬，小心地將髮夾插進去。

對手銬稍有認識的人都知道，只要是那種鋸齒狀的手銬，要打開並不是什麼難事，只要有耐心，和一些小小的工具幫忙。

那種小工具，可以是一支髮夾，也可以是一枚牙籤，或是一小片竹片。當然，要弄開手銬的辦法，絕不是將牙籤或髮夾當作鑰匙去打開手銬，那是不可能的。

弄開手銬的辦法，是將髮夾慢慢地，小心地自鋸齒部分插進去。這個行動必須十分小心，因為若是一大意，那只有使手銬越銬越緊。但是，髮夾插進去之後，卻可以將彈簧壓低，而且，鋸齒的倒鉤作用也會消失，那麼只要用力一拉，手銬便可以打開了。

安妮現在所做的，便是將那髮夾慢慢地插進去，她是在水中進行的，她的呼吸只好通過水草的管子來進行，她全然看不到什麼，只好憑藉摸索來進行，這使得事情加倍的困難，但是安妮的性子卻是十分堅韌。

她才將髮夾插進去時，反將手銬弄得更緊了，但是，她終於成功地將髮夾插了進去，她大大地鬆了一口氣，然後又吸進了一口氣。再用力拉了一拉，手銬鬆了開來，她也猛地冒出了水面。

但是她才一冒出水面，卻立時又被穆秀珍按低下去！

穆秀珍左手按著安妮，右手已然疾揚了起來。安妮弄開的只是她左腕上的手銬，她右腕上仍然掛著手銬，是以當她揚起手來時，手銬便發出了「錚」地一聲響來，坐在水池的吉蒂立時轉過頭來。

可是當吉蒂轉過頭來時，早已遲了！

吉蒂根本沒有機會弄清究竟發生了什麼事，穆秀珍的一掌，已然擊中了她的面門！不但那一掌十分沉重，而且，腕間的手銬也重重地敲在吉蒂的頭頂之上。

吉蒂一聲呻吟也沒有出，便昏了過去。

穆秀珍還不放手，又在她的後頸上重重地加了一下，才任由她倒下來，倒在水池邊上，而她則迅速地爬了出來。

這時，如果吉蒂的身邊一直有人陪著的話，那麼穆秀珍或許還不會進行得如此順利，但吉蒂在噴水池邊上一坐下來時，便將那陪著她的人支開，叫他也參加搜尋。

穆秀珍出了水池，身形一矮，在吉蒂的身上找到了一柄槍，那時，花園之中，零落的槍聲正不斷地響著，那是歹徒在毫無目的地放著槍。

一握了槍在手，穆秀珍心中的高興，當真是難以形容，她甚至不瞄準，就連射了兩槍！

那兩下槍響後，兩個在二十碼開外的歹徒便倒了下來，他們臨死的時候，都打了一個轉，像是他們想看清向他們開槍的究竟是什麼人。但是他們只好帶著這個謎進地獄去了，因為穆秀珍那兩槍正射中了他們的要害，他們是立時死去的！

穆秀珍射倒了兩個人，回過頭來，向從水中抬出頭來的安妮笑了一笑。

安妮已然從水池中抬起頭來，雖然池水順著她的頭髮流下來，而且她的頭上還沾了不少水草，她的臉上卻是充滿了喜悅，穆秀珍揚槍又連射了兩槍。

隨著那兩槍，又是兩個人應聲而倒！

穆秀珍高興得要大聲叫起來，但是她卻忍住了不出聲，這時，只聽得卡德勒的聲音自一株鳳凰木後傳了過來，道：「吉蒂，你瘋了麼？」

穆秀珍的回答是槍聲，她對準聲音的來源便是一槍！

她自吉蒂處搶來的小手槍，只有五顆子彈，這時已射光了，穆秀珍還不知道，她又扳了一下槍機，但只發出了「卡」地一聲響。

穆秀珍呆了一呆，一揮手，拋開了手槍，向前奔了過去，在她二十碼之外，就有兩個歹徒伏屍地上，那兩人的手中全有著手提機槍的。

如果穆秀珍可以撿到一柄手提機槍的話，那麼局面就完全受控制了，是以她立時彎著腰，向前衝了過去。

可是她才衝出了五六碼，自那株鳳凰木之後，機槍的呼嘯聲便已傳了出來，子彈是射向她前面的地面的，泥土和石塊被子彈射得飛濺而起，阻住了穆秀珍的去路，同時聽得卡德勒叫道：「停止，吉蒂，夠了！」

穆秀珍陡地一呆，卡德勒一直將自己當作是吉蒂，是以他的子彈才不是直接射向自己，而是射向地面！

但是，不論他子彈是射向何處，他的行為，已是對吉蒂的一種背叛行為了，從剛才他捱了打，捱了罵之後那種憤怒的神情來看，他會有這種反叛的行為發生，那也是不足為奇的！

但是，卡德勒對吉蒂的反叛行為，卻對穆秀珍並沒有利！非但沒有利，而且還使得穆秀珍十分之尷尬！

穆秀珍這時只好站著不動，她不能再向前去。

剛才卡德勒已然在樹後發槍警告她，不准她再前進，那顯然是卡德勒已知道她是準備去拾地上的手提機槍的了，如果她再向前去的話，卡德勒是一定會向她開槍的，那她就未免死得太冤枉了，所以她立時站立不動。

她望著離她只不過十碼遠近的地上，那裡有著武器，可是她卻沒有法子得手，她心中的焦切，實在難以形容。

而一看到了穆秀珍站立不動，卡德勒已持著手提機槍，自那株鳳凰木之後走了出來，他的槍對準了穆秀珍，道：「夠了，吉蒂，當你瘋狂到濫殺自己兄弟之際，你已不適宜繼承貝泰，來做我們的首領了！」

當卡德勒這樣大聲宣布，並自樹後走出來之際，另外四個碩果僅存的歹徒，也各持著槍，慢慢地走了近來。

卡德勒停止了前進，因為他還不知那四個人的意向究竟如何，是不是和自己一樣，已然準備否認吉蒂對組織的領導。

在那一剎間，卡德勒緊張得身子在微微發抖！

而那四個人在來到了離穆秀珍只有十來碼之際，也停了下來，大聲道：「卡德勒，我們支持你，你是我們的新領導人！」

這時，等於是五個人將穆秀珍圍在中心。妙的是，五個人都將穆秀珍當成了吉蒂！

穆秀珍仍是一聲不出地站著，她只希望卡德勒繼續向前走來，那麼，當卡德勒發現她不是吉蒂的時候，必然會呆上一呆的！

而如果卡德勒是在她的前面呆上一呆的話，穆秀珍便有了可趁之機了。

可是，卡德勒卻不再向前走來，他只是道：「吉蒂，你聽到了？」

穆秀珍仍然不出聲，可是她的心中卻在不斷地叫著糟糕！因為如果卡德勒就這樣開槍的話，她就完了！

但是卡德勒卻還不開槍！只聽得他發出了兩下十分異樣的怪笑聲來，道：「吉蒂，你可知道麼？如果不是你發號施令的話，你的確是一個十分可愛的娃娃！」

穆秀珍心中暗罵了一聲「賊胖子」，她知道，卡德勒不但想繼承貝泰對組織的領導權，而且，也在想吉蒂繼承為他的情婦！但是，當穆秀珍聽得卡德勒那樣講法之際，她心中的高興卻是難以形容的。

她本來一直是僵立著不動的，但這時，她向卡德勒走了過去。

她一動，立時有人叫道：「軍師，小心！」

卡德勒哈哈地笑著，道：「不要緊的！」

也就在這時，躲在水池中的安妮也陡地尖聲叫了起來，她那一下尖叫聲，吸引了所有的人的注意，而穆秀珍已在那一剎那間，向卡德勒疾撲而出！

她在撲出之際，離卡德勒還有五六碼，她人像是飛出去一樣，帶起一股極大的力道撞向卡德勒，卡德勒立時滾跌在地，而穆秀珍立即奪槍在手。

她一奪到了機槍，便用槍托在卡德勒的頭上重重地撞了一下，然後她高聲叫道：「安妮，快伏下來！」

就在這時候，槍聲響了！穆秀珍也扣動了槍機。

接下來的半分鐘之內，驚心動魄的手提機槍聲如同火山爆發一樣地狂吼著，連穆秀珍也不知道槍聲是她自己發出來的，還是敵人發出來的，她一面向前掃射著，一面不住地打著滾。

前後只不過是半分鐘的時間，槍聲突然停止了。

穆秀珍接連幾個滾，滾向那株鳳凰木後面，她看到一條人影自水池邊竄起，連滾帶爬向前奔了開去，穆秀珍連忙射出了兩排子彈。

但是那人奔得十分之快，轉眼之間，便出了鐵門，立時聽到了車子的發動聲，車子幾乎是衝了出去的。

穆秀珍高叫道：「安妮！安妮！」

安妮濕漉漉地從水池中抬起頭來，道：「秀珍姐，他們死了，全死在你的槍下了！」

穆秀珍向前疾奔了出去，她將安妮從水池中抱了起來，安妮緊緊地箍住了穆秀珍的頸，兩人大聲地叫著，也根本沒有人聽得清她們在叫些什麼。

她們的心中，實在太興奮了！只有才在極度的凶險之下死裡逃生的人，才能體會那種興奮，而那種興奮，是無法用言語來表達的，唯一的表達方法就是含混不清的高聲呼叫！

她們也不知道叫了多久，才因為聽到了木蘭花的聲音而停止了呼叫。當她們回頭看去時，只見木蘭花拄著杖，站在門口。

木蘭花叫著：「秀珍，安妮！」

「蘭花姐！」她們兩人一齊叫著。

穆秀珍負著安妮，立時向前奔了開去，她奔到木蘭花的面前，用力抱住了木蘭花，不斷地叫著。

木蘭花笑了起來，道：「我知道了，你們是躲在水池中，所以他們找不到你們！」

「全靠你那枚煙幕彈的幫助，蘭花姐，你想想，多好笑，吉蒂不但不知道我們躲在噴水池中，而且在噴水池邊坐了下來。」

木蘭花道：「吉蒂也死了麼？」

「不，她沒有死，她只不過給我打昏了過去。」穆秀珍說。

「快去將她綁住，別再給她逃走了！」

「不會的——」穆秀珍一面說，一面轉過頭向水池看去，可是當她一回過頭去時，她便呆住了。

她在將吉蒂擊昏過去後，是任由吉蒂倒在水池邊上的。這時，水池邊上雖然有好幾個人倒著，但是卻沒有吉蒂！

穆秀珍立時想起那個唯一逃出了鐵門，駕車離去的那人。

那人就是吉蒂！

木蘭花雖然什麼也看不見，但是也可以從穆秀珍陡地止了口這一點上，得知事情已然有了什麼意外了。她忙問道：「怎麼了？」

「吉蒂……又給她逃走了！」穆秀珍有些沮喪的說。

「不要緊的。」木蘭花微笑著，「如果她夠聰明的話，那麼在經過這次全軍覆沒之後，她一定不敢再來招惹我們的了！」

穆秀珍又高興了起來，忙道：「是啊，這次還不嚇破了她的膽，我想，她是一定不敢再來侵犯我們的了！」

木蘭花並沒有再說什麼，但是她的心中卻十分明白，吉蒂是絕不肯就此干休的，吉蒂一定會再來的。

然而她並沒有將心中所想的說出來，因為她不想掃興，而且她也想到，吉蒂就算要捲土重來的話，也不會那麼快的。而現在，她、穆秀珍和安妮三人，一定要充分享受勝利的愉快才好。

木蘭花和歹徒作各種鬥爭中，不知曾得到過多少次的勝利了。但是，卻從來也沒有一次勝利，帶給她如同這一次那樣的喜悅的。

她喪失了視力，吉蒂以壓倒的優勢，帶著那麼多的歹徒來追殺她，可是結果仍然是一敗塗地，這真是令人興奮之極的勝利！

木蘭花和穆秀珍、安妮一齊走進了客廳，穆秀珍不住地問著木蘭花，她一個人究竟是如何應付那麼多的歹徒進攻的。

但是木蘭花卻並不立即向她們敘述經過，只是道：「你們快去換了濕衣服，安妮要休息了，秀珍，你快去通知警方來收拾殘局，我們的電話線被割斷了，我看，歹徒留下的屍體，只怕至少有十五具之多吧？」

「而且還包括卡德勒在內！」穆秀珍高興地叫著。

她們一齊上了樓，換好了乾衣服，穆秀珍抱著安妮在一張椅上坐了下來，交了一柄槍在她手中，而且，穆秀珍堅持要木蘭花坐在安妮的旁邊，她才肯離去。

在她和木蘭花告別之際，木蘭花提醒著她，道：「秀珍，小心一些，吉蒂漏網了，她可能死心不息的！」

「我知道，我會怕她麼？」

木蘭花不以為然，叮囑道：「明槍易躲，暗箭難防！」

「我知道了。」穆秀珍揚著手，跳蹦著下了樓，駕著一輛摩托車，沿著公路向前疾駛去。

她駛出沒有多久，便看到了一輛公路巡邏的警車。

穆秀珍加快速度，追了上去，當她的摩托車和警車平行的時候，她揚手道：「喂，停一停，我有事報警，快停一停。」

警車停了下來，指揮警車的警官，立時認出了穆秀珍來，「咦」地一聲，道：

「你不是穆小姐麼？什麼事？」

穆秀珍一想起來，就覺得得意，她忙道：「貝泰的餘黨死心不息，想趁蘭花姐喪失視力的機會來害她，但結果卻全軍覆沒了！」

「真的？」那警官又驚又喜，「我立即向總局報告！」

「可是你得先跟我回去，大約有十五個人在槍戰中死亡，需要料理。」穆秀珍已轉過車頭，往回駛去。警車也立時掉頭，跟在她的後面。

十分鐘之後，那輛警車便已駛進了木蘭花的花園之中，而在半小時之後，總局接到了報告，派出了大量的警察前來。

四十分鐘之後，方局長的座駕也駛進了木蘭花的花園，方局長從車中跨了出來，第一句話就問：「蘭花和秀珍在哪裡？」

穆秀珍正在客廳中收拾著，一聽得方局長的叫聲，便立時應道：「局長，我在這裡，你看我們的成績怎樣？卡德勒是國際警方通緝的罪犯啦！」

可是方局長卻緊繃著臉，直走了過來。

方局長的那種神態，令得穆秀珍陡地一呆。

方局長氣呼呼地來到了穆秀珍的身前，大聲道：「蘭花呢？她在什麼地方？我要責問她為什麼早不向警方求助，太荒唐了！」

木蘭花在樓梯上出現，她道：「方局長，那是怪不得我的，他們一來，第一件事便是割斷了電話線！」

方局長仍然在發怒，他連連搖著頭，道：「胡說，胡說！是你不願意要警方的幫助，蘭花，秀珍，別以為我會欣賞你們的這種態度！」

木蘭花和穆秀珍都不約而同地伸了伸舌頭。

穆秀珍攤了攤手，道：「方局長——」

「別叫我！」方局長怒吼著。

木蘭花從樓梯上走了下來，到了客廳中，她才道：「方局長，一切全是我的主意，我早已知道他們要支開我身邊的人，我想證明我自己雖然喪失了視力，但是卻仍然不是一個廢人，我還可以很堅強的活著。」

方局長難過地望了木蘭花一眼，道：「你這樣做，全是多餘的，蘭花，你只不過暫時喪失了視力，醫生並沒有判斷說你會終生失明！」

木蘭花幽幽地嘆了一聲，道：「局長，可是醫生也沒有說我的視力肯定能夠恢復，我不能陶醉在人家對我的安慰之中，我要作最壞的打算！」

方局長的眼睛有點潤濕了，他轉過頭去，直走到了窗口，才停了下來。

這時，天色已然微明了，他望著在花園中忙碌的警察，用十分激動的聲音道：

「蘭花，你是世上最堅強的女子，我未曾遇到過比你更堅強的人！」

木蘭花的聲音卻十分平淡，道：「局長，你過獎了，我並沒有做什麼，只不過世人不敢正視現實，逃避現實的人實在太多了，只因我敢於面對現實，便變得有點出奇罷了。」

方局長轉過身來，道：「不管怎樣，總之，我要派人在你的住所附近守衛，派幹練的警官駐在這裡，保護你的安全。」

木蘭花呆了起來，道：「我們沒有自由了！」

「不論你怎樣想，」方局長加重了語氣，「我已經決定了，一定要照我所說的做。」

木蘭花道：「我沒有意見，方局長，如果你以為我不害怕，喜歡那樣，那你就錯了。局長，天亮了麼？」

「天已經亮了。」方局長回答著。

木蘭花沒有說什麼，天亮，天黑，在她來說，都是一樣的，她的眼中，只是一片黑暗！但對別人來說，那當然是不同的！

8 擺脫威脅

太陽已然升起，那是一個萬里無雲的好晴天，本市的西區，是許多學校設立的所在，在朝陽之下，那中學生和小學生匆匆忙忙地自交通工具中下來，進入一幢一幢的建築物，他們就像朝陽一樣地朝氣蓬勃。他們是社會最光明的一面。

但是有時候，陰暗也會侵入光明的一面的。

這時，在一根電燈柱旁，站立著一個穿著十分殘舊的老婦人。那老婦人站著，又不是走動著。她好像有點跛足，因為她走動之際，一拐一拐的。

在離她不遠處，停著一輛汽車。

那輛汽車由一個戴著黑眼鏡的男子在駕駛著，那男子在吸著煙，看來他是不斷地在吸著煙，因為他的車旁，已有了六七個煙蒂。

這六七個煙蒂，同時也證明了他等在那裡，至少有半小時以上了，他顯然是在等待著什麼，而他的心情，自然也十分焦切。

時間是八時五十分，一輛公共汽車在離那老婦人不遠的站上停下，車門打開，吐出了七八個學生來，走在最前面的，是一個穿著淺藍色衣服，梳著兩條辮子，大約十二三歲的小姑娘，那小姑娘快步地向前走著。

那老婦人一看到小姑娘下車，眼光便一直定在那小姑娘的身上，那小姑娘卻一點也沒有注意，一直在向前走著。

而當她在經過那老婦人的身邊之際，那老婦人突然驚呼了一聲，道：「哎喲！」同時她的身子向下彎了下去，那小姑娘立時過去，扶住了那老婦人，關切地問道：「老太太，你覺得什麼地方不舒服，可要我幫你？」

「謝謝你，小妹妹，你能夠扶我到對面的車子去麼？」

「當然可以，」小姑娘現出一副樂於助人的神色來，扶著那老婦人，到了那輛車前，還替那老婦人打開了後面的車門。

可是就在車門一打開之際，那老婦人的行動突然變得敏捷了起來，她用力一推，將那小姑娘推進了車中！而她自己也迅速地跨進了車，車子接著向前疾駛而出。

那小姑娘掙扎了一下，想要尖叫，但是那老婦人已然一揚手，用一支小型的噴霧器，向那小姑娘的面門噴了一下，那小姑娘立時昏了過去，倒在車座上。

車子繼續向前駛去。

駕車的人問道：「成功了麼，吉蒂？」

那「老婦人」的聲音變了，變得尖銳而憤怒，她道：「記住，我不是經常失敗的，就算遭到了暫時的失敗，最後勝利也是我的。」

「是！」那司機答應著，車子去得更疾了！

在警局中，根據穆秀珍的敘述，方局長已下了命令，要嚴重犯罪調查科的主管陳警官，帶隊去搜查昨晚穆秀珍被囚的那所大宅。

隊伍已經開始出發了，陳警官在兩卡車警察駛出了警局之後，他也跨上了警車，但就在這時，一名警官奔了出來，叫道：「陳科長，電話！」

陳科長是一個看來十分聰明的中年人，他揚了揚眉，道：「我不聽了，我有緊急的任務，就快要出發了。」

「電話是緊急的，那女人說，十分緊急。」

陳科長呆了呆，奔回警局去，拿起了電話，他十分不耐煩地問道：「誰？」

他聽到了一個十分嬌滴滴的聲音，道：「你是陳科長？警方嚴重犯罪調查科的科長，陳定宇？」

「是的，你是誰？」

那女子卻笑了起來道：「你好嗎，陳科長？」

「混帳！」陳定宇罵了一聲，就要放下電話。

可是就在這時，那女子突然道：「慢，有一些關於你女兒陳小珠的事，我想你一定是有興趣聽的。」

陳定宇陡地一呆，他的女兒陳小珠，那是他最最寶貴的人，而且，憑著他警務工作者的機靈，他也立時覺得些有不對頭了。

他吸了一口氣，忙道：「她，她怎麼了？」

對方的回答很簡單。「她在我們手中。」

陳定宇的手中在滲著汗，但是他還有足夠的鎮定，道：「你們找錯對象了，我只不過是一個領月薪的公務員而已。」

「是的，我們知道，我們不是要錢。」

陳定宇的額上也開始有汗珠了，他的聲音有點發啞，道：「你們想什麼？」

「我們約一個地方談談。」

「不行，我有緊急公務要出動！」

「陳科長，我想，不用我提醒你，你也應該知道，對你來說，沒有什麼比你女兒的生命更重要的了，是不？」

「你——」陳定宇怒喝著。

「別發怒，陳科長，你的緊急任務，可以找人暫時代一代，你立即到我指定的地方來，我給你半小時的時間，如果你知道我是『洋娃娃』吉蒂的話。我想，你一定不會遲到的，是不是？你快到……」

陳定宇的手在發軟，他的女兒，竟落到了吉蒂的手中！

當他聽完吉蒂講出了要他去見的地址之後，他頹然地放下了電話，轉過身來，恰好有兩個警察在他的面前經過，兩人一齊道：「咦？陳科長，你臉色怎麼那樣難看，你可是不舒服麼？」

陳定宇扶住了桌子，他啞著聲道：「是的，我不能去執行任務了，我要休息一下，請代我告知局長！」

那兩個警官中的一個，自告奮勇道：「好，我可以向方局長請求，這次任務由我去指揮，你去休息吧！」

陳定宇有點天旋地轉，回到了他自己的辦公室。然而，他在他自己的辦公室中，並沒有停留多久，他根本不可能停留多久，因為「洋娃娃」吉蒂限他在半小時之內趕到那地方去。

他立時又離開了辦公室，匆匆向外走去，他只用了二十分鐘時間，便到了市中心區的公園中，在一張長凳上坐了下來。

他焦急不安地坐了約有五分鐘，便看到一個老婦人一拐一拐地走了過來，在他的旁邊坐下。

他還未曾開口，那老婦人已將手中的一只書包遞了過去，道：「這是你女兒的書包，陳科長，她現在很好，你們很快可以見面——」

吉蒂講到這裡，略停了一停，才又道：「如果你肯答應我的要求的話。」

「我沒有錢，吉蒂小姐。」陳定宇苦笑著說。

吉蒂的心中感到十分快慰，因為她可以看出，陳定宇的精神已快崩潰了，她提出要求來，起先他或者會拒絕，但是再略加威脅，他就會答應了。等到他答應了自己的要求之後，那也就是木蘭花的死期定了！

一想起木蘭花，吉蒂又不免咬牙切齒起來，昨天晚上她在那樣的優勢之下，竟然敗得如此之慘！

木蘭花料得十分正確，如果換了別人，也可能因之氣餒了，但是吉蒂卻是十分難惹的人，她絕不肯就此干休的，她立時又想到了毒計！

貝泰生前所組成的犯罪組織，十分之龐大，甚至建有警方高級人員的完整檔案。在計劃初步擬定，又經過了一小時的選擇之後，她選定了陳定宇。

吉蒂選中陳定宇，也是有原因的。第一，陳定宇有一個他看如性命一樣的女兒；第二，陳定宇正在追求一個十分青春美麗的歌女，而他沒有足夠的錢，所以吉蒂這次計劃，直到目前為止，是進行得非常順利的。

她聽得陳定宇說沒有錢，她笑了一下，道：「我們不要你的錢，陳科長，不但不要你的錢，而且還可以給你大量的錢，使你可以送名貴的汽車、貂皮大衣和鑽石戒指，給你所愛的玲玲小姐！」

吉蒂的話，像針一樣地刺著陳定宇的心！

吉蒂續道：「陳科長，我要你做的事非常簡單，事後，你不但可以得回你的女兒，而且，還可以到銀行去提取那張支票！」

她將一張支票，放在她自己和陳定宇兩人的位置之間，陳定宇不由自主向那張支票瞟了一眼。

當他一看到那支票上巨額的數字之際，他陡地一震，那數字實在是太巨大了，而他的眼前也立時浮上了玲玲小姐在接過貂皮大衣時那種甜蜜而嬌媚的笑容，他幾乎已要伸手去取那張支票了，但是他卻道：「不！」

「是我聽錯了嗎？」吉蒂嘲笑著，「陳科長，其實你的心中，早就願意了！你是瞞不過我的，對不？」

陳定宇苦笑著道：「我……不能要你的錢。」

「陳科長，如果你認為你不要我的錢，你將來就可以減輕罪名，那你錯了，女兒是你的，不是別人的，別人怎會管你女兒的死活？」

陳定宇緊緊握著拳，道：「那麼，你要我做什麼？」

「簡單極了，陳科長，你給我一套女警的制服，然後，讓我跟在你的後面，走進木蘭花的住所去，以後的事，你就不用管了。」

陳定宇又向那張支票望了一眼，他心中想：原來是那樣，那不算什麼難事，我可以得到鉅款和得回女兒了，他道：「那麼我女兒——」

吉蒂道：「你放心，你一答應，收了支票，等我進了木蘭花的住所，做完了事之後，立即就放你的女兒，以後我們或者還會合作，我不會難為你的女兒的。」

陳定宇仍是苦笑著，他內心還在起著劇烈的交戰，但是吉蒂的話，對他的引誘力卻越來越大了。

吉蒂又道：「在我對付了木蘭花之後，你甚至是一點責任也不必負的，因為我只不過跟在你的後面走進去而已，你可以說根本不認識我，不知我跟在你的後面！」

「好吧，」陳定宇嘆了一口氣，立時伸手取過了那張支票，「但以後，我們最好不要再有聯繫了！」

吉蒂「嘿嘿」地乾笑著，道：「一小時之後，我在離木蘭花家半哩處的路邊等你，到時，你必須獨自一人駕著車子來。」

陳定宇沒有再說什麼，他站了起來向外走去。

吉蒂仍然坐在椅上，她感到出奇的舒服，她知道，現在木蘭花的家中，一定每一個角落都充滿了警察，但是，有誰會想到，不久以後，和警察局嚴重犯罪調查科科長一齊走進木蘭花住所的人，會是木蘭花的死對頭？

當然沒有人會料得到，於是，她就可以輕而易舉地接近木蘭花，可以輕而易舉奪去木蘭花手中的那手杖，可以輕而易舉地……

她想到這裡，當真想哈哈大笑起來！

她站了起來，心情一暢快，足踝上的疼痛也減輕了許多，她走起路來，也不再一拐一拐的了，她一直走出了公園，才上了汽車。

四十分鐘之後，她先到了公路邊上等著。

這時，她又換了化裝，看來她是一個膚色黝黑，三十上下的女子，她在車中等了五分鐘，便走出車來。而在她走出車來不久之後，陳定宇駕著車來了，陳定宇看到了吉蒂，吉蒂向他做了一個手勢，他停下了車子來，又問道：「我女兒呢？」

「別多問，她非常之好！」

吉蒂進了車廂，拆開了一個紙包，裡面是女警的制服，她立時換上了制服。

當車子駛到了木蘭花住所之後，守門的警察一看是陳科長，連忙行了個敬禮，陳定宇開著車直駛了進去，他和吉蒂一起跨出車來。

吉蒂跟在陳定宇的後面，陳定宇向屋子走去，沒有人注意吉蒂，因為吉蒂跟在陳科長的旁邊，他們兩人一齊進了客廳。

方局長正在客廳中，一看到陳定宇，方局長便「咦」地一聲，道：「陳科長，你不是在休息麼？怎麼又來了？」

陳定宇的心撲通撲通地跳著，道：「我現在好多了，所以我來這裡看看，可有什麼任務給我？那邊的搜索工作進行得怎樣了？」

「我才接到報告，已順利完成了，有二十多名歹徒束手就擒，據他們的口供說，貝泰在本市還有一個秘密據點，但只有貝泰自己和他的情婦兩個人才知道，可惜吉蒂不在那一個據點之中，又給她漏網了一次！」

當陳定宇在方局長面前講話時，他可以感到吉蒂一直在他的背後，這令得他感到全身僵硬！他忙道：「是啊，很可惜。」

方局長站了起來，道：「你來了，很好，你代我指揮一切，記著，不可以讓任何陌生人進來，要小心！」

陳定宇的背樑上在直冒冷汗，他道：「我……我知道！局長放心好了。」

方局長又關切地道：「你的面色十分難看，你如果支持不下去，隨時打電話給我，我再派人來接替你！」

方局長一面說，一面在陳定宇的身邊走了過去。

吉蒂雖然是世上最凶悍的女匪徒之一，但究竟做賊心虛，當方局長走近的時候，她轉過了身去。

方局長已在她的身邊走過去了，他是低著頭走過去的，突然，他看到一個女警，卻穿著一雙不屬於女警的鞋子！

方局長立時站定道：「喂，你！」

吉蒂整個人都麻木了，她機械地轉過身來。

方局長指著她的足部，道：「你的鞋子！」

吉蒂低頭一看，心中感到了一股寒意，她是個十分有急智的人，連忙道：「我……扭傷了足踝，我是得到陳科長批准的！」

方局長抬頭向陳定宇望去，陳定宇的面色變得難看之極，這時候，他除了點頭之外，實無別的辦法！

一看到陳定宇點了頭，方局長的心中雖然還十分不滿意，但是他是一向不在下屬的面前斥責高級警官的，是以他沒有說什麼，便走了開去。

眼看著方局長走了開去，陳定宇和吉蒂兩人像是卸下了千斤重擔一樣！但陳定宇仍然十分著急，他走近去，低聲道：「怎麼辦？」

吉蒂瞪了他一眼，道：「怕什麼，那更好了，你快帶我去見木蘭花，說我是由警方派來，特別照顧她的！」

陳定宇大驚失色，道：「這怎麼行？你說……你說只是跟在我後面走進來的，我怎能那樣做，那我還脫得了關係麼？」

陳定宇的面色發白，連連搖手。

但是，吉蒂卻揚起了頭，道：「笑話，你以為你現在脫得了關係麼？方局長已認定我是你帶來的了，陳科長，你除了徹底替我工作之外，絕沒有別的辦法！」

陳定宇吞了一下口水，他感到自己正在一步一步被吉蒂推著，走向一個無底的深淵，但是，他的女兒，他極欲得到的巨額金錢……

他的額上又滲出了老大的汗珠來，他頹然地坐了下來，不住地喘著氣，吉蒂就站在他的身邊，正如吉蒂所料，滿屋都是警察。

其中也有些警察和警官向她投以奇怪的目光，因為她是一張生面孔，但是，人人也都看到她和陳科長在談話，是以沒有人問她什麼。

過了兩分鐘，陳定宇抹了抹汗，心中已有了決定，他非這樣決定不可，為了他自己，他無論如何只好那樣做了。

他站了起來，道：「好，你跟我來。」

吉蒂的面上浮起高興的笑容來，道：「那樣才好！」

陳定宇向前走出了兩步，向一個警官問道：「木蘭花在什麼地方？方局長命我繼續地指揮，我要和木蘭花商量一下。」

「她在上面。」那警官回答著。

陳定宇向樓上走去，吉蒂仍然跟在他的後面。

他在木蘭花的工作室中見到了木蘭花，安妮坐在木蘭花的身邊，穆秀珍也在。穆秀珍是認識陳定宇的，她一揚手，道：「陳科長！」

陳定宇踏前一步，道：「蘭花小姐，我派了一個人來照應你，這位是女警三〇七號，你只管差遣她好了。」

穆秀珍連忙搖手道：「不必了，我會照顧蘭花姐的。」

吉蒂忙道：「蘭花小姐，我如果能服侍你的話，那實在是我畢生的榮耀。」

陳定宇也道：「秀珍小姐或者有別的事，不能常在蘭花小姐的身邊的，三〇七號是十分能幹的一位警察。」

「好吧，」木蘭花微笑著，「我想，這多半又是方局長的主意，如果我拒絕了他，他又會不高興了，秀珍，你去忙你的事好了，我有三〇七號照顧了！」

穆秀珍笑著道：「好，我去看看花園中收拾得怎樣了，陳科長，你要指揮你的下屬，工作得勤力些，我們還要過正常的生活的啊！」

「是！是！」陳定宇答應著，和穆秀珍一起走了下去。房間中，只剩下安妮、木蘭花和吉蒂了。

安妮自始至終都用一種懷疑的眼光望定了這位「三〇七號」女警，吉蒂好幾次逗她講話，她都不出聲。

反倒是木蘭花覺得不好意思，道：「你別見怪，安妮是那樣子的，她不喜歡和陌生人講話的。」

安妮叫了起來，道：「蘭花姐！警方找到了我的輪椅沒有？我不能一直坐在椅子上的啊！而且，我也不要普通的輪椅！」

吉蒂笑著，道：「小妹妹，你要到什麼地方去，我可以抱你去的，你想不想到露臺上去看警察工作？」

安妮翻了翻眼，不置可否，可是吉蒂卻已然道：「好，我抱你到露臺上去，我一定可以抱得起你的。」

從吉蒂的話聽來，安妮像是已點頭答應了，但實際上，安妮卻根本沒有答應過，是以安妮聽得她那樣講，奇怪地望定了她。

然而吉蒂已向她走了過去，安妮剛想責問她做什麼之際，卻已經遲了，吉蒂已然到了她的身邊，一手按住了她的口，左手的戒指向安妮的後頸按了下去，在她的戒指按下去之際，有一枚尖針彈了出來，刺進了安妮的後頸。

那毒針中的強烈麻醉藥，令得安妮在幾秒鐘之內就昏了過去。吉蒂抱起了安妮，走到了露臺上，將安妮放在一張椅子上。

這一切，就在木蘭花的身邊發生著。

可是木蘭花卻一點也不知道，因為她已喪失了視力，她什麼也看不見，她只能憑聽覺，和那根「手杖」上的感應，來判斷附近發生了什麼事。

這時候，她感到的和聽到的是，女警三〇七號將安妮抱到了露臺上去。這是很正常的事，絕不引起她的任何懷疑。至於安妮並不是自己願意去的，她是先被按住了口，然後又昏迷過去之後，才被抱走的這一點，木蘭花卻根本沒有法子知道。

因為在那幾秒鐘之內，沒有什麼特別的聲響發出來過，她當然無法知道發生了什麼事，而且她知道，這時自己的屋子中全是警察，她再保持過分的警惕，似乎是一件多餘的事，所以她還道：「麻煩你了！」

吉蒂愉快地回答道：「蘭花小姐，千萬別那麼說，為你服務，那是我最感到樂意的一件事。」

木蘭花又聽到了「三〇七」的腳步聲傳了過來，「三〇七」似乎來到了她的背後，不論怎樣，木蘭花喪失了視力之後，總不怎麼喜歡人家站在自己的背後，是以她自然而然地覺得十分的不自在。

她轉過了身來，道：「你請坐，別客氣。」

吉蒂猶豫了一下，這時候，她正在考慮應該如何對付木蘭花，當她站在木蘭花背後的時候，她已經想用手掐住木蘭花的頭頸了！

但是她卻並沒有那樣做，她對木蘭花還是不能不有所顧忌，因為那根令得她一敗塗地的「手杖」，還在木蘭花的手中！

而且，她也絕不能令得木蘭花對她有絲毫的起疑！

她更不會有很多的時間，安妮昏了過去，在露臺上，也是隨時會給人發現的，她必須用最短的時間將那根手杖騙來，殺了木蘭花，然後逃走！

所以，木蘭花請她「隨便坐」，她也聽出了木蘭花的意思，是不喜歡有人站在背後，是以她立即道：「多謝你，咦，蘭花小姐，你坐著，還握著手杖做什麼？」

木蘭花道：「我握著手杖，想站起來的時候，就可以隨便走動了！」

吉蒂裝出十分動人的聲音來，道：「蘭花小姐，你真了不起，聽他們說，昨天晚上，你獨自對付了那麼多的匪徒！」

「也不全是我，」木蘭花謙虛地道：「秀珍後來趕到了，她幫了我不少忙——」

木蘭花講到這裡，電話突然響了起來。

吉蒂的心中陡地一喜，心忖木蘭花就坐在桌前，自己如果不幫她去接電話，那麼她會不會先放下手杖再去接電話呢？

可是吉蒂的希望卻落空了，木蘭花的右手仍然按著那根手杖，她用左手去接電話，她講了並沒有多少句，一直背對著吉蒂，木蘭花的身子遮住了她手中的手杖，吉蒂焦急地搓著手，她已然準備強搶了！

最後，她聽得木蘭花道：「好的，你在樓下好了，我有三〇七號警察照應我，一切都很好！」

她放下了電話，又轉過椅子來，笑著道：「那是秀珍，她將我當孩子了，其實，我還是完全是大人！」

當木蘭花在講話的時候，吉蒂的手漸漸地伸近那根手杖，一面卻還在答應著木蘭花的話。等到她的手離手杖只有兩三吋之際，她突然一伸手，抓住了那根手杖，並且用力一奪！

那一奪是如此之用力，她不但將手杖奪了過來，而且，還令得木蘭花幾乎跌出椅子來！

木蘭花發出了一聲驚呼！而吉蒂這時候心中的高興實在是難以形容的，她忍不住大聲笑了起來，她搶到那根手杖了！

她立時退到了門邊，先將門鎖上，木蘭花吃驚地問道：「你，你是什麼人？你不是三〇七號麼？」

吉蒂已回復了她本來的聲音，道：「是的，我是三〇七號女警，親愛的木蘭花小姐，你有什麼要我替你服務的地方麼？」

「吉蒂！」木蘭花立時叫了起來，「那麼，你將安妮怎麼了？」

「她只是昏了過去，你放心，我暫時不想多生枝節，你也別高叫！」吉蒂將杖尖在木蘭花額上點了點，「這根手杖是可以發射子彈的，是不是？」

木蘭花的身子轉了一轉，轉得變成了面向窗子。

吉蒂也連忙跟著打橫跨出了一步，厲聲道：「別動，木蘭花，你也有今日這一天麼？現在，你已感到死亡的滋味了，是不是？我要你死在你自己的手杖槍之下！」

木蘭花並不出聲。

吉蒂又得意地笑了起來，道：「求我啊，木蘭花，鼎鼎大名的女黑俠木蘭花，快求我啊，求我饒命啊，你不是害怕得說不出話來了吧！」

木蘭花仍然不出聲，只是坐著。

吉蒂「哈哈」地笑著，她心中的那種高興，實在是難以形容的，她就要可以殺死木蘭花了，殺了木蘭花之後，她將成為世界上每一個犯罪組織都崇敬的人，她將可以成為全世界犯罪組織的首腦，這正是貝泰生前夢想的事！

她舉著那根「手杖」，杖尖離木蘭花的額上不會超過兩吋，就這樣指著木蘭花，令木蘭花感到死亡的威脅，這已然是最快樂的事了，而更大的快樂，還在後面，她可以一按掣，便令得木蘭花在地球上消失！

她已然摸索到杖柄上有七個掣，她也下了決定：要木蘭花嘗嘗七種不同子彈的滋味，才讓她死去！

她凶狠地笑了起來，道：「木蘭花，開口啊，告訴我，你在死前的一剎那，現在，你在想些什麼？」

木蘭花開口了，可是木蘭花講的話，卻令得吉蒂陡地一呆，只聽得木蘭花用極其平靜的聲音道：「吉蒂，我想笑！」

吉蒂在一呆之後，發出了一聲怒吼，她立時按下了杖柄上的第一個掣！

可是，卻一點反應也沒有，杖尖中並沒有子彈射出來，她接著又按第二個掣，第三個掣，第四個掣，可是仍然沒有什麼東西射出來。

而木蘭花在這時候，卻真的笑了起來。

吉蒂又驚又怒，她繼續按著掣，可是當她按到最後一個掣時，她做夢也想不到的事情發生了，自那根「手杖」上，突然產生了一股極大的衝力！

那股衝力，本來是雲五風設計，可以使人升高二十呎的，而吉蒂這時卻是平舉著那根手杖，是以她並沒有被那股衝力帶到半空中，而是被那股衝力撞得向後疾退了出去。

那股衝力可以將一百五十磅的重量升高二十呎，其力道之大，是可想而知的，吉蒂的身子在一秒鐘之中便撞在窗上。

接著，便是玻璃的破裂聲，落地玻璃窗被她撞破，她帶著碎玻璃一齊向外飛了出去，飛到了花園的上空，令得所有的人全都呆了！

當她「飛」出花園的時候，她已經開始下跌了，終於，在至少四十名警察的目擊下，「洋娃娃」吉蒂「撲通」一聲，跌進了噴水池中！

當吉蒂自噴水池中站起來的時候，已有十多柄手槍對準了她，而離她最近的一柄，卻是握在陳定宇手中的！

當陳定宇在客廳中，意識到自己已一步步在走向深淵之際，他下了一個決定，他的決定，並不是繼續受吉蒂的威脅，而是擺脫她的威脅！

陳定宇作出這樣的決定，在他而言，絕不是一件簡單的事，但是他卻終於決定了。他雖然曾受過誘惑，但是他究竟是一個優秀的警務人員，在最緊要的關頭，他知道了錯誤，而且不惜以極大的代價來改正錯誤。

他仍然送吉蒂上樓，但是他和穆秀珍一齊下樓來之際，卻將一切都和穆秀珍說了。

穆秀珍聽得冷汗浹背，她本想立即衝上去的，可是她又怕立即衝上去，會刺激了吉蒂，使吉蒂變時立時下手，所以，她打了一個電話到工作室去，這個電話就是木蘭花自己接聽的那一通。

在那個電話中，木蘭花已經知道自己危險的處境，而且她立即知道，吉蒂有機會下手，而她不立即下手，是忌憚著自己手中的手杖！

她料定吉蒂下一步的計劃，一定是搶奪自己的這根萬能手杖，所以，在聽電話的短短一分鐘之中，她旋著杖柄，將子彈、毒氣囊、利針等等，一齊卸了下來，輕輕地拋進了字紙簍中。

她的身子遮著手杖，吉蒂一點也看不到她的動作。然後，木蘭花放下電話，轉過身來。

又然後，事情完全如木蘭花所料那樣，吉蒂搶走了「手杖」。

木蘭花一直都想笑，因為她早已知道吉蒂會有什麼結果了，這也就是當吉蒂用手杖對著她之後，她轉動了一下轉椅之故，那樣，當吉蒂按到了那個掣時，她整個人就會向外飛去，跌到花園中，而不是被重重地撞在牆上！

撞在牆上，吉蒂可能會死，但跌到花園去，吉蒂是不會死的，木蘭花不希望吉蒂死，因為貝泰的餘黨十分多，而這些餘黨都是和吉蒂有聯繫的，捉住了她，便等於是有了破獲這些餘黨的最好線索。

當陳定宇用槍指著吉蒂之際，穆秀珍奔了上來，叫道：「蘭花姐！蘭花姐！」

木蘭花連忙道：「我沒有什麼，你快去看安妮，安妮在露臺上，她昏過去了，最好立時召醫生到來。」

穆秀珍立時又向露臺奔了過去！

第二天，陳定宇又來了。

陳定宇的面上，充滿了感激之色，吉蒂被捕之後，一開始仍很倔強，但是不久，她便供出了一切，秘密據點也被攻破，陳定宇的女兒被警方人員安然無恙地救了回來。

陳定宇在木蘭花和穆秀珍的面前站著，道：「我真不知道怎樣感激你們兩位才好，我犯了那麼大的錯誤，你們一點也未曾對方局長提起，方局長反倒嘉獎我，要呈報上去，還要升我的級，唉，我太慚愧了。」

木蘭花微笑著道：「陳科長，你是足可以擔當這重大責任的，非但你不用謝我，我還要千百遍地謝你才對，如果不是你告訴了穆秀珍——」

木蘭花雖然已從大風大浪中掙扎了過來，但是她一講到了這裡，也不禁突然打了一個寒顫，才道：「我幾乎不敢想！」

穆秀珍也爽朗地拍著陳定宇的肩頭，道：「別再提了，陳科長，你救了我們，我們會記得你的，你反來謝我們，豈不是令我們慚愧。」

陳定宇的眼睛濕了，他喃喃地道：「你們太好了，太好了，噢，還有一件事，吉蒂給我的支票，我已經轉交給慈善機構了！」

「那很好——」木蘭花忽然停了一停，道：「又有人來了。」

穆秀珍向窗外一看，驚呼了起來，道：「蘭花姐，你猜是什麼人來了！」

木蘭花笑道：「雲四風，還有高翔！」

穆秀珍和安妮兩人都已習慣於木蘭花的料事如神了，但是陳定宇卻驚訝得口也合不攏來，站著發怔。

來的正是雲四風和高翔，還有一位身形高大肥胖的歐洲人，那是保茲博士！世界眼科權威專家！

見面的歡樂是不必多加贅言的，而雲四風也立時答應再替安妮造一架輪椅，保茲博士立即替木蘭花作了初步的檢查。

然後，他和木蘭花一起到醫院中，再藉儀器的幫助，作更詳細的研究，在七小時之後，他作出了令人興奮的宣布：只要經過一次手術，木蘭花就可以復明了！

黑暗，終於成為過去了！

人形飛彈

1 同門師弟

在木蘭花喪失視力的那一段時間內，消息並未曾傳出去，知道這件事的人並不多，但木蘭花的視力，在第一流的專家悉心醫治之下，已漸漸恢復之際，木蘭花在世界各地的朋友都知道了這件事，是以接連幾天，木蘭花收到了許多書信、電報、電話，都是邀她前去休養的。

木蘭花本來是不想離開本市的，但是各方朋友的好意，她卻又不能推卻，有的朋友甚至要遠從瑞士飛來，接她去休息。

木蘭花心知自己留在本市的話，在接下來的幾天中，一定會有更多的人前來，但是她必須要靜養，是以她一定要揀一個地方避開前來探望她的人們。

那一天晚上，木蘭花、穆秀珍和安妮一起坐在餐桌之旁。在桌上，放著十幾封信，穆秀珍只拿起一封，又放下一封，像是決不定應該選擇其中的哪一封才最適合。

木蘭花則閉著眼在養神，穆秀珍終於拿起其中一個信封來，道：「蘭花姐，我看到紐西蘭不錯，那裡一直被形容為人間天堂！」

安妮立時拍手道：「是啊，我們順道還可以遊玩一下南太平洋上的那些島嶼，那些島嶼，是世上最美麗的地方了！」

可是木蘭花卻緩緩地搖了搖頭，道：「請我們去的人，是當地的大商人，到了那裡，應酬一定更多，煩死了。」

穆秀珍嘆了一口氣，放下了那封信，道：「蘭花姐，我們已足足花了兩小時了，揀來揀去，都沒有結果，究竟你想到什麼地方去呢？」

木蘭花笑了起來，道：「我也決定不下。」

安妮忽然道：「我有辦法了，我每遇上解決不了的事情，我就抽籤，我們何不讓蘭花姐閉著眼睛，在這許多信中揀上一封？她揀中什麼人的來信，就算是接受了什麼人的邀請，我們就到那地方去，這樣可好麼？」

木蘭花笑道：「這倒是好主意，安妮，你將信封疊起來讓我抽上一封。」

安妮將十幾封信疊在一起，整頓齊了，來回掉動了幾次，穆秀珍雙手合十，低聲道：「上帝保佑，別揀到一個人跡不到的去處！」

安妮將疊好的信封送到了木蘭花的面前，木蘭花閉上了眼睛，手指在信封的邊緣上輕輕地碰著，終於，她指尖挾住了一個信封，將之抽了出來。

「是什麼地方？」心急的穆秀珍立時問。

木蘭花睜開了眼來，笑道：「是日本！」

「日本！」穆秀珍聳了聳肩，「也好，請我們前去的是什麼人？在日本，我們好像沒有什麼特別的朋友啊！」

木蘭花將信遞給了安妮，安妮取出信紙來，看了一眼，立時抬起頭來，道：「是一個叫作大庭龍男的人。」

木蘭花怔了一怔，道：「大庭龍男？」

「大庭龍男？」穆秀珍也立時驚訝地反問：「那是什麼人？怎麼我從來也未曾聽到過這個人的名字？蘭花姐，他是誰？」

木蘭花並不出聲，她仍然閉著眼睛，但是從她臉上的神情，可以看得到她正在凝思。

穆秀珍已站了起來，一伸手，在安妮的手中，搶過了那封信來，大聲念道：「蘭花師姐，我們雖然從來未曾見過面——蘭花姐，這是怎麼一回事啊？他是你的師弟嗎？」

木蘭花道：「是的，他是我空手道和柔道的授業恩師兒島強介的弟子。我聽得師父說過他，但是卻未曾見過他，聽我師父說，他在負責一項十分秘密的工作，他工作的單位，對外是不公開的，他還囑咐我，就算見到了他，也不可以問他。」

穆秀珍道：「原來如此。」

「他信中怎麼說，你念下去。」

「好，」穆秀珍繼續念道：「我們雖然從來未曾見過面，但是你的英勇事蹟，一直是我所欽佩的，我想我們應該見見面，你最近受了歹徒的傷害，一定非常需要休養，我在琵琶湖的南岸，有一個小小的庭園，那庭園的四周圍，全是參天古木，十分幽靜，而琵琶湖的湖水又是世界上最清澈的，在琵琶湖上泛舟，實在是鬆弛神經的最好去處。蘭花師姐，或許你會以為我們未曾見過面，而不肯貿然前來，那我實在太失望了。」

穆秀珍念到這裡，攤了攤手，道：「看來，那倒是一個好地方，琵琶湖不是日本最大的湖和最著名的風景區麼？」

「是的，」木蘭花緩緩地說：「在京都附近，其實，它是在滋賀縣的中央，兒島師父就是在琵琶湖授業的，這封信喚起我的回憶了。」

「還有哩！」穆秀珍繼續念，「如果你決定來的話，請打電報通知東京防衛廳，我將在羽田機場接你們，你們一定會有一個十分滿意的休息的。」

「蘭花姐，這個大庭龍男是在防衛廳做事的嗎？」

「我不很清楚，只知道是秘密工作，我從來也未曾見過他……」木蘭花猶豫了一下。

穆秀珍忙道：「那我們揀過第二處好了。」

「不！」木蘭花卻立時回答，「既然恰好抽到了這封信，自然應該接受他的邀請。秀珍，你去打電報，安妮，去收拾東西！」

「好啊！」安妮叫了起來，將其餘十來封信一起拋上了天空，任由它們落下來，跌在地上，她控制著輪椅，轉了開去。

穆秀珍已經向門外衝去，不一會，便聽到了汽車發動的聲音。木蘭花仍然閉著眼，在她的眼前，已浮起了明媚的琵琶湖景色來。

琵琶湖的確是極其美麗的，到琵琶湖畔去休養，本來也是再好不過的事情，但是木蘭花這時卻另有所思！

她想的是：為什麼多年不通音訊、從來未曾謀面的師弟，會寫信來邀自己前去休養呢？難道真的只是為了想和自己見見面？

兒島師父一直只說大庭師弟負責的是秘密工作，卻未曾說明是哪一種性質的秘密工作，是不是他邀自己前去，和他的工作有關呢？

木蘭花想了一會兒，得不出什麼結論來。她不禁覺得好笑，心想那一定是太緊張的生活，令得自己的神經變得太過敏了，或許，大庭龍男師弟真的只不過是想和自己見見面，那自己又何必想東想西，庸人自擾？

她笑著，走到唱機前，選了一張悠揚悅耳的唱片，又關上了燈，整個客廳都沐浴在暮色之中，木蘭花在沙發上舒服地坐了下來，欣賞著音樂。

穆秀珍是一小時半之後回來的，當她回來之後，所有的手續都辦好了，訂下的機票是明天上午十一時起飛的，木蘭花吩咐她們兩人，別帶太多沒有用的東西，便上床休息了。

第二天上午，她們三個人在十點鐘已到了機場，雲四風是先來到木蘭花家中，和木蘭花她們一起去機場，高翔則在機場相候。

木蘭花笑道：「怎麼啦，我們常常獨自駕著噴射機飛到西半球去的，這短短的旅程，算得了什麼，還一定要來送我？」

高翔和雲四風兩人也笑了起來，高翔道：「我不單是來送機，而且，還有一點消息，可以供你們參考。」

「那是什麼？」木蘭花十分有興趣。

「昨天晚上，我聽得秀珍告訴我，你們決定接受一個叫大庭龍男的日本人邀請，到日本去，我就去找這個人的資料。」

「我想你不一定找得到。」木蘭花說。

「的確是，非常之難找，我通過了很多熟人和重要的機構，幾乎花了整整一夜工夫，才算約略得到一些零星的資料，蘭花，你這位師弟，大概可以說是全日本最神秘的人物了，他似乎比日本天皇還要來得重要！」

木蘭花笑道：「你得到了些什麼？」

高翔道：「他的工作隸屬於東京防衛廳，他領導一個特別工作小組，似乎他的工作只是對他自己負責，可以不受任何約束，而他平時究竟做些什麼工作，也沒有人知道，只是有一次，他曾親手捕獲過兩個人，那兩個人是想炸毀日本第一條快速火車鐵路的。」

木蘭花用心聽著，點了點頭，道：「看來，他的工作和你的差不多。」

高翔聳著肩，道：「他比我重要得多了，因為我無法查問出他的樣子來，所有的回答全是三個字：不知道！」

穆秀珍道：「這倒是一個十分有趣的人。」

「有趣是有趣，」高翔道：「正因為他太有趣了，所以我想，他邀請你們前去，恐怕不只是為了想請你前去休養那樣簡單！」

木蘭花在昨天晚上也想過同樣的問題，這時高翔又提了出來，她沉吟了一下，道：「高翔，你放心，他總不至於害我們吧。」

高翔的兩道濃眉蹙得十分的緊，他道：「那我不敢說，但是，蘭花，你總不能不承認，我們對這個大庭龍男知道得實在太少了吧！」

「是的，知道得太少了。」木蘭花承認。

「對一個知道得如此之少的人，是絕對不能太信任的，蘭花，你說是不是？」高翔又進一步地提醒木蘭花。

「我完全同意你的話。」木蘭花點著頭。

高翔道：「蘭花，你看，你既然完全同意了我的話，那麼為什麼一定要去，你不能換一個地方去休養麼？」

木蘭花緩緩地道：「我想不能了，因為琵琶湖畔已然喚起了我的回憶，我恨不得現在就已經在平靜如鏡的湖水之上了。」

高翔苦笑了一下，不再說什麼，只是道：「保重！」

「你也是，高翔，如果有什麼特別的事情，你只消通知我，我一定趕回來的。」木蘭花握著高翔的手，柔聲地說著。

這時，擴音機已經在催促旅客登機了，穆秀珍推著輪椅向閘口走去，木蘭花跟在後面，高翔和雲四風目送著她們。

等到她們三人進了閘口，雲四風才道：「高翔，你以為她們這次到日本去，會有什麼意外的事情發生麼？」

「實在很難說。」高翔答。

「為什麼？」

「因為，我們對於這個大庭龍男，知道得太少了！」

雲四風嘆了一聲，不再說什麼。

高翔看了看手錶，道：「飛機快起飛了，我們也該回去了，隨時聯絡！」

「好的！」雲四風答應著。

他們一起出了機場，各自登上自己的車輛，疾馳而去。

當高翔和雲四風的車子離開機場之際，他們都聽到飛機起飛的震耳欲聾聲。

只不過幾小時的航程，木蘭花、穆秀珍和安妮便已經到了東京。

仍然由穆秀珍推著安妮下飛機，她們才一下飛機，便看到有一輛大型的黑色房車停在跑道上。

一般來說，跑道上是不容許有車輛停留的，但是，也有例外，那便是當有特別重要的人物，根本不需要經過海關，必須直接離開機場時，才會特准車子駛進來。

當她們三人看到那輛大型房車之際，她們還只當和她們同機飛來東京的，有什麼要人在內，可是，當她們一下了機，本來站在車旁，兩個穿黑色西服的男子，便向她們走了過來，十分有禮地道：「是木蘭花、穆秀珍和安妮三位小姐麼？」

「是的。」木蘭花回答，同時打量著那兩人。她的心中在想，哪一個是大庭龍男呢？

但是，那兩人中的一個立時道：「三位，大庭龍男先生要我們代表他，向三位致上極深的歉意，希望三位能原諒他。」

木蘭花心中暗忖，原來他們兩人之中，並沒有大庭龍男在！

她見到這兩人雖然只不過十來秒鐘，但是她已經憑她敏銳的眼光，判斷兩人是久經訓練的特工人員！

她十分輕鬆地道：「是啊！大庭龍男先生說他會親自來接我們的，為什麼失約？」

那兩人道：「臨時發生了一件事，非大庭龍男先生親自處理不可，是以他不能親自來，請三位跟我們來，三位可以立時在東京近郊的住所和他會面的。」

木蘭花略為考慮了一下。正如高翔所說，她對於大庭龍男這個人，所知的，可以說少到了極點，而他自己又不到機場來，這似乎更增加了事情的神秘，而他這個人，也更不可捉摸了。

但是木蘭花卻知道，跟他們去是沒有問題的，因為如果不是政府機構的人，而且充分享有特權的話，是絕不能將車子駛進機場跑道來的！

所以她只考慮了幾秒鐘，便道：「好吧！」

她們一起向車子走去，穆秀珍將安妮抱進了車廂，木蘭花也坐了進去，那兩人坐在車子的前面，車子立即離開了機場。

車子駛出了機場之後，仍然保持著極高的速度，經過了市區的一角，然後便一直在郊區的公路上飛速前進。

東京對木蘭花並不是一個陌生的地方，她知道車子是向郊區的一個十分高級的住宅區駛去的，住在那住宅區中的人，全是非富即貴的要人。

果然，四十分鐘之後，車子已駛進了那個住宅區，而且駛進了一幢極大的花園洋房之前，停了下來。

從洋房中，又走出了兩個穿黑西服的人來，直趨車前，將車門打了開來，道：「三位請到屋子內去休息。」

木蘭花跨了出來，聽那兩人的口氣，他們之中，仍然沒有大庭龍男在，她的心中也不免十分不快，因為若是大庭龍男仍然未到的話，那表示他實在太沒有誠意了，她有點不高興地問道：「大庭先生呢？他在不在此處？」

那兩個人十分恭敬，可是面上的神色也十分尷尬，道：「大庭先生在五分鐘之前打電話來，說他實在有要事，分不開身。」

木蘭花比較沉得住氣，心中雖然不滿，但是卻還未曾說什麼。可是穆秀珍卻立時嚷了起來，道：「這是什麼話，又不是我們要來找他，是他自己請我們來的，為什麼我們來了，他卻推三阻四不肯見人？這算是什麼道理？」

那四個人的神色都極其惶恐，他們爭著道：「三位請別誤會，大庭先生說有事，那一定是他真的有事，三位請原諒，請到屋中去休息！」

在那樣的情形下，木蘭花卻不肯貿然進屋中去了。不管大庭龍男是不是真的有事，他人影不見，事情未免太「巧」了一些！

她搖著頭，道：「我想不必了，我們自己會去找地方休息的，只不過向你們借這輛汽車用一下，我想你們一定不會拒絕的！」

那四個人的臉上現出了極其為難的神色來，道：「蘭花小姐，如果那樣的話，那我們一定會受到大庭先生的責怪——」

木蘭花剛才在講話之際，已經向穆秀珍使了一個眼色。

穆秀珍本來是想將安妮抱出車廂來的，但是她一看到了木蘭花的那個眼色，便不再去抱安妮，而踏前一步，來到了前面的車門之旁。這時，木蘭花不等那幾個人講完，便突然大喝，道：「秀珍，我們該走了。」

穆秀珍一聲答應，她們兩人同時拉開了車門，向車子中閃去，而穆秀珍不及坐下，便已經伸腳踏下了油門，車子猛地一跳，向前疾衝了出去！

那四個穿著黑西服的人一起驚叫起來，呼叫著向後跳了開去，車子像一頭怪獸一樣，衝向大門口。只聽得那四個人中，有兩三個人一起叫道：「關大門！」

隨著他們的呼叫，兩扇鐵門已經緩緩地合攏。但是穆秀珍還是使車子在大門完全合攏之前駛了出去，只不過車頭在鐵門的邊緣上撞了一下，將車頭燈撞得粉碎。

而車子也因為那一撞，而突然向一邊側開去，幸而穆秀珍的駕駛技術十分高超，在車子還未曾撞中圍牆之際，便將車頭轉了過來，接著，車子發出驚人的聲響衝上了公路。

在車子疾衝而出之際，木蘭花回頭看了一下。

她看到那四個人也追了出來，在門口揮著手，他們似乎在叫些什麼，但是在車子中的木蘭花，當然聽不到他們的叫嚷之聲。

而車子是開得如此之快，轉眼之間就看不見那四個人，穆秀珍十分得意，道：「蘭花姐，你看，我的身手可還敏捷麼？」

木蘭花卻皺起了眉，道：「或許他真的有事，不能接待我們，那我們這樣做，未免顯得太過小氣一些了！」

穆秀珍撇了撇嘴，道：「是他怠慢我們在先的，可怪不得我們！」

木蘭花不再說什麼，過了片刻，才道：「將車子在可以雇到街車的地方停下來，我們到市區去，找一家酒店住下來再說。」

安妮是第一次到東京，她感到十分興奮，叫道：「我們到帝國飯店去！」

木蘭花搖頭道：「帝國飯店的房間是一定要預訂的，只不過……不要緊，現在並不是旅遊的旺季，我想他們肯破例一次的。」

穆秀珍駛著車子，她回過頭來，道：「為什麼要換車子，如果大庭龍男要找我們的話，讓他知道我們的行蹤，又怕什麼？」

木蘭花也並不堅持自己的意見，因為這並不是一件十分嚴重的事，她道：「那也好，只不過你可得小心駕駛！」

穆秀珍揚了揚手，道：「放心！」

對東京的道路，穆秀珍不是太熟悉，但是也不致於生疏，她駛著車，駛進了千代田區，到了內幸町，繞過了半個日比谷公園，便在帝國飯店門前停了下來。車子才一停下，立刻有兩名穿著制服的侍者走了過來，將車門打開。

穆秀珍和木蘭花兩人相繼下了車，又將安妮抱出來，自行李箱中將摺疊的輪椅取出，讓安妮坐了上去，一個侍者推著安妮，一起走了進去。

木蘭花走到櫃檯前，另一個穿著制服的中年人，非常有禮地鞠躬，木蘭花道：「很對不起，我沒有事先預訂房間——」

可是她的話還未曾講完，那中年人已經道：「我是代代木副管事，小姐，大庭龍男先生已為小姐訂下了最華麗的套房，是在敝店新館的十樓。」

木蘭花陡地一呆，這幾乎是不能相信的事！因為她們來到帝國飯店還不到一分鐘，那麼，大庭龍男是怎麼知道她們會來，而替她們先訂下了房間的呢？

木蘭花禮貌地反問，道：「你是說——」

「大庭龍男先生為三位訂下了房間。」

「那是什麼時候的事？」

代代木副管事笑了起來，日本人就是那樣子，看來他像是對你十分恭敬，但是他的笑容中，卻又包含相當程度的狡猾。

那時的代代木副管事，就是這個樣子。

他笑著道：「小姐，大庭先生吩咐過我，別提及這一點，他在電話中有幾句話留下來，我已經記了下來，小姐請過目！」

2 大炮飛人

他雙手將一張留言紙送了上來，紙上寫的是日文，但木蘭花完全可以看得懂，那紙上寫著：「蘭花師姐，我手下竟不會招待你們，十分抱歉，茲已代訂下帝國飯店新館最華麗的套房，實因身有要事，不能立時相會，抱歉之極！」

木蘭花一面看那字條，一面心中在急速地轉著念，想著大庭龍男如何會知道她會到帝國飯店來的。

木蘭花究竟是心思十分縝密的人，她只想了半分鐘，便恍然明白了！

她知道，自己駕來的那輛車子，一定是有無線電示蹤儀，那樣，大庭龍男就可以知道她們是向著帝國飯店來的。而且，大庭龍男的訂房，一定是就在一兩分鐘之前的事情，所以代代木副管事的笑容才會如此狡猾，而大庭龍男也要掩飾這一點！

一想明白了其中的曲折，木蘭花自然也不再奇怪，她只是道：「好，請帶我們上去。」

代代木副管事拍了拍手掌，幾個侍者立刻走向前來，有的已經提了行李，他們一起走到了電梯的面前，升到了十樓。

大庭龍男替她們訂下的套房，的確是華貴之極，安妮控制著輪椅，直來到了窗前，向外看去，只見不遠處，就是樹木蒼翠，日本天皇的皇宮。

安妮推開了窗，深深地呼了一口氣，道：「在市中心居然能吸到那麼新鮮的空氣，真是難得，蘭花姐，我們到哪裡去玩？」

木蘭花已經遣走了侍者，她在沙發上坐了下來。

她剛一坐下，電話鈴突然響了起來，木蘭花拿起電話，便聽到了一個十分低沉的男人聲音，道：「請木蘭花小姐。」

木蘭花道：「我就是。」

「噢，蘭花師姐，我是大庭龍男！」那聲音立時道。

「大庭師弟，我總算聽到你的聲音了！」木蘭花回答著，她的話中，多少帶有一些譏刺的意味，暗示大庭的言而無信。

大庭立時道：「師姐，我實在是逼不得已的，我想今天晚上，我一定可以和你見面了，當你知道我為什麼不能早和你相見時，你一定會原諒我的；明天一早，我們就可以到琵琶湖去了。」

「如果你真有事的話，可以不必陪我，我倒想住在琵琶湖邊、師父授業的故居，那裡也十分之幽靜。」

「可以，可以，我先派人去打掃整理一下。」

木蘭花道：「好的，那我們晚上見。」

「晚上見！」大庭也說著。

他們兩人幾乎是同時放下電話的。木蘭花狡猾地笑了一下，她對大庭說「晚上見」，但是卻沒有說在什麼地方見。

木蘭花決定晚上到一個十分奇特的地方去，讓大庭龍男找不到她們！

她站了起來，道：「安妮，你想到什麼地方去玩？」

她知道安妮的腦筋最是稀奇古怪，安妮要去的地方，一定是古里古怪，人家都想不到的，那就正合乎她的需要了。

安妮聽得木蘭花那樣問她，轉過身來，道：「蘭花姐，我說也沒有用，你一定不肯依我的，還是你說吧！」

木蘭花笑著，道：「不，我一定答應你。」

安妮閉上了眼睛，說道：「那麼，我要去看馬戲！」

「看馬戲！」那的確是木蘭花再也想不到的怪主意。

「怎麼樣，你不肯答應的，是麼？」安妮有點失望。

「你錯了，我們去看馬戲，可是，安妮，你是怎麼會有這樣古怪念頭的？」木蘭花走向前去，撫摸著安妮的頭髮。

「剛才車子經過一個廣場的時候，我看到的，好像是一個從歐洲來的大馬戲團，有著世界知名的各種精彩節目，太好看了。」

穆秀珍笑道：「還有，可以一面看，一面不斷地吃東西！只不過……馬戲棚中，燈光太強烈，不知道蘭花姐是不是適合。」

「不要緊，我可以戴黑眼鏡的。」

穆秀珍笑道：「好，我吩咐櫃檯去訂票。」

「不，我們自己去買，稍為休息一下就去！」

安妮高興得叫著，拍著手。

她們休息了並沒有多久，便離開了房間，穆秀珍推著輪椅，在街道上慢慢地走著。

六時左右，木蘭花帶她們到一家專賣日本食品的小店中，吃了一個飽，然後，她們又散步到了馬戲團演出的空地上，買了票，進了帳幕。

一路上，木蘭花都在留意著是不是有人跟蹤著她們，但是卻沒有發現什麼可疑的人，她們在對號入座的位置上坐了下來，穆秀珍已買了兩大捲棉花糖，和安妮兩人津津有味地吃了起來，惹得不少人都對她們看。

還未曾正式上演，但是馬戲帳幕中那種特有的氣氛，卻已經傳染到了每一個人的身上，人人都是興高采烈的。

七點半，馬戲正式開演了，一群戴著彩色繽紛彩絡的白馬繞場疾奔，安妮使勁地拍著手，以致她的掌心也變得通紅了。

精彩紛呈的節目一項接一項地表演著，時間也慢慢地在溜過去，已經是十點鐘了！木蘭花心中想，大庭龍男一定找不到自己了！

她滿意地笑了一笑，而這時，一陣急驟的鼓聲，表示有一項極精彩的節目將要開始了，一道布幕，隨著鼓聲拉了開來。

在布幕之內，是一尊漆成粉紅色的大炮。那尊大炮十分之大，足有兩個人高，而且口徑也十分之大，足可以容得下一個人！

安妮興奮地轉過頭來，道：「蘭花姐，這是大炮飛人，最精彩的節目了，他們將一個人從大炮中射出去！」

木蘭花笑道：「你可別眨眼啊！」

鼓聲越來越急，兩個穿著古代炮兵制服的人，抬著一個小丑走了出來，那小丑的身子直挺挺地，但是他臉上卻擠出各種古怪的神情來，令人發笑。

安妮又開心地笑了起來，接著，那小丑便被塞進了炮口之中，他兩隻腳在炮口之外不斷地踢著，然後，只見一個人用力扯動了一根繩子，燈光射向上面，帳幕之上，已經捲起了一大塊帆布，現出了一個五呎見方的大洞。

突然，鼓聲靜寂了，人人都屏氣靜息，忽然，一個炮兵拿著火炬，走近炮身，火炬向炮後碰了一碰，突然之間，「轟」地一聲巨響，那小丑直飛了出去。

帳幕之中，幾乎每一個人都響起了一陣驟呼聲，因為那小丑被射出來之後，整個人已從帳幕頂上的那個洞中直飛了出去！

帳幕至少有三十呎高，那小丑直穿了出去，真難以想像，他落下地來時，會有什麼樣可怕的結果！

就在眾人的驚呼聲中，全場的燈光突然一齊熄滅，本來燈光是如此之強烈，忽然黑了下來，在那剎間，實是什麼也看不到！

但漆黑的情形，只不過幾秒鐘而已，接著便立時大放光明，而在大放光明之際，音樂響起，人人都可以看到剛才被射出去的那個小丑，正在場中大翻觔斗！於是，掌聲、歡呼聲久久不絕，這節目實在太精彩了！

木蘭花也和別的觀眾一樣，鼓著掌。

但也就在這時，她聽得身邊突然響起了一個低沉的男人聲音，道：「蘭花師姐，這個節目非常精彩，是不是？」

在人聲喧騰中，那聲音實在顯得十分低沉。但是，這聲音卻令得木蘭花陡地一怔，她一聽便認出，那是電話中大庭龍男的聲音。

她連忙轉過頭去，只見就在她的座位旁邊，坐著一個男人，正在向她笑著，那男人，自然就是大庭龍男了！

她吸了一口氣，但是她卻也難以掩飾她的驚訝，她一時之間，又不明白何以大庭龍男會知道她在這裡，而趕來與之相會的。

當然，最大的可能是他一直派有人跟蹤著，如果是那樣的話，那麼，他派出的跟蹤者，跟蹤的本領可以說是一等一的了。

木蘭花立時道：「大庭師弟？」

那男子立時點了點頭。

木蘭花在那半分鐘之間，已經將對方打量得很清楚了。

大庭龍男雖然說是她的師弟，但是年紀卻在她之上，師弟和師姐的稱呼，自然是根據先投入兒島強介的門下而來的。

大庭龍男大約三十二、三歲，他有著長方形的臉，和很挺直的鼻子，而他臉上最特出的，便是他的眼睛，那一對眼睛中，充滿了機智，但是卻又一點也不浮滑，反倒顯得十分深沉，他的左太陽穴上有一道疤痕，好像是利刀所留下來的。

他穿著一套非常稱體的西服，是以更顯得他風度翩翩，木蘭花和他握了握手，大庭龍男道：「蘭花師姐，你比我想像中更美麗。」

木蘭花微笑道：「對師姐是不可說那樣的話的。」

大庭龍男笑道：「是，遵命！」

這時，安妮和穆秀珍兩人也轉過了頭來，木蘭花道：「秀珍、安妮，這位就是我們的主人，大庭先生！」

大庭龍男站了起來，和她們兩人一起握手，然後道：「我們一起看馬戲，看完了馬戲之後，我帶你們去遊夜東京！」

「遊完夜東京之後呢？」安妮興致極高。

大庭龍男攤了攤手，道：「只好休息了，第二天早上，我們就要到琵琶湖去，啊，那裡簡直是人間仙境！」

大庭龍男的聲音十分富於吸引力，他的神態也絕不討人厭，這是一個十分易與親近的人，木蘭花的心中想，而且，木蘭花也知道，自己實在不必對大庭龍男懷疑什麼，雖然大庭處處都在表現他的才能，例如他總知道自己是在什麼地方。

木蘭花問道：「你怎麼知道我們在看馬戲？」

大庭龍男有點抱歉地一笑，道：「我有兩個助手，我派他們在保護著你，蘭花師姐，你來到東京，很多人會心驚肉跳的。」

木蘭花道：「我這次純是為休養而來的。」

「是啊，可是做壞事的人總是心虛的，他們一知道大名鼎鼎的女黑俠木蘭花來了，便自然而然會立時想到：她是來對付我的！」

「你真會說話，看來我們得快一些離開東京了，哦，你的緊急事務處理得怎樣了？可以使你有空閒了麼？」

大庭龍男皺了皺雙眉，望向場中。

場內正在表演美女飛刀，但是大庭龍男望向場中的眼光，卻顯而易見是心不在焉的，木蘭花是觀察力何等敏銳的人，她自然一眼便可以看出，那件緊急事務並不是假托的，是真有其事，而且，這件事現在還未曾解決，正困擾著他！

然而，大庭龍男卻道：「這件事，現在已經算是告一段落了。」

木蘭花沉聲道：「大庭師弟，我不知道你負責的是什麼工作，而且，兒島師父也吩咐過我，就算我們見了面，我也不要問及你工作的情形。但是我還是要說，如果你有什麼疑難的話，我們可以在一起研究一下、商討一下的。」

大庭龍男忙道：「蘭花師姐，我的工作，對你來說，其實也沒有什麼特別，我領導一個特別工作小組，凡是軍方、警方有什麼茫無頭緒，或是無能為力的事，都撥歸我這個小組處理，你……這次來，純粹是休養，你的好意，我心領了。」

木蘭花道：「我明白，你雖然心事重重，但是你不願求助於人，是不是？可是你別忘記，我是你的蘭花師姐啊！」

「是，是！」大庭龍男有點狼狽，他顯然是自尊心極強的人，而木蘭花雖然並沒有說什麼，已經使他有點敏感了。「我自然不會忘記，但是這件事雖然棘手，我想，我還可以應付得來，不致於干擾你的休養的。」

木蘭花點頭道：「好，那麼，你若是沒有時間的話——」

「我有時間，」大庭龍男立時道：「別為我擔心！」

木蘭花笑了笑，沒有再出聲。

木蘭花和大庭龍男在交談，穆秀珍和安妮兩人卻沒有參加，她們只是津津有味地看著各項節目，直到散了場，大庭陪著她們一起走出了帳幕，門外早有一輛車子等著，大庭踏前幾步，一個男人迎上前來，和他低聲講了兩句話。

大庭呆了一呆，像是那男人的話十分突兀，全然出於他的意料之外，木蘭花本來是緊跟在大庭身後的，這時她也站住了。

她並沒有聽到那男子對大庭講了些什麼，但是卻聽得大庭低聲道：「三天！」

木蘭花也不知那「三天」兩字，是什麼意思，她看到大庭的神色十分驚怒，也十分惶惑，然後又聽得他自言自語地低聲道：「好，我們總還有三天的時間！」

木蘭花如果和大庭只是客人的關係，那麼，大庭已經表示過，這件困擾他的事，他可以獨立應付，木蘭花就不該再表示什麼了。

但是，木蘭花卻是大庭的師姐！是以她又道：「大庭師弟，三天的時間，如果是處理一件重大的事，那麼，那並不是一段很長的時間！」

大庭龍男並沒有說什麼，只是苦笑了一下，他隨即揮了揮手，道：「蘭花師姐，我們的計劃不變，我帶你們去看看東京的夜色。」

木蘭花緩緩地搖著頭，道：「我們並不是第一次來東京，不必人帶領，你既然有急事，那你完全可以不必理會我們的。」

大庭嘆了一聲道：「那真是太不好意思了，你應邀前來，可是我卻不能好好地招待你，唉，那真是意想不到的事情！」

木蘭花只是淡淡地笑著，道：「沒有什麼，明天早上，我們自己會到琵琶湖邊去的，你不必因之而感到歉意。」

大庭還想說什麼，可是穆秀珍卻已搶著道：「大庭先生，如果你有什麼為難的事情，而不向蘭花姐道及的話，她會不高興的。」

木蘭花忙道：「秀珍，別胡說！」

大庭握著手，道：「我知道，可是，我還是想先獨力來處理這件事，當然……到了最沒有辦法的時候，我一定會來求助的。」

穆秀珍是一個性格十分直率的人，她想到什麼便講什麼，也不理會聽到的人會不會不好意思，這時她立即道：「哼，到時只怕遲了！」

大庭龍男既然是一個自尊心特別強烈的人，聽得穆秀珍那樣講法，自然也感到格外的狼狽，他笑著道：「秀珍小姐，你或許是對的。」

木蘭花忙道：「秀珍，你太低估大庭師弟了，我相信不論是什麼為難的事，他一定有辦法解決的，我們再見到他的時候，事情一定過去了，那時，我們聽他講起事情的經過來，才知道真正的驚險哩，我想，我們該說再見了，大庭師弟！」

大庭有點無可奈何，他和木蘭花握了握手，道：「我將車子留給你們，你們可以隨意吩咐司機將你們載到任何地方去。」

木蘭花向他道了謝，只見大庭和另外兩個人匆匆地走了開去，不一會，便已經消失在人叢之中了，那名司機十分恭敬地站在她們三人的身邊。

穆秀珍道：「蘭花姐，我們上哪裡去？」

木蘭花想了一想，道：「如果你和安妮不反對的話，我想回酒店休息了，你們可以請這位先生陪著，再到處玩一下。」

穆秀珍忙道：「不，我們也不玩了。」

安妮也道：「好的，我們一起睡覺，明天還要到琵琶湖去呢，明天我們怎麼去法？我想由公路去，沿途可以多看一些風景。」

木蘭花道：「好，我們可以請這位先生送我們去！」

她一面說，一面望著那位司機。

那司機忙道：「小姐，我叫三木，別稱呼我為先生，那使我不自在，明天我送你們到琵琶湖去，我知道沿途什麼地方風景好。」

木蘭花等三人上了車，不多久便回到了酒店。

那一晚上，她們三個人都睡得很好，只有木蘭花在午夜醒了一會，她在想：大庭龍男所遇到的困難，不知究竟是什麼？

但那是全然不能猜測的事情，所以她只是略想了一想，便未曾再想下去。

而她在和大庭龍男會面之後，已知道大庭在日本實在是一個非常重要的人物，而因為大庭龍男是她的師弟，所以這一點，令她感到十分快慰。

第二天早上，她們就啟程了，她們的目的雖是琵琶湖，但是她們來日本的目的，只是休息，是以也並不急於趕到目的地。

她們自己有一輛車子，在離開了東京之後，看到有什麼值得遊玩的地方，便停車觀賞遊玩，一天也趕不了多少路。

當天晚上，她們是宿在一個小鎮上，小鎮上的旅店，還保持著古代日本的風味，恬靜而又舒適。

一直到第二天下午，她們才到達琵琶湖邊、木蘭花的師父兒島強介的故居。那是一個隱在綠蔭叢中的院子，清靜到了使人以為不是在人間。

木蘭花一到，就發現在屋子的附近，有很多人在保護著，那也就是說，她可以完全不為一切事擔心，而放心地休養。

對大庭龍男這樣的安排，她心中也十分感激。

到達之後的第二天，穆秀珍和安妮去划船，木蘭花坐在佈置得非常精美的園子中，閉著眼睛，聽著泉水的淙淙聲，回憶著多年以前在這裡學習柔道和空手道的種種情形，真是怡然自得。

人處在那樣幽靜的環境之中，而又全然沒有心事，真是不知時間在什麼情形下溜過去的，等到木蘭花偶然睜開眼來時，已經是黃昏時分了！

她竟然就那樣地坐著，坐了兩個多小時！

木蘭花自己也覺得好笑起來，她伸直了雙臂，伸了一個十分舒服的懶腰，就在這時候，她聽到了一陣「軋軋」的飛機聲！

那一陣聲音，可以說將大自然的美景全然破壞了，木蘭花實是想不通何以在那樣幽靜的地方，會有那樣的聲音傳來的。

她連忙抬頭循聲看去，只見在暮色蒼茫之中，一架小型的直升機正在低空盤旋著，顯然是在尋找著降落的地點。

木蘭花呆了一呆，連忙站了起來，她才一站起，便見到一個僕人向她走了過來，道：「那是大庭先生來了！」

木蘭花「噢」地一聲，道：「他不應該用直升機前來的，他將這裡優美的情調全都破壞了，你說是不？」

「是的，」那僕人回答著，「但是我相信，大庭先生一定有十分著急的事，不然，他是不會用直升機來代步的，看，他奔來了。」

大庭龍男的確是奔來的，他奔到了木蘭花的前面，道：「對不起，我必須搭直升機來，我沒有打擾你麼？她們兩位呢？」

「她們在湖上划船，」木蘭花回答，「你那件事情，可是已告一段落了麼？」

大庭默不作聲，在木蘭花的對面坐了下來，嘆了一聲，道：「沒有，而且事情變得更加棘手了，我可以說已遭到了失敗。」

木蘭花並沒有說什麼，因為大庭龍男那樣的回答，早在她的意料之中，大庭的神色上可以看出，他一定是受了挫折。而這時候，他趕到琵琶湖邊，是為了什麼而來的，木蘭花也可想而知，她知道，根本不必自己發問，不消多久，他就會講出一切來了。

暮色越來越濃，整座庭院都籠罩在暮色之中，雙方大約沉默了五分鐘，才聽得大庭嘆了一聲，道：「這件事，可以說是我有生以來所遇到的事之中，最難應付的一件了，到現在為止，我們一點線索也沒有，可是敵人方面，卻已造成了兩次破壞。」

「是什麼破壞呢？」木蘭花平靜地問。

「說出來，你或許會不信，蘭花師姐，敵人造成了兩次火山爆發！」大庭龍男揮著手，雖在黑暗中，也可以看出他神情之激動。

木蘭花聽了，也不禁陡地吃了一驚，道：「這……難道有人已研究成功，可以控制火山的爆炸了麼？這……不可能吧！」

「蘭花師姐，請你跟我進屋子去，我給你看一點和這件事有關的文件，這是一件十分嚴重的事，蘭花師姐，這關係著兩千萬人的生命財產！」

木蘭花又呆了一呆，她也站了起來，道：「你太誇大了吧，全日本也只不過一億一千萬人，你卻說兩千萬人受著威脅。」

「的確是那樣，我並沒有誇大。」大庭龍男回答著，他們已經走進了屋子，大庭立時將一封信交給了木蘭花。

木蘭花先看了看信封，那是十分普通的一個信封，信封上是英文打字機打出來的字，打著「東京防衛廳最高長官」收的字樣。

木蘭花坐了下來，取出了信紙，也是用打字機打的，既沒有稱呼，也沒有署名，只是一句話：「**如果我說，亞斧島上的死火山會在八月七日下午兩時突然爆發，你們相信麼？**」

而在那句話之下，則是一個星形的記號。

八月七日，木蘭花對這個日子是有印象的，因為那正是三天之前，是她到達日本的那一天，可是木蘭花看到了這張字紙之後，她卻仍然有莫名其妙之感，道：「那是什麼意思？」

「這封信，是八月四日寄到的，最高防衛廳長官的秘書處將信轉交警方，認為這封信可能帶有威脅的意味，警方又將這封信轉給了我，因為信上所說的事十分奇特，超乎常識之外，這一類的怪事，常常由我來處理的。」

木蘭花用心地聽著，道：「那又怎樣呢？」

大庭龍男沒有繼續說下去，他只是拍了拍手，立時有兩個人各自提著箱子走了進來，他們打開箱子，裡面是幻燈機，他們迅即找到了電源，大庭龍男道：「蘭花師姐，我們先來看一看那個小島的位置，以助瞭解。」

木蘭花點頭表示同意，大庭向那兩人做了一個手勢，幻燈機發出「喂」地一聲響，對面的牆上，立時出現了一幅地圖。

那是日本本洲東海岸的地圖，在一連串的小島之中，有一個箭嘴，指著其中的一個，寫明著「亞斧島」三字。

木蘭花道：「看來，那像是一個沒有人住的荒島。」

「是的，那是一個沒有人的荒島，整座小島，就是一座死火山，最後一次爆發的記錄，是在明治三年，也就是一八七〇年，已將近一百年了，在那一百年中，絕沒有這座死火山的任何活動的記錄——這就是在我看到了這封信後的調查所得。」

「嗯，你對工作很認真。」

大庭龍男苦笑了一下，又道：「但我們既然收到了這樣一封信，當然不能就此調查一下便了事，我們還派了專人到亞斧島去調查了一下，這便是攝得的圖片。」

他又揮了揮手，幻燈機轉換著圖片，一張又一張，一共有六張之多，那六張圖片，全是這個荒蕪的小島的各方面，有一張是從空中俯攝的，可以清楚地看到死火山的火山口，火山口已經長滿了小樹，那當然是久無活動跡象的死火山了。

大庭龍男又繼續道：「我們又去請教了火山專家，在我國，火山的研究是十分發達的，但是專家異口同聲地說，那簡直是笑話，亞斧島火山是根本不可能爆發的，因為那不是一座休眠火山，而是一座死火山！」

木蘭花靜靜地聽著，在大庭龍男的敘述告一段落之際，她道：「那樣說來，這件事情，似乎可以告一段落了。」

「是的，我也這樣以為，我命手下將我們的調查所得，和火山專家的意見，寫成了一個報告，送了上去，一切資料就歸入檔案了。」

大庭龍男講到這裡，略停了一停，又道：「到了八月七日，那天我一早便起來了，因為你是在那一天到的，你們的飛機是下午兩時半到的，兩點鐘，我正準備離開辦公室時，卻接到了最最緊急的報告：亞斧島的死火山爆發了！」

在燈光之下，大庭龍男的面色十分難看。

木蘭花急速地吸了一口氣，那的確是太不可思議了，有什麼人，竟能夠預言一座死火山的爆發日期呢？

而且，這預言又是如此之正確。

3 三次預言

大庭龍男苦笑了一下，道：「我接到了這個報告，自然不能再到機場去接你們了，我立時和幾個火山專家一起出海，去看亞斧島火山爆發的實際情形，當我們趕到的時候，岩漿還在不斷地湧出來，和我一起前去的那幾個火山專家，正是前幾天斷言亞斧島死火山絕對沒有再爆發的可能的那幾個！」

木蘭花完全被大庭龍男的話吸引了，她忙問道：「那麼當他們看到了實際的情形之後，又說些什麼呢？」

「他們無話可說，他們說，亞斧島的死火山是絕不會爆發的，但現在居然爆發了，人類研究火山的所有成就，將全被推翻！」

木蘭花道：「那當然是他們未曾考慮到人為的因素的緣故。」

「是的，我立時想到，亞斧島火山爆發可能是人為的，人為的火山爆發，這雖然是匪夷所思的事情，但是既然在事先有人能如此正確地提及這次爆發的時間，那麼就不應該抹煞這個可能，蘭花師姐，你說對不對？」

「對的。」木蘭花同意。

「既然假定那是人為的，那麼就一定會有下文的，所以我留下火山專家，自己又趕了回來，果然，一回來之後，又有了新的發現，使得我本來要和你們見面的打算，又被打亂了。」大庭龍男嘆了一聲，「真對不起。」

木蘭花忙道：「我應該對不起你才是，當時，我竟對你起了疑，搶了車子走了，我想不到原來你有那麼要緊的急事！」

大庭苦笑著道：「我一回到辦公室，便看到了這第二封信，那是最高長官剛派人送到我的辦公室中來的！」

他將另一封信，交給了木蘭花。

那第二封信，和第一封一模一樣，信紙也是一樣的，而且，一望便知是同一個打字機所打出來的。那封信如此道：

第一次的預言，你們或許不信，但是卻已經實現了。現在，我們再說，奄美列島以南八哩的海底，有一個火山口，將在八月十日下午兩時爆發，你們可會相信？你們如果要觀察的話，最好保持距離，因為這次海底的火山爆發，將造成相當猛烈的海嘯，並且請預早通知所有的船隻避開，我們暫時並不想造成過大的傷害。

信末仍然沒有署名，只是一個星形的標記。

木蘭花在看完了之後，放下了信，道：「八月十日，那就是今天，我想，不幸的事已經發生了，是不是？」

大庭龍男點著頭，道：「是，我才從那裡回來，一下機到了辦公室之後兩分鐘，直接飛來這裡，蘭花師姐，最高長官已託我代他向你請求，要你助一臂之力，因為我們又收到了一封信，你一定猜不到他們下一個目標是什麼！」

木蘭花道：「不，我已猜到了。」

大庭愕然，道：「猜到了？」

「是，」木蘭花一字一頓地道：「富士山！」

大庭龍男嘆了一聲，又將一封信取了出來，道：「不錯，是富士山，蘭花師姐，你再看這第三封信。」

木蘭花立時拉出信紙，那第三封信道：

兩次，我們的預言都實現了，你們第二次的空中觀察，組織得很完善，一定有所發現，但不論你們發現什麼，你們都將沒有時間來深究，因為八月十五日下午兩時，富士山將爆發，富士山爆發的結果如何，你們一定是知道的，簡言之，便是整個東京的毀滅。但是事情也可以遏止，如果你們在八月十五日正午十二時（東京時間）之前，將一筆存款存進瑞士銀行之中的話。

這筆存款的數字應該是一千零八十七萬七千二百一十七英鎊，或許你們會覺得這數字十分零碎，但是這是這一年統計的東京人口數字，對遭受毀滅命運而言，等於每人只需出一磅之資，那不是太便宜了麼？

還有，存款的帳户號碼是六〇七四一三，這個號碼，我們和銀行方面已有了默契，一等到大量存款收到之際，立時取消，而代之以另一個號碼，而另一個號碼當然只有我們知道，所以你們如果想從這個號碼上找些什麼，那一定是白費心機的。

我們想，即使你們肯忍受整個東京的被毀，也一定不肯讓富士山被毀滅的，因為富士山是日本的象徵！

在那封長信之後，仍然沒有署名，而只是一個星形的標記。

木蘭花看完了那封信，呆了半晌，道：「這封信已經過你們的討論了麼？」

「還未曾全面討論，但我知道結果將如何。」

「屈服？」

大庭龍男難過地點了點頭。

木蘭花吸了一口氣，來回踱了幾步，又道：「信上說，你們的空中觀察一定會發現什麼，你們發現了什麼？」

「空中觀察的報告說，在雷達螢光幕上，有高速飛行的物體落入海中，在幾秒鐘之後，海底的火山爆發便發生了。」

「高速飛行的物體？那可能是什麼？」

「不知道。」

木蘭花呆了一呆道：「是飛彈？」

大庭龍男直跳了起來，道：「飛彈！蘭花師姐，你想得對，將飛彈射入火山口中，由飛彈的爆炸，而引起火山的爆發。」

木蘭花搖頭道：「你還是先冷靜一些，這個可能十分之小，那樣的飛彈，一定要有良好的發射基地，而且還要有高強的性能，如果是遠距離發射的話，那麼，要將飛彈射進火山口，技術上的成就，也已經極其驚人了！」

大庭龍男大踏步地走著，又怕著手掌，向走進來的人吩咐道：「命令調查海岸一切可疑的船隻，向岸上報告，火山爆發可能是飛彈所引致的。」

那個人答應一聲，立時走了出去。

大庭龍男仍然大踏步地走著，又問道：「蘭花師姐，你肯幫助我麼？」

木蘭花立時道：「你這一問實在是多餘的！」

大庭龍男道：「那太好了，蘭花師姐，那我們應該向何處著手才好呢？」

木蘭花對這個問題，卻沒有立時回答，她只是呆了一呆道：「富士山是一個世界罕見的大型火山，它的火山口直徑不會少過七百公呎，是不是？」

「是的，」大庭回答，他苦笑說：「我實在不知道該如何開始才好，我們只有五天的時間了，而我們卻一無頭緒。」

木蘭花道：「第一點我們要肯定的是，是不是有人真的有使富士山復活的力量。」

大庭龍男不出聲，在他的臉上，現出一個苦笑來。

木蘭花又重複地道：「這是必須研究的，如果根本沒有這個可能，那麼，也就不必理會這封信上所說的一切！」

大庭嘆了一聲，道：「蘭花師姐，我們不能說不可能，因為對方已成功地進行了兩次！並不是空口說白話的！」

「那兩次只是小型的火山，而富士山是大型火山，我建議你先找火山專家去研究一下可能性，同時，我們再設法對付。」

「可是——」大庭龍男苦笑著道：「只有五天時間了，等火山專家研究下來，我們可能根本已沒有時間再去對付他們了！」

木蘭花並不說什麼，她站在窗後，向外望去，天色已很黑了，她聽得穆秀珍和安妮的笑語聲隱隱地傳了過來，她們顯然已划完了船回來了。

木蘭花到日本，本來是來休息的，她實在未曾想到會遇上一件如此棘手的事情！這件事情之難以著手，是難在它一點頭緒也沒有！

現在唯一的線索，只是那三封用打字機打出來的信，和信末的那個星形標記而已，而這樣的三封信，對於尋找歹徒的下落，是一點用處也沒有的！

木蘭花心中急速地轉著念，在穆秀珍和安妮兩人的笑語聲漸漸接近時，她才轉過身來，取了那三封信在手，仔細地審查著。

大庭也一直沉默著，直到這時，才道：「那是一種德國製的輕便型的手提打字機打成的，蘭花師姐，你剛才說，飛彈引致火山爆發——」

木蘭花腦中十分混亂，她可以說一點頭緒也沒有，但是，她聽得大庭說，那三封信是「輕便型的手提打字機打成的」，她的心中卻突然為之一動。

在那一剎那間，連她自己也難以說得上來，她究竟是想到了一些什麼，但是，她卻感到了奇怪。

木蘭花的確是相信自己的想法不錯，那便是，兩次的火山爆發，都是由於飛彈射入火山口，飛彈在火山口中爆炸而引起的。

現在，這個組織（木蘭花還全然不知道那是什麼組織，然而那是一個組織，這一點卻是可以肯定的），竟向日本政府勒索如此驚人的現款，那麼，它一定也是個極其龐大的組織，那三封信，毫無疑問，是發自這個龐大組織的。

三封能發自一個龐大組織的信，卻是用一具輕型的手提打字機打成的，這不是有點奇怪麼？因為一般的大機構都不會使用這種只適宜在旅行時使用的打字機的。

木蘭花心中一動之後，不等大庭講完，便揚起手來，打斷了他的話頭，道：

「你肯定那是一具輕便的手提打字機？」

「我肯定。」大庭回答。

「那麼這三封信是在哪裡投寄的？」

「東京。三封信在三個不同地區投寄，那是千代田區、新宿區和品川區。這個組織的代理人顯然就是在東京，可是東京有一千多萬人！」

大庭攤了攤手，要在東京那樣大的都市中，在上千萬的人中找出一個犯罪組織來，除非已有了很可靠的線索，不然，似乎是不可能的！

木蘭花又嘆了口氣，這時，穆秀珍已推著安妮走了進來。兩人本來一直是在說笑著的，可是她們才一進來，便已經覺察到氣氛不對了。是以，她們都立時住了口。

穆秀珍立即問道：「蘭花姐，發生了什麼事？」

木蘭花並沒有回答，只是揮了揮手，示意她們兩人坐下來。她們心知有事，是以也不再問，木蘭花也不再望向她們，只是道：「我的看法，倒和你略有不同。」

大庭忙道：「你說！」

木蘭花卻又搖了搖頭，道：「可是我的意見，卻必須在我的假定得到了證實之後，才起作用，我的假定是，那是一枚飛彈——」

穆秀珍和安妮都不知道究竟發生了什麼事，所以她們只是用心聽著，等到她們聽到木蘭花講到了「一枚飛彈」這四字之際，她們都吃了一驚，不由自主地叫了起來，道：「一枚飛彈，蘭花姐，究竟是什麼事情啊？」

木蘭花沒有回答她們，只是繼續道：「如果對方根本不是使用飛彈的話，那麼我的意見，也就沒有用了。」

大庭忙道：「這——」

他才講了一個字，他手上的腕表竟然發出一陣輕微的「滋滋」聲，聽來就像是他所戴的是一隻鬧表，這時突然鬧了起來一樣。

而大庭在一聽到那滋滋聲之後，立時自上衣袋中取出了一隻鍍金的煙盒來，他打開了那煙盒，道：「有什麼事情？」

所有的人，都可以聽到一個相當清晰的聲音自那「煙盒」中傳了出來，道：「有極重要的發現，我們已派人送去你處了。」

「什麼發現？」

「奄美列島上空的空中雷達追蹤站，攝到了幾幅圖片，顯示了那以極高速度在空中掠過，射進海中的物體，而且還記錄了它的速度。」

「那是什麼東西？」大庭問，一面伸手抹了一下汗。

天氣其實並不熱，晚間，在湖邊，甚至還很涼爽，但是大庭的額頭上卻在冒汗，那自然是他心中太緊張的緣故。

「從記錄得到的速度顯示，只有固體燃料推進的飛彈才能達到，而且攝到的照片，也顯出那是一個飛彈型的飛行物體。」

「照片什麼時候可以送到？」

「十五分鐘之後。」

「知道了，海面巡邏展開了沒有？」

「已經開始了，但還未曾接到任何報告。」

「嗯，」大庭略一考慮，「通知所有的人員，隨時隨地等候我的命令。」

大庭「啪」地一聲，將那「煙盒」關上，抬起頭來，道：「蘭花師姐，你的假定已經被證實了，你的意見是什麼？」

穆秀珍第三次大聲問道：「究竟是什麼事？」

木蘭花沉聲說道：「別多發問，大庭，我的看法是，如果對方是利用飛彈引致火山爆發的話，那麼，飛彈不可能是從遠處射來的，如果是遠程飛彈的話，在飛越之際，一定會被沿途的許多雷達站所發現，你說這個組織的代表人在東京，我說，這個組織就在東京。」

大庭現出了難以相信的神色來，道：「那麼……難道飛彈也是在東京發射的麼？」

「我想是的，你沿海的搜索可能白費心機了，因為在海上，或是在荒無人煙的海島上，去建立一個發射飛彈的地方，太容易被人發現了！」

「那麼，會不會在海底？」

「當然有這個可能，但是可能性不大，因為在海底發射飛彈，需要克服許多困難，甚至不是一個國家的力量所能做得到的，當然，或許某些特殊人物，利用他們的新發明，可以做到這一點，但可能性究竟小得多，而在陸上發射飛彈卻比較簡單！」

大庭沉吟著，未曾出聲。

木蘭花又道：「還有一點是不可忽視的，要引發火山爆發，絕不是一件簡單的事，飛彈之上，可能附有原子彈頭。」

大庭龍男的身子陡地震了一震。日本在第二次世界大戰末期，曾經受了兩枚原子彈之苦，是以一提起原子武器，日本人就特別敏感，這是自然而然的事情！

大庭呆了半晌，才道：「那……不可能吧？」

木蘭花卻立即道：「要製造簡單的核子彈頭，並不是什麼困難的事，很多國家都可以做到這一點。當然，那只是我的另一項假設，可能他們另有新的辦法來導致火山爆炸，我們可以肯定的是：這個組織一定是掌握了極其先進的飛彈發射技術，所以不能以我們尋常對飛彈的認識來推斷他們！」

大庭只是苦笑著搖了搖頭，穆秀珍又忍不住了，她第四次問道：「究竟是怎麼回事？世界大戰了麼？」

「不是，」大庭回答了她的問題，「請你看這三封信，你就明白了，我們面對著極大的困難，所以逼不得已來求助的！」

他將那三封信交給了穆秀珍，穆秀珍接了過來，安妮連忙也回過了頭去，兩人一起看著，木蘭花和大庭則來回地踱著。

就在這時，一陣直升機的「軋軋」聲又傳了過來，在他們這樣的心情下，飛機聲聽來格外令人心煩。

而在直升機聲停止之後，只不過一分鐘，便聽到了急促的腳步聲，一個男子奔了進來，將一個檔案夾放在桌上。

大庭立時打開了那文件夾，文件夾內有三張放大了的相片，每一張，都有十吋乘十二吋那樣大，大庭忙取了起來。

木蘭花踏前一步，大庭將三張相片一起放在桌上。

在相片上看來，那天的天氣不是十分好，雲層密布，是以相片也相當模糊，但是卻可以看到，在雲層之中有著一個飛行體。

那飛行體是長形的，在尾部有一股白氣，表示它是以相當的速度在飛行著，三張照片都同樣模糊不清，那飛行體實在只不過是黑色的一道而已。

穆秀珍和安妮這時已看完信了，她們也一齊湊過來看那三張相片，大庭已拿起另外幾張文件在看著，那全是空中偵察站的記錄，有著許多專門名詞，而其中有一點，是對木蘭花的假設有著很大的證明作用的，那便是飛彈飛行的方向。

飛彈正是從東京方面飛來的！

木蘭花一直在凝視著那三張照片，她甚至取出了放大鏡來，仔細地檢視著，又將手臂伸直，使那三張照片離她的眼睛較遠來觀察。

穆秀珍望著她，道：「蘭花姐，你老是看那三張相片，又有什麼作用？」

木蘭花並不出聲，她又足足看了兩分鐘，這才轉過頭來，道：「我已經從這三張相片中，看出十分可疑的一點來了。」

「那是什麼？」穆秀珍接著問。

木蘭花卻並不回答，只是笑了笑，道：「秀珍，你剛才說我看那三張照片，起不了作用，現在，你倒來仔細地觀察一下，看有什麼發現！」

穆秀珍不甘示弱，道：「好！」

她接過了那三張相片，也學木蘭花一樣，先用放大鏡來看；然後，又從遠處凝視，可是過了三五分鐘，她嘆了一口氣。

「怎麼樣？」木蘭花問。

「見鬼了！」穆秀珍憤然道：「有什麼可以看出來的？那三張相片的攝影技術，簡直差到了極點，是誰拍的？」

穆秀珍自然知道那是雷達攝影，她這樣講，只不過因為她發現不了什麼，而自己在解嘲而已。安妮抿著嘴，笑嘻嘻地望定了穆秀珍。

穆秀珍給她笑得不好意思，瞪著眼道：「你鬼頭鬼腦笑些什麼？我沒有看出什麼來，難道你看出來了麼？」

「我不是笑你。」安妮忙分辯著。

「安妮……」木蘭花忙道：「你是在笑秀珍，而且，我也知道你一定看出什麼來了，你不妨講出來聽聽，看看我們的發現是不是一樣。」

穆秀珍不信地瞪著眼睛，安妮道：「這幾張相片是電眼拍攝的，而且飛行體的速度十分快，當然是談不上拍攝技術的，但是這三張照片的軟片卻特別好，是以照片的層次很明顯，這個飛行體深淺不一，可以相信——」

她講到這裡，略停了一停，望著木蘭花。

木蘭花和大庭龍男兩人幾乎異口同聲地道：「說下去！」

而在他們兩人一起講出了那三個字之後，他們又互相望了一眼，各自一笑，顯然他們也都知道，對方也和安妮一樣，注意到了這一點！

安妮得到了木蘭花和大庭龍男兩人的鼓勵，更是有了勇氣，忙又道：「而那種深淺不一，看來這個飛行體，如果用彩色拍攝的話，它是彩色繽紛的！不然，就不會在黑白的相片上，出現如此不同的深淺層次，是不是？」

木蘭花和大庭龍男兩人都嘉許地點著頭。

穆秀珍卻不以為然，道：「那又怎麼樣？」

「秀珍！」木蘭花道：「這不是奇怪的一件事麼，你想想，這飛行體為什麼要將它弄得五顏六色的？」

穆秀珍瞪著眼，她答不出所以然來，但是她的心中卻仍然很不服氣，道：「那麼，你倒說說，那究竟是為了什麼？」

木蘭花不禁又是好氣，又是好笑，道：「秀珍，當然我現在還不明白那是為什麼，但是那總是十分可疑的一點，是不是？對方在發射飛彈，那是絕對非法的，飛彈在空際飛行時，自然也不希望被人發現，可是，為什麼又要將它漆成五顏六色的呢？」

大庭龍男、安妮和穆秀珍三人，都緊蹙著雙眉思索著，木蘭花自己當然也不例外，可是他們卻一點頭緒也沒有！

在他們沉思之中，屋子中只是一片難堪的沉默。

這種難堪的沉默，大約維持了五分鐘左右，木蘭花才道：「大庭，我想，如果我答應幫助你的話，那我就不應該再在這裡，我應該到東京去，和你們一起工作才好。」

大庭龍男還未曾回答，穆秀珍已經高興了起來，道：「對，到東京去，安妮，我們可以再去多看幾場馬戲，這個馬戲班快回歐洲去了。」

木蘭花沉聲道：「秀珍，你對這件如此嚴重的事，好像並不關心！」

「我關心又有什麼用？」穆秀珍一攤手，道：「第一，我們一點頭緒也沒有，而時間只有五天了。第二，日本政府又不是拿不出錢來——」

穆秀珍還未曾講完，木蘭花的面色已陡地一沉！

穆秀珍極少看到木蘭花的臉色沉得如此可怕的，是以她立時伸了伸舌頭，不敢再說下去，等候著木蘭花對她的責備。

但是木蘭花卻沒有責備她，只是嘆了一聲，道：「秀珍，你應該為你剛才的話而覺得心中慚愧的！」

穆秀珍扮了一個鬼臉，並不在乎，大庭龍男反倒覺得十分僵，他忙道：「蘭花師姐，或許你應該在湖邊靜養，不應該——」

木蘭花不等他講完，便揮手打斷了他的話，道：「你剛才看了資料，那飛行體有多少長？應該是有記錄的。」

「是的，記錄說，它在五呎六吋至五呎十吋之間，那是一種小型的飛彈，據推測，它的發射台也不會十分龐大的。」

木蘭花又來回踱了幾步，才道：「在東京，一定是在東京發射的，在東京那樣的大都市中，要隱藏一具不是很大的飛彈發射台——」

她講到這裡，突然住了口。

穆秀珍和安妮都立時向她望來。

她們兩人都知道木蘭花的習慣，如果木蘭花在講話講到一半之際突然停了下來的話，那麼，她一定是想到了什麼重要的事！

大庭龍男也在這時吸了一口氣，道：「東京自然是最理想的隱匿地點，但是對方要發射飛彈，就一定要在沒有阻隔的地方，我們是不是要注意所有大廈的天台，和市區內的空地呢？」

「這正是我剛想到的！」木蘭花說：「你可以動員多少人，大庭？」

「那得看需要，如果有這個需要的話，我可以動員全東京的警察，再加上其他的力量。」大庭十分有信心地回答著。

木蘭花點著頭道：「那麼，就立即動員一切人力，去搜查所有屋子的天台，和市區內外的空地，並且注意每一個工廠的煙囪，但是調查必須以別的名目進行，例如假借檢查工廠煙囪的高度是否適合等等，立即進行，這必須你親自去佈置！」

大庭龍男用心聽著，這將是一個極龐大的搜索計劃，為了這樣的一個搜索計劃，至少要動員上萬的人，是以大庭的心中雖然贊成，但是也不免有點疑慮，他道：「那樣的搜查，是不是會有所發現呢？我看……」

他並沒有再向下講去，而只是發出了一下苦笑來。

木蘭花立時道：「是的，這樣的搜查，只能勞師動眾，一無所獲，但是你要知道，敵人一定也在極度注意我們的動靜，敵人方面見到我們在展開那樣大規模的搜索，他們的心中也必然會發慌，就算他們隱蔽得再好，他們也會想到：在這樣地毯式的搜查之下，是不是會暴露目標呢？那麼，他們就會有一些新的行動，我們也就有可能獲得一些新的線索！」

大庭龍男肅然起敬，道：「蘭花師姐，你這種為了獲得成功，不惜一切代價的工作態度，令我十分佩服！」

木蘭花只是問道：「你駕來的小型直升機，可以容納多少人？」

「四個。」大庭回答。

「那很好，你留一架給我們，還有，我要隨時和你聯絡，你剛才用的那『煙盒』，是無線電通訊儀吧？我也要這個通訊系統，好和你聯絡。」

「當然可以。」大庭拍擊著手掌，一個男子走了進來，大庭吩咐著他，道：「我要三副女式的無線電通信儀，快去拿來！」

那男子出去之後不一會，便走了回來，他手中提著一個手提箱，他將手提箱放在桌子上，並且打了開來，取出了三個相當精緻的粉盒，和三隻女錶。

大庭龍男道：「這是我的設計，將通訊儀和接收通訊的信號分離開來，我們有時可能面對著敵人，那麼當我們接到信號的時候，就可以托詞說是鬧鐘發出的聲音，那就不會使人起疑了。」

木蘭花笑道：「那是很聰明的設計。」

大庭龍男受了木蘭花的稱讚，顯得十分高興，木蘭花取過了一副無線電通信儀，放在身上，將那隻「手錶」戴在腕間。

她反倒催促著大庭，道：「你可以去了，我們明天一早，便立時展開行動，你有什麼消息，要立即通知我。」

大庭大聲答應著，匆匆走了出去。

大庭龍男走了之後，木蘭花便在椅子上坐了下來，任何人一看她的情形就知道，她是完全陷入了沉思之中！

穆秀珍和安妮也不敢去打擾她，只是在一旁等著。

等了十來分鐘，穆秀珍便覺得不耐煩了，她打了一個呵欠，低聲說道：「安妮，我們去睡了！」

安妮道：「秀珍姐，我還不睏，我要等候蘭花姐。」

穆秀珍心知安妮如果不想睡，拉她去睡也是沒有用的，她又打了一個呵欠，道：「好，由得你，我可得去睡了！」

她站了起來，向裡走去。

她們現在所住的，是一幢純日本式的房子，她移開了門，門外是一條走廊，在走廊外，有兩個人站著，都是大庭派來的守衛。

穆秀珍並沒有走出走廊，因為她的睡房，就在走廊左側的第二道門，她來到了門前，向走廊外的兩個守衛揮了揮手。

那兩個守衛，身子倚著假山石站著，其中有一個，還是面對著走廊的，穆秀珍在走廊中走動的時候，又不是躡手躡足，而是大踏步走向前來的。

當穆秀珍走動之際，她看到那兩個守衛只是呆立著不動，心中已有點起疑了。

這時，她向那兩人揮著手，可是那兩個人卻仍然像是未曾看到一樣！因為他們仍然是一動不動地站著！

4 馬戲團

穆秀珍不禁呆了一呆，心想日本人都是十分懂禮貌的，自己向他們兩人揮手，他們明明看到了，為什麼睬也不睬自己？

她一面揮著手，一面又道：「嗨！」

那兩個人仍然不出聲，也不移動！穆秀珍的心中陡地吃了一驚，她知道那兩人一定是已經發生意外了，而在那剎那間，穆秀珍只不過呆了一秒鐘！

她呆立了那一秒鐘的原因，是因為一時之間，她決不定是立即去看視那兩人出了什麼意外，還是立即去講給木蘭花聽！

而就在那一秒鐘之間，事情卻又生了變化！

在穆秀珍不注意間，她的睡房門已被悄沒聲地移了開來，等到穆秀珍決定先去告訴木蘭花，再一起來看視究竟，身子才動了一動間，自打開的門縫中已經伸出了一隻手來，而那隻手中，又握著一柄槍，槍口正對著穆秀珍的面門。

穆秀珍陡地吃了一驚，「颼」地深吸了一口涼氣。

房門也在那時候全被移開，穆秀珍看到在她的面前站著一個人，那是一個歐洲人，面上的皮膚十分之粗糙，最令得穆秀珍奇怪的是，當她一看到那人的時候，她第一個感覺便是：她見過這人，一定見過！

可是，那人在她的記憶之中，卻只是一個十分淡薄的印象，她雖然肯定自己見過這個人，但是卻無法想起是在什麼地方見過他。

而房門才一移開，那人伸手便來抓穆秀珍的手臂。穆秀珍在那剎那間，身子陡地向下一矮，同時左足飛踢而出，踢向對方的小腹。

穆秀珍是估計對方不敢開槍驚動別的人，是以才大膽回擊的。可是她那一腳才一踢出，那人的身子向後一退，卻立時扳動了槍機，發出了「卡」地一聲響！

在那一剎間，穆秀珍當真整個人都呆住了！

她的身子連忙向側倒去，但是，自對方的槍口中射出來的，卻並不是子彈，而是一蓬極細的迷霧，穆秀珍的身子晃了一晃，跌倒在榻榻米上。

她身子倒地時，發出頗為沉重的一下聲響，而在那片刻間，她只覺得天旋地轉，眼前發黑，轉眼之間，便什麼也不知道了！

穆秀珍倒地時，所發出的「蓬」一聲響，木蘭花並未曾注意，因為她正在沉思之中。但是安妮卻聽到了，她忙大聲問道：「秀珍姐，怎麼了？」

她一面問，一面控制著輪椅，來到了門前，移開了門。

可是，她手一移開門，一柄槍口已對準了她，令得她發出了「啊」地一聲！

那人的動作十分之快，立時轉到了她的背後，槍口對準了她的後腦，同時，推著輪椅，向前走了兩步！

這時候，木蘭花自然也已驚覺，看到發生了什麼事情，但是，安妮既然已完全在對方控制之下，木蘭花也無法可施！她只是抬起頭來，看著那人。

在那剎間，她的心中是十分吃驚的，這幢屋子的附近，守衛得極其嚴密，木蘭花是知道的，而那人居然直闖了進來！由此可知那人不但身手十分了得，而且也必然有著過人的機智！

面對著這樣的一個敵人，又是在自己處於下風的時候，最要緊的，自然是保持極度的鎮定，所以木蘭花仍然坐著不動！

而且，木蘭花立時想到，來人定然是和大庭龍男的那件事有關的，是以她非但面上沒有絲毫驚惶之色，還十分從容地道：「你終於出現了，那很好，我早知道你一定會來的，請坐！」

木蘭花的話，使那歐洲男子怔了一怔。他微笑著，在那一剎間，木蘭花也覺得這個人，自己以前是見過的，可是她卻想不到是在什麼地方見過！

她立時又道：「我們原來是早已見過面的，那更好了，是不是？」

木蘭花的確感到自己是見過那歐洲人的，是以在她來說，那樣說法，是十分普通的話，可是她的話，卻令得對方吃了一驚！

只見對方的臉色白了足有一秒鐘之久，而他的身子也震了一震，接著，便聽得他道：「我們見過面？小姐，你在說笑了！」

在那剎間，木蘭花更是心念電轉，她迅即問了自己好幾個問題：為什麼自己見過這人，卻想不起是在什麼地方見的？為什麼他一聽得自己說見過他，便如此之震驚？為什麼他以為自己未曾見過他，這是為什麼？

木蘭花心知回答了這三個問題的話，一定可以使整件事都露出曙光來了，但是這三個問題的答案，還是一個謎！

木蘭花一面迅速地轉著念，一面輕描淡寫地道：「哦，那或許是我記錯了，我們可能根本未曾見過面，但是閣下的面貌卻給我十分深刻的印象！」

後一句話，木蘭花是特地說的。她那樣說的目的，是為了再一次引起對方的恐慌，好露出馬腳來！

那男子果然又再一次現出了不安的神色來，他勉強的笑了一下，道：「不會吧，你見過我，那除非你曾……」

他講到這裡，突然住了口。

而他剛才的話，也分明是一時失言講出來的。這令得木蘭花的心中陡地一動，幾乎「啊」地一聲叫了出來！

那人的話雖然未曾講完，但是木蘭花已可以知道，自己確實是見過他的了！而且，木蘭花還可以知道，見到對方的時候，一定是一個十分特殊的場合，所以使對方覺得驚訝，覺得那幾乎是不可能的！

然而，那究竟是什麼場合呢？

木蘭花苦苦地思索著，她像是已經捕捉到了一些什麼，可是，她卻無法將她捕捉到的那一點靈感具體化起來，而她的思路也立時被那人打斷，那人發出了一下聽來十分奸詐的笑聲，道：「讓我們來討論一下比較實際的問題可好？」

木蘭花沉著地點著頭道：「好的，你是誰？」

「小姐，你是在明知故問了，你是應該知道我是誰的，大庭龍男一定已將一切對你講了，對不？我現在想知道，你是不是多管閒事！」

「我是最喜歡管閒事的人，先生。」

「小姐，我看不出你有管這件事的理由。」

「有的，」木蘭花微微挪動了一下身，「大庭龍男是我的師弟，他來向我求助，我怎能不管他？」

那男子呆了片刻，才道：「哦，原來是這樣，那的確算不得是多管閒事，只怪我們事前的調查功夫做得不夠透澈。如果我們早知和蘭花小姐有這層關係的話，那我們也不會揀日本下手，而轉移目標，去找墨西哥政府了！」

木蘭花聽得對方這樣講，心中又是一動，她立時反問道：「噢，原來你們的飛彈發射基地，已經進步到可以隨時移動了麼？」

那人的面色變得十分難看，「哼」地一聲，道：「看來你已知道不少？」

「還不夠多，但是在奄美列島附近的海底火山爆發事件中，空中雷達偵察站卻攝得了三張相片，使我們知道你們所用的方法。」木蘭花從容不迫地說著：「不過令我不明白的是，就算你們的飛彈發射設備已經精巧得可以隨時移動了，又有什麼方法可以隨意帶進一個國家的國境中去呢？」

「那是我們的秘密，小姐！」那人再度奸笑著，「如果給你知道了這個秘密，那我們的工作自然也無法再進行了。」

木蘭花道：「我相信這一點，現在，你來看我的目的是什麼？可是勸我不要理會這件事，快離開日本？」

「是的。」那人坦率地承認。

木蘭花沉默了片刻，才道：「抱歉得很，我難以做到這一點，我已經答應了大庭龍男，要幫助他，找出你們的飛彈基地來。」

那人聳了聳肩，道：「在五天之內？」

「五天之內！」木蘭花再次強調著。

那人吸了一口氣，道：「蘭花小姐，如果你執意與我們為敵的話，那我感到榮幸，但是我要提醒你一點，現在，你的生命已在我的掌握之中，不但是你，你的妹妹秀珍和安妮——」他用勁向前指了指，安妮的後腦被槍口指得生痛。

木蘭花搖頭道：「先生，我發現你對形勢估計錯誤，你只是潛入來的，而這幢屋子的四周全是保護人員，你看看你的背後——」

木蘭花講到這裡，故意頓了頓。

通常，在那樣的情形之下，聽到了這樣的話的人，總免不了要回頭望一下的，可是那人卻沒回過頭去，反而笑了起來。他道：「蘭花小姐，這是八百多年前的把戲了，怎麼你也來玩這一套，你這樣一說，那未免使我要修正對你的估計了。」

木蘭花嘆了一口氣，道：「原來你以為我是在玩把戲麼？那也難怪，你本來就看不到背後的情形，好了，事情結束了，你放下武器投降吧——別射他的要害，我要他的口供。」

木蘭花說這句話是大聲講的，而且她也站了起來。在那樣的情形下，那人的身子不能不震動了，可是他仍然不回過頭去，反倒伸手抓住了安妮的肩頭，手中的槍對準了安妮的後腦勺。

木蘭花心中也暗自佩服他的鎮定，但是她卻仍然笑著，道：「先生，我們對這件事，本來可以說是一點線索也沒有，你來節外生枝，那是自投羅網了！」

那人冷笑著道：「你這樣說，未免言之過早吧！」

木蘭花的笑容更加自然，道：「也不早了，安妮！」

她突然叫了一聲安妮，那人有點莫名其妙，但是安妮卻早已迫不及待了，安妮的手指早已按在一個掣上，一聽到木蘭花的呼叫，她手指用力按了下去，在那人根本還未曾覺察到發生了什麼事之際，在安妮的那張輪椅之後，強力的彈簧已經將一塊木板向後疾伸了出去！

雲四風在設計那塊彈簧木板的時候，所用的彈簧，彈力達到一百磅，是以等於在不到十分之一秒中的時間，有一百磅的力道向後撞擊了出去，而那人正站在安妮的背後，而且，他還自以為是控制了安妮，進一步可以威脅木蘭花！

剎那之間，只聽得「砰」地一聲響，自輪椅後面伸出的那塊木板，正撞在那人的胸口之上，令得那人的身子打了幾個旋，向後跌去！

其實，這一切，是早在那人一到了安妮的背後時，就應該發生的了，但當時，當安妮想按下那個掣的時候，她卻看到木蘭花向她使了一個眼色。

木蘭花不想安妮立時出手，想在對方的口中多套出一些內幕來。但是當她看到那人正要對安妮不利之際，她立即命安妮按掣，那人做夢也沒有想到，安妮的輪椅實在是極之厲害，可以有多種用途的一件武器！

那人一向後倒去，木蘭花的身子便向前一撲而出！

可是，那人的身手靈敏，實在有點不可思議，他的身子分明是在狼狽之極的情形之下向後倒了下去的，可是在突然之間，只見他的身子向上一挺，已經疾彈了起來！

木蘭花未曾想到這一點，是以在那人的身子彈了起來之後，木蘭花仍在向前衝去！那人在疾彈而起之後，立時扳動了槍機，一蓬細霧直噴木蘭花的面門！

木蘭花一看到那蓬細霧噴了出來，便知道那是極其強烈的麻醉劑，她連忙屏住了氣息，一掌向那人的胸前砍了下去。

那人身子一閃，可是這時候，安妮早已控制著輪椅轉了過來，大叫一聲，又按下了另一個掣，三粒鐵珠疾射了出來。

那三粒鐵珠，一齊射在那人的右腿，令得那人的身子突然側了一下，木蘭花趕了過去，右手已經撈上了那人的肩頭。同時，木蘭花左手突然向外一格，正格在那人的右腿之上，令得那人的手指不由一鬆，手中的迷霧槍也脫手落在地上。

本來，在那樣的情形下，木蘭花是一定可以將那人抓住了，可是儘管她屏住了氣息，強烈的麻醉劑還是起了作用，她的左手縱然已搭上了那人的肩頭，可是五指僵硬，卻使不出力道來！

那人用力一掙，單腳向外，跳了出去。他的右腿雖已被三粒鐵彈射中，可是他的行動仍然十分靈敏，只見他連跳了三跳，已經跳出了門口，到了走廊之中。

而木蘭花在這時候，已經是搖搖欲墜了，她向前踏出了一步，叫道：「安妮！」

安妮忙道：「蘭花姐，你怎麼了？」

木蘭花勉力掙扎著，道：「別理我，千萬別讓人走了，快……快……去追……他！」

木蘭花身子一慢，「砰」地一聲，跌在地上。

安妮連忙控制著輪椅，轉了過去。

當她轉過去時，那人已到了走廊的盡頭了！

安妮按下了扶手上的攻擊掣，「砰砰砰」連射了三槍，槍聲一響，那人的身子便伏了下來，連滾帶爬，向外滾了出去。

他一滾出了走廊，便立時沒入了黑暗之中，看不見了。而前後只隔了幾秒鐘，只見兩個人奔了進來，道：「什麼事？什麼事？」

安妮認得他們是大庭龍男的手下，忙道：「快吩咐所有的人搜查附近，有人混了進來，是一個歐洲人，一定要捉到他！」

那兩個人立時轉身奔了出去，剎那之間，屋子外面立時人聲嘈雜起來，強烈的燈光來回照射著。

安妮先去看穆秀珍，穆秀珍和木蘭花一樣，也昏了過去。安妮俯身把了把她們兩人的脈，知道她們只不過是昏迷，這才放下了心來。

大庭龍男是在兩小時之後趕到的。

那時，醫生早已來了，木蘭花和穆秀珍也醒來了。

屋子附近的搜尋仍然在進行著，但是卻一直未曾找到那歐洲人，而且，他們也知道，找到那人的可能性是微乎其微的了。

因為，屋子是在琵琶湖邊，十分冷僻的地方，四周圍全是林子和小路，一個身手靈敏的人要逃過搜查，是十分容易的事！

而且，安妮最後那三彈也顯然未曾射中那人，因為在走廊的盡頭處，根本沒有血跡，最早被派守在走廊口的兩個人，也是被麻醉藥昏迷過去的，他們也無法知道那人是從何而來，根據他們的說法，那個人，是「突然出現」的！

大庭龍男趕到之後，向木蘭花、穆秀珍和安妮三人不住地道歉，和申斥著他的部下，但是木蘭花卻止住了他，道：「你不必責怪他們，這個人露了面，倒使我們的工作容易進行得多了，這個人，真可以說是自投羅網，來幫助我們的！」

大庭龍男苦笑著道：「你得了些什麼線索？」

「第一，」木蘭花道：「他們的飛彈發射裝置是十分輕巧的，隨時可以移動。第二，聽他們的話，他們似乎有一種十分巧妙的方法，可以令得他們的飛彈和飛彈發射裝置，毫無阻礙地進入他們所要進入的國家之中！」

大庭龍男搖著頭，道：「這實在是令人難以相信。」

木蘭花道：「可是我們非相信不可，因為事實上，他們已成功地將飛彈和飛彈發射裝置運到日本來了！」

大庭龍男沉聲道：「那對事情並沒有幫助。」

木蘭花道：「還有一點，這個人，我在什麼地方見過他的，當我提及這一點的時候，他表示十分震驚，並且不相信。」

「我也見過他。」穆秀珍搶著說。

「我也是！」安妮緊蹙著雙眉，「我也見過他，我好像還十分熟悉他的神情，可是我卻想不起是在什麼地方見過他！」

大庭和穆秀珍兩人都張口想說什麼，但是木蘭花突然一揚手，道：「等一等，你們都別出聲，讓我想想！」

這時候，木蘭花只覺得在聽了安妮的話之後，猶如千頭萬緒的線頭之中，找到了一個線頭，她必須立時握住這個「線頭」，要不然，她就會失去它了！

這個「線頭」是什麼呢？這個「線頭」便是她、穆秀珍和安妮都曾見過那個不速之客，但是她們三人卻都想不起是在什麼地方見過他！

當然，她們三人共同相識的人十分之多，要在那一方面的記憶中去找出那是什麼人，那簡直是不可能的一件事情。那麼，應該從哪一方面著手呢？為什麼自己三個人都覺得這個人面熟，而又想不起這個人究竟是什麼人來呢？

木蘭花明知道，只要想出了那人是什麼人，那麼，也就可以得到整件事的關鍵了，可是不論她怎樣想，卻都不得要領！

就在這時，兩個男子走了進來，向大庭報告道：「湖邊發現有雜遝的腳印，我們要找的人，可能潛水由水中逃走了。」

大庭望向木蘭花，道：「蘭花師姐，我還不免有些疑問，我從東京來，是搭直升機來的，如果有人要跟我而來的話，那該用什麼交通工具？」

木蘭花笑道：「大庭，你想想，對方既然有著發射飛彈的設施，一架小型的，可以在水面降落的直升機，還成什麼問題呢？」

大庭點著頭道：「那麼，照你的看法，這個人已經回到東京去了？他到這裡來，特地是來警告你的？」

木蘭花道：「我想是的，他們不知道我和你的關係，在他們的想像中，以為我一定會接受他們意見的，而那人也十分聰明，他在一知道了你是我的師弟之後，他就知道說也沒有用，是以，也沒有再說什麼勸我別理的話了。」

大庭道：「可惜我沒有見到這個人——」

安妮忙道：「不要緊，你拿紙和筆來，我可以將這個人的大致輪廓勾畫出來，看看你可認識這個人。」

大庭用不信的目光望著安妮，但木蘭花卻立時道：「那是安妮的特殊本領，她非常擅於捕捉人臉形的特徵，畫出來也是維妙維肖的。」

大庭立時回頭向身後的人望了一眼，那人也立時走了出去，不一會便拿了紙和筆進來，安妮在紙上慢慢地動著筆。

不到三分鐘，她已經以十分簡單的線條，勾勒出了一個人臉來，她看了一看，又略為改動了一下，送到大庭的面前。

大庭還沒有說什麼，穆秀珍已叫了起來，道：「是他！」

大庭龍男皺著眉，道：「這人我也見過！」大庭用手指叩著他自己的前額，不住喃喃地道：「我的確是見過這個人的，好像是最近！」

大庭龍男是在自言自語，但是木蘭花心中又陡地一動，她立時道：「大庭，我們四個人是最近才在一起的，是不是？」

大庭愕然道：「自然！」

「而我們四個人在一起的場合也不多，我們都見過這個人，但是又都在當時對他不是十分注意，你想想，那是在什麼地方？」

木蘭花顯然是已想到了什麼，是以才會那樣問大庭的，而她在發問時，那種興奮的語調，也正證明了她已想到了什麼！

大庭、穆秀珍和安妮三人同時一呆。

但是他們三人，只不過呆了半秒鐘，接著，便聽得他們三人異口同聲地叫了出來，道：「馬戲團！這個人是在馬戲團中。」

安妮更尖聲叫了起來，道：「我記起了，完全記起了，他就是大炮射人表演中，那個用火把點燃大炮，射出小丑的那個人！」

木蘭花陡地站了起來。每一個人都望著她，只見她吸了一口氣，一字一頓地道：「現在，一切全都再明白也沒有了，那馬戲團！」

可是大庭、穆秀珍和安妮三人，顯然還有些不明白，他們都望定了木蘭花。

木蘭花用十分快的速度講著話，她是很少用那樣快的速度來講話的，她道：

「事情實在是再明白也沒有了，那馬戲團就是歹徒組織的大本營，一切疑點都解決了，我們都見過那個人，但是我們卻都認不出他來，因為我們見到他時，他臉上有著誇張的化妝，而那座射人的大炮，毫無疑問，就是飛彈的發射台！」

大庭駭然道：「有這個可能麼？」

「為什麼不可能？那人已提及他們有可以隨時移動的發射台，而且，他們還幾乎可以毫無困難地進入任何國家，你想想，掛著名馬戲團的招牌，他們自然可以周遊全世界，誰會懷疑一座表演『射人』的大炮？」木蘭花揮動著手。

大庭等三人面面相覷，因為木蘭花的話雖然很有說服力，但是，那究竟是太出乎人的意料之外，難以想像了！

穆秀珍開口想說什麼，但是木蘭花卻立刻接著道：「而且，我敢說，馬戲在中午二時，是日場表演射人的時候！」

安妮吃驚地道：「蘭花姐，你是說，在眾目睽睽之下，他們將飛彈射了出去？」

「是的，有誰會想得到是引致火山爆發的飛彈，他們將飛彈的外觀造成人形，而塗上和小丑衣服一樣濃烈的色彩，這便是照片上飛彈是彩色繽紛的原因，而飛彈速度極高，一出帳幕，便已直射入雲層之中了，這可以說是最大膽的犯罪設計！」

大庭立時道：「那我們——」

「大庭，」木蘭花轉過身去，對著大庭龍男說：「你用最秘密的通訊方法，通知你最得力的部下，去包圍那馬戲團的場地，但是要記得，在我們未趕到之前，絕對不能有任何行動，以免打草驚蛇，再要找他們就難了！」

「是的，」大庭回答：「我們的大規模搜索也應該繼續，使對方以為我們仍然不知道他們的真面目，那樣，他們便會疏於防範。」

穆秀珍已急急地道：「蘭花姐，我也要去。」

她是知道木蘭花會不讓她前去，所以才這樣要求的，可是她得到的回答，卻仍然是一個「不」字，木蘭花道：「你和安妮在這裡等我，我想，明天中午之前，我就可以回來了，你們在琵琶湖邊休息的計劃，依然不變！」

這一次，是穆秀珍和安妮一起叫了起來。

但是木蘭花卻堅決地道：「你們實在不必去了，因為已沒有什麼別的事，他們被包圍，我們一去，將包圍圈緊縮，那就全然解決了。」

木蘭花的話，對於十分失望的穆秀珍和安妮，並不能起安慰的作用，她們兩人仍是嘟起了嘴，表示不快。

大庭笑著道：「蘭花師姐，我看——」

「不，大庭，有我一個人參加行動，已經是不十分適宜了，如果參加的外人太多，會影響你們特種工作人員的聲譽的。」

大庭對於木蘭花設想之周到，心中十分感激，他只好向穆秀珍和安妮無可奈何地攤了攤手，表示他也無能為力。

木蘭花道：「大庭，你快去下命令，我們該走了。」

木蘭花和大庭龍男用直升機返回東京，那種小型的直升機，速度十分之快，當他們在秘密的機場降落時，天才剛亮。

一下了直升機，立時有兩名男子向前迎來，其中一個向大庭龍男行禮，道：「包圍已經完成，參加包圍的，一共有二十個小隊，配有重機關槍和各種輕型的武器，馬戲團的成員已經起身活動，看來並沒有什麼異狀。」

大庭不住地點著頭，木蘭花則問道：「一小隊有多少人？」

「十二名，全是經過挑選的幹員。」

木蘭花笑了一下，道：「只怕他們做夢也想不到已被兩百四十名大漢包圍了，大庭，一到那裡，你只要說出事實，令他們投降就可以了。」

大庭龍男的神情也全然是重負已釋一樣，他十分輕鬆地道：「真想不到，那麼複雜、茫無頭緒的事，一下子就解決了！」

他一面和木蘭花一起跨上汽車，一面又道：「蘭花師姐，你真是名不虛傳。」

木蘭花謙虛地笑了笑，道：「大庭師弟，那只不過是湊巧！湊巧我們到了東京的第一天就去看馬戲，那是對方無論如何也想不到的事，如果對方早知我們曾去看過馬戲，那麼，他就算要來找我們的話，也必然要經過化裝才來的了。」

大庭笑了起來，道：「想不到他們想警告你不要插手，而你竟然就憑他們的這一個行動，破了這件案子！」

木蘭花搖著頭，道：「那不是我一個人的力量，不是安妮將那人的樣子畫了出來，引起了你的記憶，我也不會想到這個人是屬於馬戲團的！」

他們交談著，車子正以極高的速度在向前進發，十五分鐘之後，他們已可以看到飄揚在馬戲團帳篷之上的氫氣球了。

而這時候，大庭也已利用了無線電話，和每一個小隊的負責人通了話，使他明白了包圍在那曠地的形勢。

馬戲團中還沒有一個人發現他們已被包圍了，他們的活動和平時一樣，有的在練習，有的在照顧著動物，誰也看不出來，這樣充滿著歡樂氣氛的馬戲團中，會隱伏著如此驚人的巨大危機！

等到他們到了曠場的邊緣之際，便進了一間小屋之中，那間小屋，本來是出售汽水等飲品的，但這時被用來作臨時的指揮部。

大庭和木蘭花兩人一進去，就看到一張桌子上鋪著一張圖，圖上畫的是一幅那曠場地形圖，有許多小紅旗插在圖上，每一面小紅旗代表一個人，小紅旗插著的地方，也正是那人隱伏的地點，隱伏得都十分之巧妙。

另外，還有三架直升機，隨時準備升空，如果敵人想由空中逃走的話，顯然也不能成功，包圍圈嚴密之極。

5 最大的笑話

大庭看了幾分鐘，便取過了望遠鏡來。

那小屋距離馬戲團的大帳幕，約有一百碼，在望遠鏡的觀察下，馬戲團成員的一切行動，全都看得十分清楚，大庭吩咐道：「準備擴音器！」

立時有人將一具擴音器遞了過來，道：「有八隻喇叭，可以同時傳播你的聲音，為了避免驚擾市民，我們也已作了必要的措施，勸所有的車輛繞道而行，我們可以放心進行一切。」

大庭按下了擴音器上的掣，吸了一口氣，用沉毅而堅決的聲音道：「馬戲團全體人員注意，馬戲團全體人員注意！」

他的聲音，立時通過了八隻安裝在四面八方的喇叭傳了開去。是以，在曠地上活動的每一個馬戲團成員，都可以聽得到，持著望遠鏡在觀察的木蘭花，看到每一個人不論在做什麼事，都停了下來，而且，人人都面現驚愕和莫名所以的神色。

大庭的聲音繼續傳出，道：「你們不必想到反抗，因為你們已被包圍了，你們甚至不必想逃走，包圍是十分緊密的。和你們講話的，是東京防衛廳特別工作組的長官，大庭龍男。你們投降的話，絕不會受到攻擊的！」

木蘭花在望遠鏡中看得十分之清楚，在大庭龍男一開始講話之際，似乎所有的人都從帳幕中奔了出來，他們相顧愕然，大驚失色。

木蘭花還看到一個大胖子正在揮著手，在說著什麼，而許多人都向他奔去，圍在他的周圍，那大胖子自然便是領導人了。

大庭龍男的話才一講完，四輛有雲梯設備的救火車疾駛而至，雲梯升起，在雲梯的上端，是兩個手持輕機槍的射手。那兩個射手背對背地蹲著，居高臨下，就是他們八個人，便可以說已經控制了全場。

大庭繼續道：「每一個人都必須聽從我的命令，將雙手放在頭上，從指定的地方走出來，絕對不准反抗！」

隨著大庭的話，有十二個人已經奔向前去，六個一排，分兩排站開，同時，呼喝著眾人，在兩排人中走過去。

木蘭花看到，幾乎所有的人都已將手放在頭上了，她放下了望遠鏡，道：「我們可以前去了，那胖子一定是他們的頭子。」

大庭首先走出了小屋子，和木蘭花一齊向前走去，他們走近了幾十碼，便聽得那胖子在兩個人的押解下大肆咆哮著。

他的嗓門十分之大，只聽得他厲聲道：「這算什麼？日本是一個野蠻國家麼？為什麼要這樣對付我們的馬戲團？我要求日本政府公開道歉！」

大庭來到了他的面前，道：「你是誰？」

那胖子氣呼呼地道：「我是薩氏馬戲團的團長，薩克廉，你是誰？」

「我是東京防衛廳的官員，大庭龍男。」

「是你，原來就是你帶領著這些人來包圍我們的？」

「不錯，」大庭一面回答著，一面已揮手令兩小隊人衝了進去，他事先早已命令過他們，一衝進去，便立時守住那尊射人的大炮。

大庭面帶微笑，道：「團長先生，剛才你說，你要求日本政府什麼？」

「公開道歉！」

「我想你是記錯了，你是向日本政府要求付出一千一百萬英鎊！」大庭露出他整齊而潔白的牙齒笑著。

在那一剎間，胖子團長臉上的神情之驚愕，當真是文字難以形容的，他張大了口，好一會一個字也說不出來！

胖子團長足足呆了半分鐘之久，在那半分鐘之中，大庭也不催他講話，只是微笑著欣賞著他那種驚詭的神態。

半分鐘之後，胖子團長才緩過了一口氣來，道：「天，你說什麼？我向日本政府要求付出一千一百萬英鎊？你是一個什麼樣的瘋子？」

「我不是瘋子，只不過你想不到你的面目已經暴露而已，將飛彈發射器裝置隱藏在馬戲團中，真不錯啊，嗯？」大庭仍然微笑著。

胖子團長的眼睛是睜得如此之大，真叫人擔心他的眼珠子會從眼眶之中突然掉了下來！他望定了大庭，像是想說些什麼，但是除了他喉間發出格格聲之外，卻是一句話也講不出來。過了許久，才聽得他道：「你……究竟在說些什麼？飛彈？」

大庭冷笑道：「是的，飛彈，團長先生，就是你們用來引致火山爆發的，我想你不必再抵賴下去了！」

胖子團長突然怪聲叫了起來，他用手拍打著自己的腦袋，轉過身去，向著身後馬戲團的其他成員嚷道：「你們聽聽，這個瘋子在說些什麼？唉，我們是在什麼地方？我們是在一個全是瘋子的國家中麼？什麼飛彈？火山？唉，我的天！」

其他馬戲團的成員，也都七嘴八舌地嚷了起來，大庭大喝一聲，道：「住口，如果不是找出確實的證據來，你們是一定不肯承認的了？」

胖子團長厲聲道：「你要我承認什麼？」

「你們利用飛彈引爆火山，向我國政府勒索鉅款，我可以在你們這裡搜出飛彈發射台和飛彈來，看你還有什麼話說！」大庭的聲音也十分嚴厲。在他那樣嚴厲的聲音下，任何犯罪分子都不免會失色的。

可是那胖子團長卻是一副怒極反笑的神氣，道：「好，那你去搜查吧，反正你們是野蠻人，我也不向你要搜查令了。」

大庭冷笑著，道：「搜查令在這裡！」

他將一份文件交給了胖子團長，可是胖子團長連看也不看，只是將之緊抓在手中。也就在這時，只見兩個大庭的部下快步奔了出來。

他們兩人，正是剛才衝進去的那兩個小組的負責人，大庭一見了他們，便立時大聲問道：「怎麼樣？找到了那『大炮』沒有？」

那兩個人急步奔到了近前，一面喘著氣，一面道：「找到了，在帳幕之中。」

大庭十分高興，道：「好，可是派人守住了，不准任何人接近麼？必須千萬小心，我們還要進一步地搜尋飛彈！」

那兩個人互相望了一眼，又互相用手肘碰了一下。

大庭立時吩咐道：「你們兩人鬼頭鬼腦做什麼？」

那兩人苦笑著，道：「組長，我們已經檢查過了，那……尊『大炮』，只是一尊魔術用的道具，它有一個強烈的彈簧，可以射出一個假人，同時，炮床是空心的，可以供鑽進炮口去的小丑躲起來，在燈光黑暗時，再鑽出來，那並不是什麼火箭發射台。」

大庭龍男呆了半晌，回頭向木蘭花望了一眼。

木蘭花在聽得那人作了如此的報告之後，她也呆住了。那是不可能的，一定另有一尊「大炮」是火箭發射台，而有一尊，則是魔術炮。

她沉聲道：「繼續進行搜查。大庭，命令馬戲團所有的人員都在此處集中，我們找出昨晚的那個不速之客來，他們就不能狡賴了。請海關的人員來，證明他們團中一共有多少人，海關應該有入境記錄的！」

胖子團長氣呼呼地道：「不必了，我們所有的人全在這裡，只有一個人，從昨天晚上起就不在團中了。」

「那是誰？」大庭立時問。

「他是表演大炮射人節目中，擔任炮手的威勒，是馬戲團中一個無關緊要的人！」胖子團長也立即回答。

大庭龍男「哈哈」笑了起來，道：「好一個無足輕重的人！我們要找的就是這個人，你卻將他藏了起來，你這老奸巨猾——」

大庭的話還未曾講完，胖子團長已發出了一聲怒吼，道：「我沒有將他藏起來，是你們將他『藏』起來了！」

「你這是什麼意思？」大庭一呆。

「昨天下午，威勒在酒吧中和人打架，被警察抓了起來，一直到現在還沒有釋放，是誰將他藏起來了？」胖子團長的聲音越來越大。

大庭龍男不由自主後退了一步！這是不可能的，那個人昨天晚上還到琵琶湖的屋子中去襲擊穆秀珍和木蘭花，也就是憑這個線索，他們才認出那人是屬於馬戲團，是以才想到歹徒是利用馬戲團作掩護的，而如今，團長卻說他一直在拘留所之中！

如果胖子團長所說屬實的話，那麼他們的一切推斷，也就成了毫無根據，而他們的行動，也可以說是世界上最大的笑話了！

大庭龍男並不是沒有急智的人，可是在那樣的情形下，他確實在不知說什麼才好！這時，不但大庭龍男受了極大的震動，木蘭花也是一樣！

一時間，他們兩人都說不出話來，胖子團長卻在繼續咆哮，道：「你們如果要找他，應該到東京警察局去，而不應該到這裡來，你們用這樣的手段對付我們，我們要到全世界去廣為宣揚，證明你們的國家，是一個瘋子和野蠻人的國家！」

木蘭花輕輕碰了一下大庭，低聲道：「吩咐你的手下和警局連絡，將那個威勒帶來，還要請看守威勒的警察一起來。」

大庭點著頭，道：「那麼這裡——」

「你儘管去下命令好了。」木蘭花又立刻轉過身去，道：「團長先生，我們的行動絕沒有野蠻和不文明之處，我們發現了可疑的地方，持著搜查令來搜查，也未曾損害你們的一切，難道在日本的國土上，你們竟享有可以不受日本法律的限制的特權麼？」

胖子團長翻著眼，「哼」地一聲，道：「笑話，太笑話了！」

木蘭花繼續沉聲道：「作為團長，你必須和我們合作，你現在吩咐所有的人，都集中在這裏聽候命令，你先負責清點人數，看看是不是除了威勒一人之外，已經全在這裡了！」

胖子團長繼續翻著眼，但是木蘭花用十分嚴厲的眼光逼視著他，令得他不能不轉過身去，馬戲團中的人，幾乎全集中在他的身後了。

他伸手指著，口中喃喃地喝叫著每一個人的名字。

過了五六分鐘之久，他才轉過身來，道：「全在了！」

「好，請問，日場表演大炮射人節目的時間，是什麼時候？」木蘭花的臉色依舊十分之嚴峻地問著。

「那沒有一定，大約是在二時左右。」團長回答。

「表演的是哪幾個人？」

「一個小丑，和兩助手。」

「請他們出來。」

胖子團長叫了兩聲，兩個中年男子走了出來，其中一個大約已有五十左右了，滿面皺紋，木蘭花依稀可以認出那個就是小丑。另一個人，面目十分呆板，木蘭花對他的印象比較淡薄，但是也可以記起他正是兩個助手中的一個。

木蘭花向他們兩人望了一眼，道：「你們住的，是哪一個帳幕？指給我看。」

那小丑用一種十分滑稽的聲調道：「我們住這一個！」

他伸手指向一個小帳幕。

木蘭花又問道：「那叫威勒的，是和你們住在一起的麼？」

「是的，他昨夜沒有回來。」小丑回答。

「你們三個人表演射人節目，加入這個馬戲團已有多久了？」木蘭花一點也不放鬆地追問著他們兩個人。

小丑還沒有回答，胖團長已搶著道：「已經有四年了，他們是上次我們在德國演出時就加入的，這位是寇利先生，提起小寇利，全世界的馬戲團都知道。」

木蘭花的心中，已經早覺出事情的發展和自己所料想的大不相同，而且，不在意料中的一切，對她是十分之不利的，但是，她卻還保持著鎮定，沉聲道：「好的，寇利先生，我們要搜查你住的帳幕，你和這位先生可以一齊跟著來。」

小丑寇利作了一個無可奈何的表情，木蘭花轉過頭來，道：「大庭，派三個幹練的人員，和我一齊去搜查他們的帳幕！」

大庭揮了揮手，立時有三名男子向前走來。

木蘭花向小丑寇利道：「請你帶路。」

寇利又聳了聳肩，和那人轉身向前走去，木蘭花等四人跟在後面，他們經過了一列鐵籠，關在籠中的是各種各樣的野獸。

那是一個規模十分大的馬戲團，甚至有兩隻長頸鹿，而小丑寇利和那些野獸顯然十分熟，他一面向前走去，一面不斷地和各種各樣的動物做著手勢，當他伸出手來時，那兩隻長頸鹿中的一隻，彎下頸來，舔他的手掌。

他們大約走了兩百碼，來到了近二十個小帳幕之前，那些小帳幕，全是馬戲團團員的住所，而這時，搜索人員也正在進行搜查，小丑寇利指著一個帳幕道：「就是這個，我看已經有人搜查過了，還要再查麼？小姐？」

木蘭花冷冷地道：「要再查！」她一面說，一面掀開了帳幕，走了進去。

帳幕之中十分凌亂，有著三張床，在床前床後堆著很多木箱，衣服亂七八糟地扔著，鞋子也東一隻西一隻。小丑寇利跟在她的後面，道：「抱歉得很，小姐，我們剛要整理，那位長官便命令我們將手放在頭上走出去了，請原諒。」

木蘭花吸了一口氣，在這個帳幕之中，顯然是不可能隱藏著飛彈或是飛彈發射台的，但是木蘭花卻希望發現一些別的證據。

她和大庭龍男的三個手下，開始對這個帳幕中的一切展開了最嚴密的搜查，甚至每一片紙，每一件衣服，都被翻來覆去地檢查著。

但是，足足過了四十分鐘，他們仍然一無所獲，未曾發現絲毫可疑的東西，而大庭的聲音已傳了過來，叫道：「蘭花師姐，威勒帶到了！」

木蘭花退出了帳幕，她一出去，就看到在兩個日本警察之間，站著一個身形高大的歐洲人，正是昨天晚上見過的威勒！

木蘭花呆了一呆，道：「好啊，威勒先生！」

可是威勒卻瞪大了眼，道：「你是誰？」

「你不認識我了麼？昨天我們還見過面，你還警告我，叫我不要理閒事的。」

木蘭花望著外面緩緩地說。

然而威勒仍然睜大了眼，道：「昨天晚上？小姐，昨天晚上，究竟是我喝醉了，還是你喝醉了？何以你比我更糊塗？」

大庭踏前一步，在木蘭花的耳際低聲道：「我已經問過了，自昨天下午六時起，他一直都在拘留所中，絕不可能外出的。」

木蘭花並不出聲，只是望著威勒，她可以肯定，這就是昨天晚上和她見面的那人，除非另外有一人，和這個威勒一模一樣。

當然，那並不是沒有可能的事，如果威勒有一個雙生兄弟，又如果有人用精巧的化裝術刻意化裝成威勒的話，那麼就可能有一個和威勒一樣的人出現了。

雙生子的可能性比較少，可以不加考慮，但如果是有人化裝成威勒的話，為什麼要化裝成威勒的樣子呢？而且，威勒自昨天下午起就進了拘留所，這是「偶然」的，還是「故意安排」的？如果是故意安排的，那就是一項十分巧妙的安排！

因為自己這方面，懷疑馬戲團便是歹徒組織的大本營，一切的根據，便來自威勒，但是威勒根本沒有可能前去琵琶湖，那麼自己的一切懷疑，便都不成立了。

木蘭花呆了片刻，才道：「總搜查可有什麼發現？」

「沒有，」大庭的神色十分沮喪，「我們這一次，是鬧了一個天大的笑話了，我看，政府恐怕非得要向馬戲團表示歉意了。」

木蘭花沒有說什麼，她只是緩緩地向外踱了開去，走了兩三步才道：「我看，你先去向胖子團長表示歉意，然後收隊。」

「蘭花師姐，我們——」

木蘭花打斷了他的話頭，道：「我們的第一步行動已經失敗了。既然失敗了，就要立即承認失敗，那樣才能最快地展開第二步行動。」

「那我們第二步行動是什麼？」

「我會隨時和你聯絡的，我先走一步了！」

大庭龍男搓著手，木蘭花要先走一步，他自然不能硬留著不讓她走，但是這裡的一切善後，卻是極其困難的事情！他心中嘆息著，木蘭花已大踏步地走了出來，大庭龍男看著他向和威勒同來的兩個警察講了幾句話，便逕自向外走了開去。

大庭來到了胖子團長的面前，他還未曾開口，胖子團長便以譏笑的口吻道：「長官，你找到了多少飛彈，是長程的還是短程的，有沒有核子彈頭？」

大庭也已親自檢查過了那尊「大炮」，那的確只是一尊魔術炮而已，至於飛彈，他自然沒有什麼發現，他只得勉強笑著，道：「對不起，團長先生，這是可怕的誤會，我向你表示歉意，打擾了你們，但我想這件事，我們都不必張揚出去！」

「為什麼我們要保守秘密？」團長氣勢洶洶地問。

「你知道，人們心理是十分奇怪的，如果讓廣大市民都知道警方曾光顧你們的話，那你們可能就會失去所有觀眾了。」

「那就要你們政府賠償損失！」

「你可以這樣要求，但是可能過上三五個月才有下文，你們團中那麼多人，開銷從何而來？所以你還是接受我的歉意好。」大庭的話，軟硬兼有。

胖子團長悻然「哼」地一聲，轉過身去，雙手向馬戲團人員揮著道：「走！走！恢復正常的活動，算我們倒楣，碰到了一批瘋子，今天的演出要特別小心，別出意外！」

大庭趁他轉過身去，連忙也轉身向外走去，一面傳達命令，撤退所有的人員，不一會兒曠地附近便恢復常態了！

木蘭花在和大庭分手之後，低頭疾行，她截住了第一輛見到的計程車，當司機問她到何處去的時候，她說出了一間酒吧的名字。

那間酒吧，就是威勒昨天晚上發生糾紛的那一家，她是從押威勒前來的那兩個警察的口中問出來的。

她的心中十分亂，她知道自己已掌握了某些線索，但是對方卻比她更狡猾，將她發現的線索完全抹去，令得她非從頭來過不可！

她本來肯定歹徒是隱藏在馬戲團之中的，但是在經過了那樣大規模和徹底的搜查之後，她對自己的肯定也不免有點動搖了！

但是，她卻仍然可以肯定一點，那便是：即使事情和馬戲團無關，也一定和那個威勒有關，因為昨天晚上來警告她不要多管閒事的人，正是威勒（至少是和威勒長相完全一樣的人）！她要重新掌握線索，也必然要從調查威勒開始。

那間酒吧的所在之處，正是東京酒吧林立的銀座。

銀座的大名，是舉世皆知的，但是在日間，這地區卻是冷清清的，花枝招展的吧女都未曾上班，酒客自然也不會來買醉。是以，當計程車到達那間酒吧的門口，木蘭花在下了車之後，那司機好奇地向木蘭花望了幾眼，然後才離去。

木蘭花在門口略站了一站，酒吧的門關著，她伸手去推門，門應手而開，酒吧內十分黑暗，木蘭花並不立即就進去，而是站在門口。

她先咳嗽了一下，然後才問道：「有人麼？」

一直等她問到了第三聲，而且聲音也提得相當高了，才聽得有腳步聲傳了過來，接著，一幅簾子被掀開，一個中年女人走了出來。

那中年女人的化妝相當濃，看起來令人極之不舒服。她的臉上，本來掛著職業性的微笑，但是一見了木蘭花之後，微笑就消失了。

她甚至不再向前走來，只是不耐煩地揮著手，道：「走！走！我們這裡並不招請女侍，凡是招請女侍的，門口一定貼著招紙！」

木蘭花笑了一下，慢慢向前走去，道：「我並不是來當女侍的，我是想來問一件事情的，你是老闆娘？」

那婦人立時換上了一副十分警覺的神色，道：「你是什麼人？你是警察麼？我們這裡很平靜，沒有什麼事情發生過。」

木蘭花並不正面回答老闆娘的問題，只是冷冷地道：「這裡並不平靜，昨天晚上，有一個歐洲人威勒，喝醉了在鬧事！」

老闆娘急急道：「客人喝醉了酒鬧事，那太普通了！」

「普通也好，不普通也好，」木蘭花冷然道：「你當時一定在場，你將當時的經過，詳細地說給我聽！」

那老闆娘眨著眼睛，道：「為什麼？」

木蘭花踏前了兩步，壓低了聲音，道：「告訴我，要不然，我能使你至少一個月不能開門營業，明白了麼？」

老闆娘面上變色，道：「好，我告訴你，你是原杉大哥的人？為什麼不早說？早說了也不必誤會了，我們可不敢得罪原杉大哥！」

木蘭花根本不知道什麼人是「原杉大哥」，但是從老闆娘一提及這個名字時便戰戰兢兢這一點來看，原杉大哥也者，多半是黑社會頭子，是控制這一帶勢力的人馬了。木蘭花也不置可否，只是哼地一聲，道：「快說！」

老闆娘道：「那外國人，是和一個嚮導一起來的，一來就喝威士忌，十分闊綽，後來，他一定要另一個顧客和他拚酒，那人不肯，就打起來了。」

木蘭花問道：「那人是誰？」

老闆娘的臉上露出十分驚訝的神色來，道：「你不是原杉大哥的人，你究竟是誰，來查三問四的，快走！」

木蘭花陡地踏前一步，一伸手，五指便已緊緊地握住了老闆娘的手腕，厲聲道：「快說，和威勒吵起來的是什麼人？」

「我說了，那人是原杉大郎的手下。」

「後來怎樣？」

「一打了起來，顧客就奔出門口，警察趕到，人都走了，但是那外國人卻還坐著喝酒，自然就給警察帶走了！」老闆娘說著。

「你是說他可以逃走而不逃？」

「那我不知道。」

「哼！你們開酒吧的，也不會希望顧客會被警察帶走的，是不是？難道在警察未來之前，你未曾勸威勒快點逃走麼？」

老闆娘嘆了一口氣，道：「小姐，你真厲害，好了，我是曾勸他離開，他如果肯走，警察來了，我們就可以說根本未曾發生過什麼了！」

「而他怎麼說？」

「他不肯走，他說他就是要等警察來！」

木蘭花呆了半晌，如果老闆娘所說屬實的話，那麼，威勒和人打架，以致他被留在拘留所中，一定是故意的安排了！而這一個安排，牽涉到了兩方面的人，究竟哪一方面的人是主動的呢？是威勒，還是原杉大郎手下的人？

木蘭花點著頭，道：「不錯，你很合作，我再問你，原杉大郎住在什麼地方？」

老闆娘的臉色變成了死灰，她搖手不迭，道：「我不知道，我真的不知道，沒有人知道他住在什麼地方，他會突然出現，我們店中有三個酒女曾陪過他，三處的地方都不同，你別再問我關於他的住所了，我不知道。」

木蘭花冷笑一聲，道：「那麼，我要找他，怎麼找法？」

老闆娘吸了一口氣，道：「他的手下，常年在銀座後街，黑珍珠酒吧前的一輛白色汽車上，要找原杉大郎的人，都先去找他的手下。」

木蘭花放開了老闆娘，說道：「對不起，打擾了！」

她轉身便走，出了那家酒吧之後，她覺得事情越來越複雜了！因為到如今為止，事情已發展到了和日本的一個大黑社會頭子有關了！

木蘭花出了門，立時走過了對街，她走出了十來碼，拐進了一條小巷子中，倚著牆，取出了大庭給她的無線電通訊儀，按下了一個掣。

不到幾秒鐘，她便聽到了大庭的聲音，道：「什麼事？」

「大庭，我是蘭花，有一個人叫原杉大郎的，你可知道他是什麼身分？」木蘭花壓低聲音，開門見山地問。

當木蘭花的話一講完之後，她可以清楚地聽到大庭龍男的聲音之中，帶著極其吃驚的成分，道：「你為什麼要問起他來？」

「我已經查出，昨晚在酒吧中和威勒打架的人，就是原杉大郎的手下，而那場打架，可能是故意的安排。」

「蘭花師姐，」大庭忙道：「關於原杉這個人，不是一言半語能講得完的，你到我的辦公室來。」大庭接著說了一個地址。

「好的，我立刻就來，但你立即去提問威勒，告訴他，我們已知道了昨晚的打架，是出於故意的安排，要他講出是他主動的，還是原杉手下的人主動的，這一點，關係十分之大！」

「是，我知道。」大庭回答著。

木蘭花關上「粉盒」，轉過身來。

並沒有什麼人注意她，她匆匆地穿過那條巷子，召了一輛計程車，車子穿過了許多擁擠的街道，在半小時之後，停在一幢房子之前。

木蘭花一看到了那幢房子，幾乎疑心自己記錯了地址！

但是當她下車後，抬頭仔細一看，一點不錯，這正是大庭給她的那個地址，那是擠在許多屋子之中的一幢三層高的房子。那房子的底層，開著一家「集貝店」，就是專供貝殼搜集者購買貝殼的地方，生意也不見好，一個女店員無聊地坐著。

當木蘭花打量著招牌時，那女店員也在打量著她。

那女店員問道：「小姐，你想找什麼貝殼，我們沒有的，可以替你代找！」

木蘭花笑了一下，道：「我的一個朋友給了我這個地址，他姓大庭，叫大庭龍男，說他是在這裡的！」

那女店員忙道：「原來是蘭花小姐，請進來！」

6 原杉大郎

木蘭花跨了進去，那女店員帶她來到了店堂後面，在骯髒的牆上，按了一個掣，一個殘破的木櫃向旁移了開去。

木櫃移開，竟是一架小小的升降機，那女店員道：「大庭先生在二樓，他早在恭候你了，請小姐上去。」

木蘭花踏進了升降機，按下了掣，那木櫃移上，升降機也向上升去，升降機幾乎是立時停止的，接著，門便打了開來。

木蘭花向外望了一眼，便不禁一呆，那是一間美麗舒適之極的辦公室！

而從這幢屋子的外表來看，絕想不到在那樣普通的房子之中，會有著如此華美的辦公室，大庭龍男正坐在一張辦公桌之後，一見木蘭花，便站了起來。

木蘭花向前走去，道：「你這裡不錯啊。」

「這裡是秘密的辦公室，」大庭回答，「即使是日本政府的高級官員也不知道它的存在，你是第一個踏入此處的外國人！」

木蘭花立時問：「你問了威勒麼？」

「問了，威勒供稱，他在買醉時，有人以五萬日圓的價錢請他去和人打架，他照做了，也已得到了那筆錢，他甚至不知道對方是誰！」

「也不知叫他去和人打架的是誰？」

「他不知道，但是他記得那人的樣子，我們拿相片給他認，他認了出來，那人也是原杉大郎的手下！」大庭將一張相片放在木蘭花面前。

木蘭花看了一眼，相片上的人一望便知是個小流氓。

「好了，」木蘭花再問道：「原杉大郎是什麼人？」

「他是一個身分十分特殊的人物，戰時他是少壯派的軍人，他的軍銜是大佐，曾任駐德使館武官多年，戰後，他僥倖逃過了戰犯審判，回到了東京，不久便成為銀座極有勢力的人物，警方找不到他的什麼差錯，但是他顯然控制著很多人。」

「他很有錢？」

「是的，單在日本銀行中便有巨額存款，我們不能懷疑他存款的來源，因為他有兩家規模十分巨大的進出口公司，是專進口重型機器的。」

木蘭花來回地踱著，大庭則沉重地望著她。

木蘭花來回踱了兩三分鐘，才停了下來，道：「大庭，現在問題已十分明白了，這個原杉大郎，就是——」

木蘭花的話還未曾講完，大庭龍男已經搖著手道：「蘭花師姐，關於原杉大郎這個人，千萬不能下太草率的結論！」

木蘭花望著大庭，大庭的神色十分尷尬，他勉強笑著道：「蘭花師姐，我的意思是，原杉在軍、政、警界的勢力十分雄厚，我們如果沒有確鑿的證據，這和對付馬戲團不同，到時，我們可能連道歉的機會也沒有了！」

木蘭花冷冷地道：「我們何必向他道歉？」

大庭苦笑著道：「我是說——」

「你是以為我懷疑原杉大郎的理由不充分，是不是？」

大庭頓了一頓，道：「是，我是那樣想，就算他是主使人，要威勒和人打一架，那……那實在也證明不了什麼的。」

「可是，那一架卻使威勒入了獄，而當晚，另一個『威勒』卻出現在我們的面前，引我們作出了錯誤的判斷，去包圍馬戲團！」

木蘭花有點激動，因為像包圍馬戲團那樣的錯誤，她是不常犯的，而她上了那樣的一個大當，自然令她十分氣憤。

大庭呆了半晌，道：「蘭花師姐，你是說，那個威勒來找你們，根本只是一個圈套？是引我們作錯誤的決定，去鬧一個大笑話？」

「是的，現在我們不妨回想一下，威勒是一個要在公眾面前露面的人，如果他要來警告我們，怎可能不進行任何化裝？」

「那麼，派這個威勒來的人，又怎知道我們曾到過馬戲團，曾見過威勒？」大庭仍然不明白地問著木蘭花。

木蘭花一字一頓，道：「那只說明一點：我們一下機，就有人跟蹤我們，我們到哪裡，就有人知道。大庭，你也跟蹤過我，你可以知道我在馬戲團中，原杉大郎為什麼不能？他知道我們看過馬戲，對威勒有印象，才佈下了這一局，存心要我們出醜的！」

「那麼，」大庭遲疑著道：「對他有什麼好處呢？」

「可以阻延我們工作進行的時間，你別忘了，他給的限期，只不過是五天！而且，還可以打擊你的工作威信，使你的工作難以展開！」

大庭還在遲疑著，突然，他案上的一個紅色的電話響了起來。大庭的面色微微一變，道：「那是防衛廳最高長官的電話！」

他一面說，一面拿起了電話來。

只聽得他不斷地道：「是，是，我們的確是鹵莽了一些，但是我們也由此獲得了新線索，什麼？噢，是，是，我知道了，是！」

木蘭花不知道大庭和對方在說些什麼，但是那一定是令大庭感到十分意外的事，所以大庭的那一下「什麼」，聲音才會如此之尖銳。

木蘭花看著大庭放下了電話，慢慢地轉過身來，他的臉色十分之難看。

木蘭花沉聲道：「可是有什麼不幸的消息了？」

大庭苦笑了一下，道：「不幸之至，馬戲團的團長已經決定招待報界，將我們包圍、搜查的情形向報界公佈，防衛廳最高長官說，這件事一定會引起報界的竭力攻擊，成為貽笑國際的笑柄，他責怪我濫用權力，並且說，有關富士山事件，在高級官員會議有所決定之前，不要我再多管，他要我休息一段時間！」

木蘭花靜靜地聽著，等大庭講完，她才道：「那麼，你有什麼打算呢？」

「我？我還有什麼辦法？」

「大庭！」木蘭花正色道：「兒島師父不單是傳授我們空手道和柔道的功夫，他也一定曾教你如何做人，他最愛講的一句話是什麼？」

大庭龍男道：「他老人家常說，在最困難的時候，才分得出誰是勇敢的人，和誰是不堪一擊的懦夫！」

木蘭花一字一頓道：「好，那你是準備做懦夫了？」

大庭本來已托著頭，坐在沙發上了，一聽得木蘭花那樣講法，立時一躍而起，道：「師姐，多謝你提醒了我！」

木蘭花道：「你是受公職的，當然你不能違反上司的命令，但是事實上，你已掌握到了線索，你可以為你的國家除去一個大害，你怎能去休息？」

大庭不由自主額上冒著汗，他抹了一下，道：「蘭花師姐，剛才防衛廳長官說，我的職務已由我的副手暫時接管，我將不能調動手下的人了。」

「不要緊，有你，有我，還有秀珍，我們有三個人，而我們要對付的，只不過是原杉大郎一個人而已！」木蘭花樂觀地說。

大庭沉聲道：「你的意思是，我們進行秘密偵察？」

「是的，我們去發現秘密飛彈發射台加以毀壞，大庭，你現在明白對方為什麼佈下這個圈套了吧？這個圈套，能令得整個偵察工作癱瘓，能令你『休息』，而你一不握實權，我自然也起不了作用，那實在是一個巧妙之極的圈套，不幸我們竟上了當！」

大庭道：「我想原杉一定料不到我們會繼續進行的！」

木蘭花道：「正要他不知道，大庭，你可知道他的住址麼？」

「在他的住所，只怕找不到他，他的住宅，在東京就有五處之多，也不知道他究竟在什麼地方，他有三架私人直升機——」大庭講到這裡，陡地停了一停，才道：「他的圈套，其實也有漏洞，只不過我們未曾想到而已，你想，馬戲團中的人，怎會有直升機？」

木蘭花道：「不是沒有想到，你也曾提出來過，但是卻被我否定了，當時，我只認出了那人是威勒，便認為一切迎刃而解了！」

大庭來回地踱著，木蘭花望著窗外，道：「給我一具無線電波示蹤器，要遠距離的！」

大庭拉開抽屜，取出了一個胸針，道：「你佩上這個，四十公里之內，我們可以清楚地知道你在何處。」

木蘭花將那胸針扣上，道：「我有門路去找原杉，你跟蹤著我，在我未到目的地之前，你千萬不要露面！」

大庭十分驚訝，道：「你？你能找到他？」

「我試試。」木蘭花回答著，「我先走了。」

大庭在木蘭花要跨進升降機時，突然叫了她一聲，木蘭花停了下來，大庭來到她身前，道：「蘭花師姐，你千萬小心！」

木蘭花聽得出大庭在對自己囑咐時的關切之情，而她的心中，這時也十分快尉，她是知道日本人服從長官的傳統性的，但這時，大庭居然聽從了她的話，繼續去偵察那件事，這令得木蘭花感到她對大庭有一種責任，一定要幫助他辦好這件事，使他在上級之前獲得更好的信譽。

是以她不但點著頭，而且道：「大庭，我會盡可能和你聯絡的，你不妨向你的長官說，你要到琵琶湖邊去休息幾天。」

大庭苦笑著，和木蘭花緊握了一下手。

在走出那間售貝殼的店之後，木蘭花看了看手錶，已是中午十二時了。

從昨天晚上起，她根本沒有機會休息過，當她想到她到日本的目的原是休養之際，連她自己也不禁覺得好笑！

她沿街走著，隨便進了一家小吃店，吃了一些食物，然後，她又到了銀座區，來到了銀座後街，問明了「黑珍珠」酒吧的所在，向前走去。

她在離開「黑珍珠」酒吧還有十多碼的時候，便看到了那老闆娘所說的那輛奶白色汽車，同時，也看到汽車中坐著兩名男子。

木蘭花略停了一停，裝著若無其事地向前走去，而當她來到了那輛奶白色車子旁邊之際，突然停住了身子，用極快的手法拉開了車門。

車中那兩個男子陡地一震，靠近木蘭花的那一個，身子一矮，立時竄了出來，伸手向木蘭花的肩頭便抓了下來！

但是木蘭花早已有了準備，那人手一抓到，她身子一閃，那人便抓了一個空，而木蘭花已閃到了他的身側，一伸手，抓住了那人的手腕！

她一抓住了那人的手腕，便立時身子一轉，手臂用力向上一抖。那從汽車中撲出來的漢子，是一個彪形大漢，體重至少在一百八十磅以上。

但是木蘭花的身子一轉，手臂一抖間，用的勁都是十分巧妙，將那人的身子直拋了起來，越過了車頂，跌到了車子的另一邊。

而這時候，恰好另外一人從車子的另一邊鑽了出來，冷不防一個人越過車頂壓了下來，正壓在他的身上！

兩人一齊發出了一聲怪叫，滾跌在地，而木蘭花的手在車窗上一按，身子飛了起來，也越過了車頂。

她在落下去的時候，膝蓋在剛才被她拋去的那人的後腦上，重重地頂了一下，那人悶哼一聲，立時昏了過去，滾跌在一旁，攤開雙手，一動也不動了。

另一人想要趁機站起來，可是他的動作怎比得上木蘭花的快捷，木蘭花立時伸腳，踏住了他胸口近咽喉的部位。

那人雙手抓住了木蘭花的腳，想將木蘭花的腳抬了起來，可是木蘭花的腳非但不曾移開，反倒向下踏的力道越來越大，令得那人怪聲叫了起來。

木蘭花冷冷地道：「等你叫夠了，我再和你講正經的。」

這時候，周圍已經圍了不少人在看熱鬧，木蘭花揮著手道：「各位，誰再不走，我就向原杉大郎說，我是你們的同黨！」

看熱鬧的人一聽得木蘭花這樣講，無不魂飛魄散，立時散了開去，因為他們全知道那兩人是原杉大郎的手下，木蘭花打了他們，可以說是闖了大禍，如果他們之中，誰被認為是木蘭花同黨的話，那原杉大郎怎肯放過他們？自然沒有人再敢留下了！

而被木蘭花踏住胸口的人，這時也不叫了，他只是喘著氣，道：「你，你有什麼話，只管說，哎喲，你……快鬆開腳。」

木蘭花冷冷地道：「上車去！」她一面說，一面縮回了腳來。

那大漢身手也十分不凡，木蘭花才一縮回腳來，他身子突然一挺，雙手在地上一按，雙腳疾飛了起來，踹木蘭花的面門！

木蘭花的身子陡地向後一仰，那大漢兩隻腳踹向前來，勢子已近，仍未能踹中木蘭花，反被木蘭花伸雙手抓住了他的足踝！

木蘭花一抓住了他的足踝，身子跟著旋轉，將那人直提了起來，滴溜溜地打轉，那人又殺豬也似的叫了起來，道：「饒命！饒命！」

他的身子在急速地轉著，在那樣的情形下，木蘭花不論將他的頭撞向何處，唯一的結果，便是他的腦袋破裂，是以他才不顧一切叫了起來的。

木蘭花冷笑一聲，轉勢略慢，雙手一鬆，那人的身子由於離心力的作用，在木蘭花雙手一鬆之後，立時平平向外飛了出去！

但那人仍不失為十分機靈，他在身子飛出去之際，將身子縮成了一團，好在他離地不是十分高，身子縮成了一團之後，一落地，骨碌碌地向外滾了幾下，立時便彈了起來，當他站直了身子的時候，是背對著木蘭花的，離木蘭花大約有五六碼。

而木蘭花早在他滾出之前，便有了準備，身形向前疾撲而出，撲到了他的身後，一掌繞過了他的身子，拍向那人的右腕，同時叫道：「將槍給我！」

那人的身手也算得是敏捷無比的了，他在那樣的情形之下向外跌出，立刻彈起身子，還能在剎那間握了槍在手。

本來，他只要一轉過身來，便立時可以制住木蘭花的了！可是木蘭花的動作卻比他更快，而且，處處都料到了他的動作是什麼！

這時，木蘭花自他身後攻出的那一掌，正砍在那人的手腕之上，那人五指一鬆，槍已掉了下來，木蘭花手腕向下一沉，剛好接住了那柄槍，她手臂一縮，槍已抵住了那人的脅下，又道：「上車去，再聽我的命令行事！」

那人吸了一口氣，身子慢慢地轉了過來。

木蘭花打橫跨出了兩步，手中的槍仍然對準了他。

那人望了木蘭花一眼，道：「如果你是木蘭花小姐，那麼，我敗在你的手下，也是理所當然的事情了。」

「不錯，我是木蘭花。」木蘭花立時回答。

那人已經料到對方可能是木蘭花了，剎那之間，那人的面色變得難看到了極點！

木蘭花一字一頓，道：「上車去！」

這一次，那人不再反抗，上了汽車，坐在司機位上，他回頭向路上看了一眼，他的同伴仍然扎手扎腳，躺在路上，昏迷不醒。

木蘭花也上了車，坐在後面，冷冷地道：「開車。」

那人問道：「到……哪裡去？」

木蘭花厲聲道：「開車！記得，每一個命令，我只說一次，如果你不用心聽，而要再問的話，那是你自討沒趣！」

那人不敢再說什麼，悶哼一聲，踏下油門，車子便向前疾駛了出去，車子駛出了五分鐘之久，木蘭花才道：「帶我去見原杉大郎！」

那人立時踏下了車掣，車子發出了一下難聽的尖叫聲，突然停了下來。

他轉過頭來，想講些什麼，可是他在一轉過頭來之後，卻立時看到烏黑的槍口距離他雙眼之間的要害，只不過半吋！

他「颼」地吸了一口涼氣，又轉回頭去。

木蘭花沉聲道：「快開車！」

那個人的聲音極之苦澀，道：「小姐，那是我無法做得到的事，我根本不知道原杉先生在什麼地方，我只是一個不足輕重的小卒！」

木蘭花冷笑著道：「閣下不必太謙虛了，你的身手已經證明你是原杉大郎手下的大將了，而且，還有一點，你猜到我是木蘭花，我到日本來，只有少數人知道，也只有像原杉那樣準備做壞事的人才會注意，你一定曾參與原杉設計的圈套，所以你知道我是誰，如果在十分鐘之內，你不能帶我去見原杉的話，那麼你就變成一具屍體了，朋友！」

木蘭花的話，說來陰森森、冷冰冰地，令人聽了不寒而慄。

那人喘著氣道：「十分鐘，那是不可能的！」

限那人「十分鐘」之內帶她去見原杉，也是木蘭花的妙計，而那人在不知不覺之間果然中了計！

木蘭花立時道：「好，那就限你一小時，你別再推說不知道原杉在什麼地方了，你如果不知他在什麼地方，怎能立即算出十分鐘不可能見到他？」

那人沒有法子再推搪下去了，他嗯嗯啊啊地發著聲，看來像是正在等待著什麼，木蘭花緩緩地扳下了手槍的保險掣，發出了「喀啦」一聲響。

那人的身子震了一震，但仍然僵坐不動。

木蘭花還想再恐嚇他時，只聽得車子中，突然傳來了一個聲音，道：「三井，大佐吩咐你帶木蘭花來見他，你做得很好！」

那聲音才一傳入木蘭花的耳中之際，她也是一呆。但是，聽到了最後一句話時，她已經明白那是什麼緣故了，那自然是對方在開車時，按下了無線電通訊儀的掣，是以他們的對話，原杉都已聽到了。

木蘭花只是冷笑一聲，她的目的是要見原杉大郎，不論在什麼情形下見到原杉大郎，都是無關重要的，何況此際，她還是一直佔著上風！

那人又吸了一口氣，道：「蘭花小姐，現在我們可以去了，我只有接到了命令之後，才敢行事，不敢妄自決定的。」

木蘭花冷笑了一聲，道：「看來原杉大郎管理他的屬下，定下的規矩，十分之嚴格啊，他不像是在經商，倒像是在軍隊之中！」

那人不出聲，他的駕駛術十分好，車子在擁擠的路上，也行進得十分快，約在二十分鐘之後，便駛到了一個高級住宅區之中。

在那一個區域中，又轉了幾個彎，車子駛進兩扇刻著十分精緻花紋的木門，一進門，車子便繞著一個小湖向前駛去。

那是一個十分大的花園，在東京的住宅區中，擁有那樣的一個花園，那是極為豪闊的事，木蘭花估計那小湖有一畝半以上。

湖邊的路，全是鵝卵石鋪成的，車子在駛離了小湖之後，停在一幢十分宏大，純日本式的房子之前。在那房子之前，有著兩株十分蒼勁的黑松。

車子才一停下，便看到兩個人從屋中走了出來，來到了車邊，十分恭敬地道：「請！木蘭花小姐。」

木蘭花跨出了車子，故意用十分巧妙的手法，拋玩著手中的手槍。但是，那兩個人卻視若無睹，只是彎著身，道：「請！」

然後，他們便自顧自轉過身，向前走去。

木蘭花口角帶著冷笑，跟在那兩個人的後面，她跨進了大堂，大堂中的光線十分陰暗，那大堂絕不是用來招待客人的，因為正中供著天照大神十分巨大的塑像，塑像前，香煙繚繞，氣氛肅穆，看來倒像是一座廟的廟堂。

木蘭花跟著那兩人，從神像左側的一扇門走了出去，走出了門，看到一個十分大的天井，天井一角，堆著十分精巧的假山。而假山之下，則是一個池水清澈的水池，有十幾尾名種金魚，在水中翻著觔斗。

過了那個天井，又是一個廳堂，廳堂的陳設，在雅潔中透著華貴，到了這裡，使人有遠離市囂之感，覺得十分幽靜。而那房子十分深，看起來，一進又一進，不知道有多少房間，那兩個人繼續在向前走著，木蘭花也仍然跟在後面。

出了那廳堂，是一條走廊，走廊的一邊是花園，另一邊則是房間，他們在走廊中走了十來碼，那兩人才站定了身子。

只聽得他們躬身道：「大佐，客人來了。」

自紙門中傳來一個濃重的聲音，道：「請進來！」

那兩個人中的一個移開了門，另一個則向木蘭花作了一個請進的姿勢，木蘭花踏前兩步，來到了門口，向內望去，她看到一個坐在榻榻米上的中年人，也抬起頭來，向她望來，那中年人戴著一副黑邊眼鏡，穿著一件深棕色的和服。

在他的面前，是一個黑漆的長案，案上放著一大疊線裝書。還有一方墨硯，那中年人的手中正握著一管毛筆，看樣子他是在一面看書，一面批注。

木蘭花看到了這樣的情形，不禁呆了一呆。

她要來見的人，是一個軍人，是一個黑社會的頭子，而且還有可能，是用飛彈引爆火山，勒索罪案記錄的罪犯！但這時出現在她面前的，卻是一個十分儒雅，一望而知是極有學問的人，和她想像中的原杉大郎，似乎一點也扯不上關係！

木蘭花道：「我要見原杉大郎！」

那中年人放下了毛筆，也脫下了眼鏡，揚了揚濃眉，道：「我就是原杉大郎，你是木蘭花小姐？我和令師兒島強介倒是認識！」

木蘭花立即道：「原來閣下認識兒島恩師，那我們就更容易說話了。」

「請進，請坐！」原杉大郎的說話甚是文雅，「兒島兄有你這樣一位弟子，可以揚名世界，真是再好也沒有了，令我們也代他歡喜，木蘭花小姐你要來見我，究竟是為了什麼？看在兒島兄的份上，我一定可以答應的。」

木蘭花心中急速地轉著念頭，對方分明是一個臭名昭彰的黑社會頭子，但是偏偏外表上看來，卻又像是大儒一樣，而且，他又在軍政界有著十分深厚的勢力，他自然是一個極難對付的人，自己應該如何開口才好呢？

正在這時候，一個僕人捧著茶盤走了進來，木蘭花端起了茶，緩緩地喝著，趁這個機會，她迅速地轉著念頭，然後，放下了茶杯。

「怎麼樣？」原杉又問。

「原杉先生，我想冒昧請你放棄你的計劃。」木蘭花決定開門見山，是以她直截了當地要求著對方。

「我的什麼計劃，小姐。」

「你的讓富士山爆發，以威脅貴國政府，勒索一千一百萬英鎊的計劃，原杉先生！」木蘭花說著，一方面注意著原杉的動靜。

原杉揚起了他左面的眉毛，道：「對不起，小姐，我不明白你在說些什麼？令得富士山爆發？如果我未曾聽錯，那是什麼意思？」

木蘭花冷笑著，道：「如果閣下竟然沒有誠意到這一地步的話，那麼，我想我們的談話，也應該到此為止了！」

木蘭花陡地站起身來，原杉搖著頭，道：「你太衝動了，我實在不明白你在說些什麼，小姐，你至少要使我明白你的話，是不是？」

木蘭花吸了一口氣，她已經明白了一點，那便是：她面對著的，是一個老狐狸，是她從來也未曾遇到過的一個老奸巨滑！

木蘭花向後退了一步，以便隨時可以退出去，她冷冷地道：「你為什麼派你的手下，故意和威勒吵架，使他入獄？」

原杉搖著頭道：「這更使我不明白了，威勒又是什麼人？你得原諒我，我管理許多事業，隸屬我手下的人有一千名以上，我無法負責他們每一個人的行動，威勒可是你的朋友？他入獄了？我有最好的律師，可以使他自獄中出來的！」

原杉的狡猾，令得木蘭花火向上衝。但是，在木蘭花忍不住要大聲向他中斥的那一剎間，原杉大郎面上浮起的那種狡猾的笑容，卻令得木蘭花受到了啟發！

木蘭花在那一剎間想到：自己面對的敵人既然是如此之狡猾，那麼，自己就必須比他更狡猾，才能夠戰勝他！如果自己竟然沉不住氣，而發起火來，那麼更要吃虧了！

當她想到了這一點之際，她已經強自遏制了心頭的怒火，在她的臉上，也浮起了笑容來。她知道，她在這裡，已經停留了不少時間，只要再停留一會，一直跟蹤著她的大庭，一定也可以到達了，這裡或許不是原杉的總巢穴，但是至少可以在這裡開始監視著原杉，如今就和他正面衝突，是沒有好處的。

木蘭花一面笑著，一面道：「原來是那樣，那我錯怪閣下了，或許，那計劃也不是閣下的主意，那我要告辭了。」

她並不轉過身去，只是背向著門口退了出去。可是，她才退到門口，卻聽得「刷」地一聲響，背後的門已自動移上了。木蘭花呆了一呆，但是隨即冷笑了起來。

日本式的屋子，門窗全是木格糊上紙的，木蘭花心想，這能阻礙住我麼？她反手戳破了棉紙，抓住了木格，用力一拗。在她的估計之中，這一拗，至少可以折斷好幾格木格，她也可以毫無困難地離開這一間房間的了。

可是，在她用力一拗之下，那些木格卻一動不動！木蘭花立時知道，那不是木製的，而是鐵製的！看來所有屋子的門窗全是鐵的，只不過漆上了和木紋一樣的油漆而已，木蘭花一用力未能折斷木格，連忙踏前一步。

在她踏前一步的同時，她的右手揚起，用槍對準了原杉，只見原杉的面上，依然帶著那狡猾的笑容，突然，他所坐的地方，冉冉向下沉去！

木蘭花厲聲喝道：「停止，我開槍了！」

但是原杉的身子仍在向下沉去，木蘭花立時向著原杉，連扳動了兩下槍機，射了兩槍。

以木蘭花的射擊技術而論，在那麼近的距離之下，她實是沒有可能射不中對方的！但是，她卻沒有射中原杉！子彈在原杉大郎面前兩三呎處便彈了開去。

直到此際，木蘭花才知道，在原杉的身前，有一面防彈玻璃，她和原杉之間，始終隔著那層玻璃，所以原杉才有恃無恐的！

而在她射了兩槍之後，原杉大郎的身子也隱沒了，地板彈了上來，等木蘭花轉過去查看時，幾乎一點痕跡也找不出來。

7 地下工廠

木蘭花立時奔到兩扇窗前，果然，所有的木格全是鐵的，而且窗子也都無法移開，木蘭花撕去了門上的紙，向外看去。

外面並沒有人，小方格只有四吋見方，她只好勉強伸出手去，她是無法從那小方格中鑽出去的，她大聲呼叫著，可是沒有人回答她。

過了兩三分鐘，她聽得一陣汽車聲，自近而遠離了開去，那可能是原杉大郎和他手下的人拋下她走了！他們要將她困在這裡，不理她的死活！

木蘭花在長案上坐了下來，她的心中並不著急，因為大庭在跟蹤著她，而且，自她的鞋底中，可以抽出六根鋼鋸的鋸條來。只要花些工夫，脫身是沒有問題的。

她現在要弄明白的是，原杉是不是真的走了！

她想了一想，便掀起了榻榻米，將耳朵附在地板上，她耳朵緊貼的地方，就是剛才原杉大郎沉下去的所在。

一開始的時候，木蘭花什麼聲音也聽不到，就像在那地板的下面，根本沒有什麼機關一樣，但是木蘭花仍然用心傾聽下去。

當她伏在地上，耳朵緊貼在地板上，大約一分鐘之後，她因為集中精神的緣故，開始聽到了很多聲音，那些聲音都是很輕微的，但是還可以辨別出來，那究竟是什麼聲音。

木蘭花聽到金屬的錘擊聲，那種錘擊聲帶起一種迴響來。木蘭花本是對各種常識都異常豐富的人，尤其是工業知識。是以她一聽到那種帶有迴響的錘擊聲，她就可以知道，那是一噸以上的汽錘所發出的聲響，木蘭花的心中，實在驚訝不止。因為一般說來，只有極大規模的工廠，才會使用到這種大型的汽錘來工作的！

木蘭花也聽到一種迅速的摩擦聲，那種摩擦聲一下又一下地傳來，每一下摩擦聲持續的時間，不會超過一秒鐘，木蘭花起先還弄不明白那是什麼聲音，但是在傾聽了十來下之後，她心頭不禁怦怦亂跳了起來，她認出那是速度極高的單軌車的聲音！

單軌車在單軌上迅速地滑過，產生出的那樣的摩擦聲來。在大工廠之中，這種單軌車是作為運輸原料或是成品之用的！

木蘭花當然還聽到了其他許多聲音，有更多的聲音是不可分辨的，但是，從可以分辨的聲音來分析，卻是每一種聲音都和一座巨大的工廠分不開！而這些聲音，卻全是從地板下面傳來的！

雖然想起來有些匪夷所思，但是毫無疑問，那是事實：在地板之下，是一個秘密的、龐大之極的地下工廠！

木蘭花也立刻聯想到，那一定是製造或是裝配飛彈的所在，而更可能的是，這裡，也正是自己所要尋找的飛彈發射地！

木蘭花一想到了這點，不禁深深地吸了一口氣！

當原杉大郎才一隱去，而她發覺自己被囚禁起來之際，她所想到的，自然是自己如何才可以脫出囚禁離開這裡。但是現在，她卻不想離開這裡了，她想要切切實實弄明白，在這所看來是如此幽靜的古宅之下，究竟有什麼事在進行著！

她迅速地掀起了好幾塊榻榻米，想在地板上尋出隙縫，進一步發現暗道，可以使她通到地板下面去。但是，地板上雖然有些隙縫，卻極為嚴密，而且木蘭花也立即發現，地板看來雖然是木頭的，但實際上也是油漆上了木紋的鋼板。

木蘭花緊蹙著雙眉，她在想：大庭龍男什麼時候可以到呢？但即使大庭龍男到了，他大約也只會發現一所空宅，或者受到原杉大郎禮貌的接待。自己有什麼法子可以和他聯絡，告訴他自己已經有了如此驚人的發現呢？

木蘭花苦笑了一下，她知道，她不能等大庭龍男來了才開始行動，她必須先開始行動，雖然只是獨自一個人，也要開始行動了！

她略想了一想，便學著剛才原杉大郎的樣子，坐在那長案之前，原杉大郎剛才就是那樣坐著，而突然間下沉了下去的。

那麼，使原杉大郎突然沉下去的機關掣鈕，是不是就在他坐著伸手可及的地方呢？木蘭花開始仔細地審視著一切。

但是不久，她便失望了，她發覺在伸手可及的地方，並沒有可供控制的掣鈕，而她也明白，這裡的機關裝置，一定全是無線電控制的，控制儀自然是在原杉大郎的身上，而自己沒有控制儀，是進不了那機關的入口處的。

木蘭花知道要和原杉大郎一樣，自機關中隱沒是不可能的了，一條路走不通，她立時想第二個辦法，她知道，如果在大宅底下，確實有一個極其龐大的秘密工廠的話，那麼這個工廠一定有許多人，出入的通道也不止一個。

而且，人是要呼吸的，這個秘密工廠一定有著十分龐大的空氣流通系統，在地面上是一定有蹤跡可尋的，那麼，當前要務，便是先離開這間房間，仔細地在這所大宅別的地方去找尋通向地底秘密工廠的通道！

木蘭花立刻從鞋跟之中，抽出了一根鋸條來。

那一根鋸條，看來比鉛筆芯粗不了多少，但是它卻有著緊密的鋸齒，而且鋸齒上是鑲嵌著金剛砂的，它可以鋸動十分堅硬的合金鋼。

木蘭花一面鋸著門上的鋼格，一面打量著外面的情形。

從表面上看來，那座大宅的園子，極其幽靜。它是純日本式的，有一道人工的小溪，在園中曲曲折折地流著，溪水不深，在溪底，全是五色的鵝卵石，要使人將那麼美麗的一個花園，和花園下面的秘密工廠聯想起來，自然是一件十分不容易的事情。

木蘭花花了二十分鐘，換了三根鋸條，她已鋸斷了六格鋼格，有一個呎半見方的洞，足夠她鑽出去的了。

木蘭花一出了那間房間，立即奔出了七八碼，在一個石亭下停了一停。那種石亭，是日本園林不可或缺的裝飾物，它是用麻石雕成的，大概有半個人高。

木蘭花來到了那石亭之旁，蹲下身來，她的目的，是唯恐花園中有人發現了自己的逃出，是以藉那石亭掩蓋一下的。

可是，她才在石亭之旁蹲了下來，便突然聽得自那石亭中，傳出了一陣均勻的「呼呼」聲來。木蘭花陡地一呆，伸手進去探了探。

她的手掌上，立時感到了一陣涼風！那是一個通氣管！

木蘭花本來就料到，在整座花園之中，一定密佈著通氣管和出入口的，但是她卻也未曾料到，自己才一出來，就發現了其中的一個！

那個通氣管被隱藏得如此之巧妙，它隱藏在每一個日本花園都有的石亭中，如果不是木蘭花湊巧蹲在那石亭之旁的話，她也不會想到的！

木蘭花探頭仔細看去，同時用手探摸著，她發現那石亭的頂部，是可以旋轉的，她小心翼翼將之旋了下來。

石亭的頂部十分沉重，當木蘭花捧起沉重的石頂之際，她看到了徑有兩呎的一根管子，自那根管子中，勁風「颼颼」地吹了出來。

木蘭花一看到那根管子可以容一個人鑽下去，她便沒有多考慮，便已決定從那根管子中向下爬去！

木蘭花是一個行事迅速有決斷的人，但是她卻決計不是行事鹵莽的人，是以她在下去之前，先拔了一棵草，自那管中拋了下去。

她立時側耳細聽，她聽得那棵草在跌下了約十呎之後，傳來了一陣「刷刷」聲，顯然是草的下落，被什麼東西所阻擋了。木蘭花甚至可以肯定，那阻止去路的，一定是一柄強力的抽氣扇，也就是說，她如果要自那管子中下去的話，一定要通過這個障礙。

木蘭花已瞭解到了管子中的情形，她不再耽擱，一縱身，便進了那管子中，她雙腿撐在管壁中，使自己的身子不致於疾滑下去。

她的上半身仍然在管子之外，她彎身用力捧起了那石頂來，然後，身子扭動著，仍然撐著石壁，慢慢地向下落去。

那是一件十分困難的事，困難不但在於她必須緩緩落下去，而且，她還頂著那至少一百磅重的石頂！如果控制不住，身子向下直落下去的話，那麼她的雙足落在強力抽氣扇之上，一定會受到極嚴重的傷害了！

木蘭花緊緊地咬著牙關，她全身的神經，都緊張得如同繃緊了的弓弦一樣，她的每一分力都用了出來，她的背脊上已經汗出如漿。

木蘭花經歷過許多艱險的事，但是從來沒有一次像如今那樣艱苦的。等到石頂落在石亭上，她的身子已完全進入那管子中時，她才得以騰出雙手來，支撐在管壁上。

那令得她的負擔減輕了不少，自然使得她鬆了一口氣！

可是那管子卻是一個出氣孔，她這時身在管子之中，等於是處在一個極其強勁的風口之中一樣，她必須閉住氣，十分緩慢地進行呼吸。而且，她是腳在下，頭在上的，而她要從那通氣管進入地下，她必須先對付管口的那個抽氣扇，她自然是不能用雙足來對付那抽氣扇的。

那也就是說，她必須掉轉頭來。

要在兩呎直徑的管子中擰轉身來，由頭上腳下而變得頭下腳上的話，那實在不是一件容易的事情！

木蘭花先縮起了身子，雙肘用力撐在管壁上，然後，她雙足在管壁上慢慢地上移，她全身的每一部分，只要是碰到管壁都使上了力量，支持著她的身子，使得她的身子在運動之中，不致於在管子之中跌了下去！

她終於成功地翻轉了身，她這時，頭已向下了，她依靠雙足撐在管壁上支持著身子，雙手也可以勉強工作了。但這時，勁風迎面撲來，不但令得她的呼吸困難，而且令得她雙眼幾乎睜不開來。

木蘭花的雙眼復原並不太久，她到日本來，本來就是為了休養雙眼而來的！可是此際，她的雙眼卻受著如此強烈的勁風的吹襲，她只覺得雙眼一陣陣地刺痛，不由自主間，淚水不斷地湧了出來。

淚水使她雙眼的刺痛減輕，但是卻也使她的視線模糊！木蘭花閉上了眼睛一會兒，她取出一支小電筒來，按亮了咬在口中，然後，她再勉力睜開了眼來。

藉著小電筒所發出的光芒，她看到，在離她面部只不過三呎處，是一面在極其迅速旋轉著的抽氣扇！

那是她早已料到的了，這是她第一個障礙，在通過了這個障礙之後，還會有什麼困難，她根本不知道，而目前，她必須先對付抽氣扇！

抽氣扇的直徑足有兩呎，如果要拆掉它，首先自然是要使它停下來，抽氣扇一停，勁風自然也會停止，那麼木蘭花的處境也會好許多了！

木蘭花的右腳在管壁上擦了一下，她腳上的鞋子立時向下落了下去，落到了迅速在轉動的抽氣扇之上，又立時彈了起來。

鞋子彈起了兩三呎高時，木蘭花一伸手將之接住。

她的身子又慢慢地向下沉了呎許，她的鞋子，鞋底上有一條兩吋來闊，極其堅硬的鋼片，如果用來阻止抽氣扇旋轉的話，是足可勝任的。

她緩緩地吸了一口氣，用力將鞋子向下按去，等到抽氣扇的風葉轉得慢了些時，她將鞋子用力插進了兩片風葉之中的空隙。

抽氣扇仍然轉了幾下，發出「卡卡卡」的聲音來。然後，它便停止了。

由於它是硬被卡停的，是以在它的軸中，立時發出一陣嗡嗡的聲音來。木蘭花知道自己的動作必須快，因為抽氣扇硬被制住了不轉，電壓會迅速升高，不消多久，就會燒壞軸心中的線圈，會發出異味和導致跳電，那麼對方就會發覺了。

她的身子再向下一沉，仍然用口咬著小電筒，用一柄小螺絲鉗，將軸心和風葉連結的部分弄鬆，將三片風葉次第拆了下來。

她只不過用了兩三分鐘的時間，風葉一拆了下來，她已可以通行無阻了，而她聽得她那隻鞋子向下落去的聲音，「啪」地一聲，自下面五六呎處傳了上來。

木蘭花的身子迅速向下滑去，她向下滑了約有五呎，便到了一個轉彎處，而這時，她也已可以看到光亮了。

她拾起了那隻鞋子，鞋子已被抽氣扇的風葉絞得變了形，但是還勉強可以穿在腳上，她順著通氣管，向前面爬出去。

她只爬出了十多呎，便到了有亮光傳進來的一個「窗」口，「窗」口有鐵枝攔著，約有一呎高，兩呎寬，鐵枝相當疏，木蘭花可以透過鐵枝，清楚地看到外面的情形，她只看了一眼，便不禁整個人都為之呆住了！

她早已從聽到的聲音，以及巨大的通氣管，推測到地下有一個秘密工廠在，但是，她卻未曾想到，那工廠竟如此之大！

她首先看到的是一個極大的水泥台，在那水泥台之上，是一具巨大的「炮」，那當然不是「炮」，而是一具小型飛彈的發射台！

在那飛彈發射台之旁，有一座控制台，很多人在控制台之前忙碌地工作著，木蘭花也看到了在單軌車上的兩枚飛彈。

那兩枚飛彈和常人的身子差不多大小，被漆成十分奪目的彩色，木蘭花一時之間不能肯定它是不是附帶著核子分裂裝置的彈頭，但是，兩次火山爆發都是由這一類飛彈引起的，那是再無疑問的事了，由此也知這種飛彈一定具有極大的威力！

木蘭花伏在通氣管中，絕不怕有人發現她，她看了好一會，約略數了一下，在下面，至少有三五十個人。如果她跳下去的話，那一定是不容易討好的。

她已經發現了飛彈的發射地點，現在她所需要做的事，就是和大庭龍男連繫，以後的事，沒有她的幫助，大庭龍男和他的部下也足可以應付得了！

她要做的，是不動聲色地離開這裡，而絕不是現身去打草驚蛇！

她轉過身，又循著通氣管向上爬了上去。

向上爬上去，比爬下來之際不知方便了多少，不一會，她雙手已托住了石頂，只消將石頂托起，她就可以出來了。

可是，就在她雙手一用力，還未曾將石頂頂起來之際，她聽得一陣豪爽的笑聲，突然在石亭之旁傳了出來。

木蘭花立時聽出，那是原杉大郎的笑聲！

只聽得原杉大郎道：「大庭先生，我不明白你在說什麼？你說有一位小姐，叫木蘭花，來到了我這裡？」

接著，便是大庭龍男十分沉實的聲音，道：「是的！」

「大庭先生，我想你一定弄錯了，」原杉發出一陣豪笑，「如果她曾來到我這裡的話，那我一定已見到她了，可是我卻沒有見過這位小姐！」

木蘭花的心中暗罵了一聲：「好狡猾的東西！」這時，她的心中不禁躊躇起來，大庭龍男已經來了！大庭龍男自然是憑著跟蹤儀追蹤到這裡來的，木蘭花也知道他是久候自己，不見自己出現，才進來查問究竟的。

木蘭花早就預料到會有這樣的事發生，她也知道，大庭龍男的查問，一定不可能有結果，因為原杉是如此狡猾的一頭老狐狸！

木蘭花這時只消一用力，頂開石蓋，她便立時可以和大庭見面，揭穿原杉大郎的謊言了，可是，如果那樣的話，卻是一點好處也沒有！

現在，是在原杉大郎的勢力範圍之內，大庭的來到，一定使原杉大郎有了戒備，自己再從石亭中出來，那麼原杉大郎更立即可以知道他的秘密已經暴露了，那麼，他必然要用極端的方法來對付自己和大庭兩人的！

自己和大庭兩人的身手雖好，但也難敵他們人多！而如果自己和大庭兩人犧牲在此的話，雖然會引起日本政府的極大震動，但是也只有使日本政府更快地向原杉投降！

木蘭花立即決定，一定要先使大庭安然離去，她才和大庭見面。

木蘭花伏著不出聲，她聽得兩人的腳步聲漸漸地接近，又漸漸地遠去，大庭還在追問道：「原杉先生，我希望和你真誠相見！」

原杉一面笑著，一面道：「大庭先生，我得知你在政府方面的地位，是以我也願意和你合作，請相信我，在你的面前，我沒有不能公開的東西。」

大庭沉聲笑著，道：「閣下未免說得太好聽了吧！」

原杉道：「事實確然如此，如果閣下堅持木蘭花小姐在這裡，那麼我可以容許你在我的房子中，任意進行搜查！」

大庭呆了半晌，道：「好，既然如此，那我告辭了！」

原杉道：「對不起，如果那位木蘭花小姐來了，我一定告訴她，閣下來這裡找過她，要她盡快地和閣下聯絡。」

大庭龍男悶哼了聲。

木蘭花聽得他們兩人的腳步漸漸加快，顯然是已經離開園子了。木蘭花並不立時出來，她知道這時對她而言，實是危機密佈的！

原杉大郎一定已發現自己從那間房間中逃脫了，但是他可能不知道他的秘密已被發現，當然，對她的搜索，一定也已展開了。

木蘭花等了一分鐘，在腳步聲已完全聽不到之後，她才慢慢地將石頂頂了起來。她先將石頂起了一吋許，向外張望著。

園子中的一切，仍然和剛才並沒有什麼兩樣，木蘭花用力一推，將石頂推開，她身子一縱，立時從那氣管中穿了出來。

她身形蹲了一蹲，又等了幾秒鐘，沒有什麼動靜，才將石頂放回石亭之上，又向前奔出了七八碼，在一叢矮樹之前停了下來。

她在打量著，從什麼地方離開這宅子，才是最快捷和最安全的。她只不過四面約略打量了一下，便立時決定翻牆而走！

那圍牆曲曲折折，最近的一段，離她只不過三十碼，她只要衝過一座小橋，便可以直達圍牆之前了。而圍牆只不過十呎高，她可以很容易便翻牆而出，她就可以和大庭聯絡，一切也就不再成為問題了！

她吸了一口氣，迅速地向前奔去，轉眼之間，便來到了圍牆之下，她拋起了一股有鉤子的繩子，鉤住了牆頭，立時拉著繩子爬上牆頭，翻了過去。

她在牆頭上，向圍牆的那邊跳了下去。

圍牆的那邊，是一片碧綠的草地，那顯然是一個高爾夫球場，有幾個人正在打高爾夫球。木蘭花一站直了身子，立時向前奔去。

她奔到了最近的一個面前，不等那人開口，便立時道：「你不必驚恐，我是奉警方命令工作的人，你們對我的出現，必須保持秘密，如果你們不信我的身分，可以派一人跟我到警局去，證明我的身分。」

那人持著一根高爾夫球棍，靜靜地聽木蘭花講著。

在木蘭花講那幾句話的時候，另外有四五個正在打高爾夫球的人也圍了上來。木蘭花一講完，那人便道：「不必到警局去，我們知道你是誰。」

木蘭花陡地一呆。

自那人的臉上浮起了一重好奇來，道：「你是木蘭花，是不是？何必還要到警局中去求什麼證明呢？我們等你好久了！」

木蘭花在剛才陡地一呆之際，她已經知道不妙了！她立時一矮身，向那人撲了出去！

那人身形也十分靈敏，他立時揮動高爾夫球棒，向木蘭花的頭部擊了過來。木蘭花一伸手握住了球棒，用力一拉！

這時，在一旁的另外幾個人，也各自揮起球棒，向木蘭花撲了過來，木蘭花用力一拉，將那人拉了過來，一掌已砍在那人的頸際，用力一推，將那人推得向前直跌了出去，壓倒了兩個自前面攻過來的人。然後，她又陡地向身後揮出了她奪過來的球棒。

只聽得「啪啪」兩聲響，她揮出的球棒，和自她背後攻來的兩根球棒碰在一起，球棒都扭曲了，木蘭花連忙一鬆手，一躍而起，向前奔了出去！

圍牆之外在打高爾夫球的那些人，顯然也是原杉大郎手下的人！這一點，木蘭花事先未曾料到，如今，事已如此，她也不想久戰，而只想向前奔去，先擺脫了那些人再說。可是，當木蘭花向前奔出之際，她身後卻已有人追了上來。

不但她身後有人追來，而且，在前面的兩株大樹之下，也各有三四個人一齊迎了上來，轉眼之間便已將木蘭花圍住了！

一個賊眉賊眼的中年人，像是這幫人的領袖，只見他一臉奸笑，道：「木蘭花，你還是跟我們回去吧！」

木蘭花的身子，迅速地轉了一轉。

在一轉間，她看見圍在她身邊的，一共有九個人。而且，她也看到，在離草地兩百碼處，是一條公路，來往的車子雖然不多，但也不時有車子經過，只要她能走到公路上，這九個人便不敢公然行凶了！

而她如果要奪圍而出的話，她就必須要發動攻勢！

她身形站立不動，冷冷地道：「跟你回去？」

那中年人道：「是——」

他只講了一個字，木蘭花已經如同一頭黑豹一樣，向他直撲了過去，用極快的手法扭住了他的手腕，一個轉身，「呼」地一聲，將那人疾拋了起來。

那中年人的身子打橫向前飛去，「砰」地一聲響，就撞在那株大樹之上，看來已受了重傷，倒地不起了！

木蘭花一拋出了那中年人，立時趕著奔出了幾碼。但是她一奔出，就有一個人自她的身後疾撲了過來，那人的身手十分高，突然之間，伸臂自後箍住了木蘭花的頭頸！

木蘭花雙肘一齊向後撞出，「砰砰」兩聲響，撞在那人的胸前，撞得那人立時鬆了手，而木蘭花雙手向上一移，反倒勾住了他的後頸，將他整個人直翻了起來，在她的頭上越過，跌在她前面五六碼的草地之上。

而她又立時躍起，越過了那人向前奔去。

但是她拋出那人之際，又阻了一阻，有兩個人已經奔到了她的前面，攔住了她的去路，逼得木蘭花不能不停下來。

木蘭花一停下來，那兩人各自舉起手掌，向木蘭花砍了下來，木蘭花身形陡地一側，著地滾了開去，她在滾開之際，還伸足在其中一人的足部勾了一下，令得那人一個站不穩，身子向前，突然仆跌了下去。

他身形一個不穩，另外一人那一掌本來是向木蘭花砍來的，這時，變成是向他砍下的了，一時之間，哪裡收得住勢子？

只聽得「啪」地一聲響，一掌正砍在那人的後頸，那人直仆在地上，再也不動了，木蘭花又趁機向前，疾奔了出去。

還有五個人仍在木蘭花的身後追著，但是他們奔跑的速度，全都及不上木蘭花，木蘭花離公路越來越近了，只有八十碼、六十碼、五十碼了。

眼看她一定可以安然衝到公路之上了！但是也就在此際，只見兩輛摩托車自公路上疾駛而來，而且，突然一個轉折，駛上了草地，直來到了木蘭花之前。

摩托車上的兩個人，從車上跳了下來，車子仍然向前衝出了好遠，才倒了下來，車輪依然在呼呼地轉動著。

自摩托車上跳下來的兩個人，手中全持著裝有滅聲器的槍，槍口對準了木蘭花，道：「好了，小姐，遊戲已經告終了！」

木蘭花深吸了一口氣，她的手掌已經揚了起來，隨時可拍下去的，但是，在槍口之下，她如果再有什麼行動，那無疑是天下的傻事了！

是以，她揚起來的手掌，又慢慢地垂了下來。

8 鋌而走險

那兩人齊聲喝道：「轉過身去，走！」

木蘭花沒有別的選擇的餘地，在公路上經過的車子，速度都十分高，根本沒有可能注意到草地上發生的事情！

木蘭花轉過身去，本來在她身後追趕的那幾個人，已經散了開去，將被木蘭花打傷的幾個人全都扶了起來。

木蘭花被那兩人押著，一直走到了圍牆之下。

她看到原杉大郎的上半身露在圍牆之外，一見了她，原杉大郎便笑道：「木蘭花小姐，你的身手真矯捷，那幾個全是我手下得力的打手，可是卻全攔不住你，你向前衝去的時候，勇猛得如同出閘的雌虎一樣！」

木蘭花冷笑一聲，並不出聲。

原杉大郎又道：「我顯然對你估計過低了，小姐！」

木蘭花的心中吃了一驚，暗忖：他這樣講是什麼意思？難道他已知道，他的大秘密已被我發現了麼？

木蘭花斜睨原杉，她雖然處在下風，但她臉上仍帶著明顯的鄙視對方的神色，那令得原杉十分不舒服，他顫著聲道：「我需要對你重新估計了！」

木蘭花故意道：「你別得意，有人知道我到你這裡來的，他會來找我的！」

原杉笑了起來，道：「我猜你一定是指大庭龍男了，他已經來過，我想他多半不會再來了，小姐！」

木蘭花還未曾出聲，原杉又笑了起來，道：「而且，我也知道他是根據什麼知道你在這裡的了，你身上有無線電示蹤儀，是不是？」

木蘭花被他一言道中，不禁震動了一下。

原杉又道：「我會派一個人，帶著你的示蹤儀離開這裡，將示蹤儀拋下海中去，對大庭龍男來說，那代表了什麼？」

木蘭花的心中，生出了一股寒意，她鎮靜地道：「別以為大庭龍男如此容易被戲弄。」

原杉大郎大笑了起來，道：「那要看事實的進展如何了，現在，我們誰也不必來作預言的，是不是？」

木蘭花沒有再說什麼，突然之間，見磚牆的一面移了開來，原來那圍牆之上，竟有著一道極巧妙的暗門。

原杉從一張梯子上跳了下來，道：「請進來，小姐，這一次，我們一定將你安置在一個更堅固的地方，你身上的一切都將被取下——是你自己動手呢？還是我的部下替你代勞？」

木蘭花一面從暗門中走了進去，一面暗暗吃驚，她攤了攤手，道：「原杉先生，你為什麼要這樣對付我，這是犯罪的。」

原杉大郎陰森森地笑了起來，木蘭花又道：「你只不過控制了銀座區，向酒吧收取保護費，那是小罪，而如果你將我囚禁，那卻是大罪了！」

原杉冷笑著，道：「小姐，你為什麼到我這裡來？不見得是為了替酒吧的老闆打抱不平吧，嗯？」

木蘭花仍然保持著鎮靜，說道：「不錯，我是的。」

原杉「哈哈」轟笑了起來。

但是，他笑到了一半，便突如其來地止住了笑聲，大聲道：「帶她到地下室去，在那裡，如果她不將身上的一切交出來，你們就進行搜身！」

那兩名漢子立時大聲答著，而且不懷好意地笑了起來，他們叱喝著，令木蘭花不得不向前走。

在走進了屋子之後，木蘭花被押著，走過了一條長長的走廊，來到了一扇門前，那門立時打開，木蘭花又被推了進去。

那是一間十分小的房間，看來像是雜物室，但是當木蘭花和那兩名漢子一走進去之後，只聽得一陣十分輕微的軋軋聲響，地板的一半便移了開來。

移開的地板中，是水泥的梯階，通向下面，當木蘭花走下去的時候，她發現下面是一條水泥的走廊，而她也被押進了走廊旁的一間密室之中。

那兩個漢子在門口，持槍對準了木蘭花，道：「好了，你身上的無線電示蹤儀呢？是你自己交出來，還是我們來搜身？」

木蘭花苦笑了一下，將藏在胸針後面的示蹤儀取了下來，向他們兩人拋了過去，那兩人中的一個，伸手接住，看了看，立即後退了一步，「砰」地一聲，將門關上。

木蘭花連忙衝到了門前，可是她立即發覺，那扇門十分沉實，絕不可能弄得開的！木蘭花已經知道了原杉大郎的秘密，可是她卻無法和大庭龍男取得聯絡，大庭龍男不知究竟，自然也難以採取行動！

木蘭花心中極其焦急，她在水泥地上坐了下來，苦苦地思索著辦法……

被原杉大郎用十分客氣的態度送了出來之後，大庭龍男回到了他自己的車子中，他將車子駛開了半哩，在一個十字路口上停了下來。

他扭開了示蹤儀的接收螢光幕，那一點亮綠色，竟然停留在原來的地方，那也就是說，木蘭花一定是在原杉的屋子中！

但是，原杉卻一口否認，而且還強調說他可以派人去查。

如果換了別人，大庭一定派人去進行徹底的搜查了！但是對方是原杉大郎，大庭龍男便不能不有所顧忌，因為原杉大郎的勢力太大，萬一查不出什麼來，大庭自己失去了職位不要緊，只怕還要連累防衛廳的其他長官，而且，對事情還是一點幫助也沒有！

大庭點著了一支煙，深深地吸了一口，他在思索著，以決定自己應該怎麼辦。

當他那一支煙抽去了一大半時，他已經決定了，他要偷進原杉的屋子去，偷偷查究！

他抛去了煙蒂，駕著車子，在路上繞了一個大彎，然後，轉進了一條小路，他知道從那條小路上，是可以直達原杉的屋子的。

當他在小路上，行駛了大約一箭之際，迎面突然有一輛汽車以極高的速度飛駛而來，大庭連忙扭轉駕駛盤，車子上了路邊的草地才避了開去，而那輛車子卻已經

「呼」地一聲，在他車旁掠過，向前疾駛而去了！

大庭「哼」地一聲，他彎下身，轉頭向那輛車子望了一眼，那輛車子在一百碼開外了，大庭又轉過頭來，準備繼續向前駕駛。

可是當他轉過頭來之後，他不經意地向接收螢光幕看了一眼，他不禁呆住了，螢光幕上的小綠點，正在迅速的移動著。

而移動的方向，正是剛才那輛車子駛出的方向！

大庭龍男究竟是有著多年秘密工作的人，心中陡地一震，他立時想到：木蘭花是在那輛疾駛而去的車子之上……

他連忙掉轉車頭來，可是當他想去追逐那輛車子之際，那輛車子早已走得蹤影不見了。

大庭龍男一面加快速度向前疾駛，一面取出無線電報，按下了一個掣，道：

「大庭向密組人員通話，注意一輛墨綠色的小房車，速度極快，注意那輛車子，不論在何時何地發現，立時向我報告，而且，立即設法將之截停，注意，盡量避免開火，我們有自己人在車上。」

大庭龍男連講了兩遍，只見無線電話機下，兩排一共十六盞紅燈，一齊亮了起來，這表示他預先佈置在公路各交通要點上的十六輛車子，都收到了他的命令。

果然，就在他剛駕出小路之際，他便接到了報告。無線電話機中響著一個急迫的聲音：「第三號報告，我已發現了那輛車子我正在追蹤，駕車的是一個男子，車中似乎沒有他人。」

接著，又有另一個聲音道：「第八號報告，現在我和三號一齊在通向東京區的公路上，追截那輛車子，請隊長快來！」

大庭龍男踏下油門，他的車子在公路上，像一支箭一樣地射了出去，不到五分鐘，他看到在前面公路上，第三號和第八號車緊急地在追著一輛綠色的小車子，那輛車子，正是他剛才見到險些和他相撞的那一輛！

大庭再將車速提高，他的車子像是要離地飛了起來一樣，發出「轟轟」的聲響，在第三號和第八號的兩輛車子中，直穿了過去！

緊接著，他的車子在那輛車子旁邊掠過，又衝出了七八十碼，才陡地剎車，車身因為突如其來的剎車而橫了過來，攔在路心，令得那輛車子不得不發出一下難聽的剎車聲，也停了下來，緊接著，第三號和第八號的車子也趕到了。

三輛車子，將那輛墨綠色的小房車圍住，第三號和第八號自車中跳出來，他們的手中都執著槍，大聲吆喝道：「走出來！」

墨綠色小房車的車門「砰」地打了開來。一個衣著十分整齊的中年男子，滿面怒容，自車中跨了出來。

他一跨出車外，便大聲喝道：「你們是什麼人？」

第三號和第八號並沒有回答他，大庭龍男已迅速地來到了他的身前。

大庭先向車中看了一看，車廂中並沒有別的人，他怨聲喝道：「打開行李箱！」

那中年人怒道：「你們是——」

可是他一句話沒有講完，大庭反手一掌，已摑在他的臉上，厲聲喝道：「打開行李箱來！」

那中年人打開了行李箱，大庭看到行李箱並沒有人，他倏地轉過身來，道：「好了，木蘭花在什麼地方，是聰明的，快說！」

那中年人道：「什麼木蘭花……」

大庭一聽得他不認帳，不等他講完，一拳，兜下頷揮出，打得那人一個踉蹌，跌倒在地上，大庭一步趕了過去，道：「你說不說，你不說，只有自己吃苦頭。」

那中年人臉色卻嚇黃了，搖著手，道：「我的確不知道什麼木蘭花？」

大庭怒道：「那麼，你到那裡去？」

那中年人道：「原杉先生命我將這件東西拋到海中去，我只是奉命行事，你看，這好像是女人的東西。」

他的手發著抖，將那無線電示蹤儀送到了大庭的面前，大庭陡地一窒，那是木蘭花的東西，木蘭花真的是在原杉的屋中！而原杉卻想讓自己以為她在海中喪了生！

木蘭花是僅僅被囚禁著，還是已遭了不幸呢？大庭的一生之中，作過許多重大的決定，可是此際，他的心中卻亂成了一片，不知該如何才好。

他足足呆了一分鐘，才叫道：「第三號！」

第三號是一個短小精悍的人，他跳向前來，道：「在！」

大庭吸了一口，道：「將這人帶回總部去！」

第三號答應一聲，扭轉了那中年人的手，進了車子。

大庭奔到了他自己的車子旁，拿起了無線電話，在按下掣之後，他用極沉重的聲音道：「全體注意，所有人，一起在公路西北，草地之旁的那所巨屋旁集中，等候我的訊號，一見我的訊號，便立時不惜一切代價，攻進屋子中去！」

他的話一講完，所有的紅燈又全部亮起。同時，他又聽得三號的聲音，三號道：「那麼我呢？隊長，我難道在行動之外麼？」

「三號，你回到總部之後，傳達我的命令，我要十小隊人員，全用精良的配備向那所屋子進行包圍！」

第三號答應了一聲，他的聲音，當然是通過無線電話傳來的，因為他的車子早已駛得蹤影不見了。

大庭龍男立時上了車，他和第八號一起，駕車直向原杉大郎的屋子駛去。

從木蘭花失陷在原杉大郎的屋子之中一事想開去，大庭龍男可以想到，事情一定不如此簡單，原杉大郎一定和那樁駭聞的勒索事件有關連！要不然，他決計不會甘冒大不韙，而對木蘭花不利的！

車子在公路之上飛馳著，大庭的心情，緊張得像初上前線的士兵一樣，十五分鐘之後，兩輛車子已一起停在大屋的大門之外。

大庭跳下了車子，大力地按著門鈴。

一個看來體態龍鍾的老者向門前走來，剛才大庭來的時候，開門的也是這個老者，大庭大聲道：「快開門，我要見原杉大郎！」

那老者慢慢地打開了門，大庭龍男和第八號向前衝了進去，直來到了大堂之上，有兩人攔住了他們的去路，但是大庭用力一摔，將兩個人直摔了出去，乒乒嘩啦，弄爛了不少傢俱，大庭是故意那樣的，他要原杉大郎立時出來見他。

果然，那兩個人還未曾站起身，便看到原杉大郎氣呼呼地自邊門中走了出來，在他身後，跟著四名彪形大漢。

原杉的面色十分難看，一出來便喝道：「大庭，你們以為你自己的身分特殊，便可以在這兒胡鬧了！」

大庭龍男一個箭步，跳到了原杉的面前，第八號緊緊地跟在他的後面，已經拔槍在手作戒備了。

大庭龍男厲聲道：「原杉，木蘭花在哪裡！」

原杉也大聲道：「什麼木蘭花，我沒有見過她！」

大庭一聲冷笑，攤開手來，將握在手中的那示蹤儀展示在原杉的眼前，道：「你沒有見過她，那麼，這是什麼東西？」

原杉一看到那無線電示蹤儀，面色陡地一變，但是他還是立即道：「我不知道這是什麼！」

大庭龍男冷笑一聲，道：「你不必解釋了，而且，我可以告訴你，這裡四周已被包圍了，你絕沒有任何機會的，原杉！」

原杉的身子陡地向後退出了一步，但是大庭的動作比他更快，一翻手，已經拔出槍來，「砰砰」放射了兩槍！

那兩顆子彈，在原杉大郎兩邊面頰只不過兩吋許的地方擦過，原杉陡地一呆，大庭已經道：「你別動，木蘭花在哪裡？」

原杉喘著氣，他的面色變得極其難看，他搖著手，道：「我說，我說，木蘭花她是為什麼而來的？我不明白她來的目的，自然只得將她囚禁了起來。」

一聽到木蘭花只是被囚禁著，大庭首先鬆了一口氣，冷冷地道：「那麼，吩咐你的手下，將她帶出來，快！快下命令！」

原杉側了側頭，在他右邊的那兩個漢子，連忙退了開去。

原杉的臉色也漸漸恢復了鎮定，道：「大庭先生，以我的地位而論，這一點小小的誤會，絕不致於造成你和我要起衝突的理由，是不是？木蘭花立時可以恢復自由的，我保證。」

大庭龍男冷笑道：「那要看你是不是還有什麼別的不法勾當，才能夠決定。」

原杉哈哈笑了起來，道：「我有什麼不法勾當？哈哈，我的一切，大庭兄弟，我想你早已知道了，是不是？我們可以打開天窗說亮話啊！」

大庭龍男沉聲道：「可是，我最近在偵察的一件十分嚴重的案子，可能是和你有關的，原杉先生！」

大庭原想看一看對方的反應如何，如果這時候，原杉知道他的秘密早已被木蘭花窺伺到了的話，那他一定不會採取如今的做法了，但是他卻根本不知道木蘭花已知道了他一切的秘密，所以，他一聽到了他的宅子已被包圍，而大庭又氣勢洶洶，志在必得之際，他便想將大事化小，小事化無，竭力將整件事當作是一場小小的誤會就算了。

他以為木蘭花一獲得了自由，他就可以安全了，而如果大庭的人突然衝進屋子來，那才糟糕了，所以這時他以為自己已解決了一個危機，是以反而鎮定了起來。

他攤著手，道：「巨大的案件，不會和我有關，但如果銀座區的流氓生事，那或許是我在暗中指使的結果，哈哈！」

隨著他那一個「哈哈」，已聽得木蘭花的聲音傳了過來，叫道：「大庭師弟！」

大庭龍男連忙抬頭看去，只見木蘭花已大踏步地走了進來，木蘭花的精神十分好，看來她並沒有受到什麼傷害。

大庭龍男連忙迎了上去，叫道：「師姐，你好麼？」

木蘭花道：「我很好，你一個人？」

「不，我和第八號一齊來的。」

木蘭花迅速地來到了大庭的身邊，原杉已堆下笑臉，道：「木蘭花小姐，那只不過是一個小小的誤會，請你別介意，為了表示歉意，在你離開日本之前，我一定會送上一件禮物，請你笑納，你能原諒我的冒失嗎？」

木蘭花這時，心中著實緊張得可以，因為她終於能和大庭見面了，而且，是在原杉不知道他秘密已經洩露的情形下見面的！

看來，她還可以和大庭立時離去，那真是原杉的末日到了。

木蘭花心中暗忖，如果你知道我已經爬進過那通氣管中，你就不會那樣說了！

木蘭花微笑著道：「我相信我將收到的禮物，一定是使我終生難忘的，我先在這裡多謝你了，原杉先生！」

原杉放下了心，呵呵地笑著。

木蘭花道：「大庭師弟，我們和原杉先生之間的交涉已告一段落了，我們該告辭了！」

大庭龍男收起了槍，向八號使了一個眼色，八號仍握著槍斷後，他和木蘭花兩人立時向外走了出去。

而原杉大郎一面笑著，送到了石階之下，再走上幾十碼，已經可以來到大門口了，大庭龍男的車子就停在大門口。

可是，就在那時，突然看到兩個人奔到了原杉大郎的身前，低聲而又急促地講了幾句話，原杉大郎的面色大變，大叫道：「大庭，木蘭花，你們兩人停一停，我有一件事十分重要的事情告訴你們！」

可是，當那兩個人面色異常地奔來之際，木蘭花已然覺得十分的不尋常了！那一定是那氣窗被破壞的事被發覺了！

他們三人一向前奔出，便聽得原杉發出一下撕心裂肺的大喝道：「站住！誰都不准動！站住！」

隨著他的呼喝聲，槍聲響了！

木蘭花、大庭龍男和第八號三人，隨著槍響一齊滾跌在地上。

木蘭花和大庭龍男是自己滾下去，避開槍彈的。但是第八號卻是背部中了一槍，滾在地上！

木蘭花拉住了他的手，拖著他迅速地來到了一塊假山石之後，自他的手中接過槍來，連射了三槍。

大庭也滾到了那假山石之後，喘著氣，道：「什麼事？」

木蘭花忙問道：「原杉呢？」

「他，他奔進大廳去了。」大庭伸手在第八號的鼻孔上探了一探，悲憤莫名道：「第八號已經犧牲了！」

木蘭花向後看了一看，道：「大庭，我們得快想辦法衝出去，一定要衝出去，在這所屋子之下，不但有飛彈的發射台，而且，還有飛彈的製造廠，那是我親眼看到的，原杉剛才還不知他的秘密已露，現在則一定已經知道了！」

大庭又驚又喜，道：「我有十五名部下已包圍在宅子附近了，而且，還有大批生力軍就要來到。」

木蘭花大大地鬆了一口氣，道：「那快召他們進來！」

他們兩人只不過交談了幾句，只見前面宅子中，已有二、三十人一起湧了出來，密密的槍聲也已驚心動魄地響了起來。

木蘭花和大庭縮回了大石之後，自宅子中衝出的那二、三十人，迅速地逼了近來，木蘭花連發了三槍，射倒了衝在最前面的三個人。

大庭已經準備好信號彈，舉槍向上，扳下了槍機。

「噓」地一下響，一枚信號彈直向半空之中飛了上去，幾乎是在幾秒鐘之間，圍牆之外也響起了槍聲，緊接著，輕機槍的聲音也傳了過來，立時又有「轟」地一聲響，圍牆已被炸開了一個大缺口！

自那被炸開的缺口之中，有三個生龍活虎，持著手提機槍的人直衝了進來。向木蘭花和大庭圍過來的人，立時大亂，紛紛散了開來。

而在大門口，也傳來了槍聲，兩個人翻了進來，高叫道：「隊長！」

大庭叫道：「衝進去，要將原杉大郎捉住！」

從四面圍牆翻進來的十五個人，全是經過挑選的一等一的好手，身手靈活，而且他們都是有備而來的，武功也極度精良。是以那自宅中竄出來的二、三十人，早已潰不成軍，死傷過半了，其餘的人，狼狽向屋中退了進去。

而當他們退進了屋中之後，情勢又起了轉變，自屋中射出來的槍火十分密集，他們一時之間也衝不進去。

但是這樣的情形，並沒有堅持多久，汽車的轟轟聲自遠而近傳了過來，而且，已有直升飛機到了宅子的上空。

不到兩分鐘，一下隆然巨響，一輛裝甲車已經將大門撞塌，直衝了進來。

大庭連忙來到車旁，車中跳下了兩個人來，道：「隊長，情形怎麼樣？」

大庭道：「將擴音器給我！」

一個答應著，將一具擴音器交給了大庭，大庭清了清喉嚨，道：「原杉大郎，你快投降，你已被全部包圍了，你已絕無生路了！」

大庭的聲音響徹整個園子，立刻有十多個人，高舉著手走了出來，而大庭的部下已源源趕到，走出來的人立時被扣上手銬。

大庭龍男繼續在勸降，可是始終沒聽得原杉大郎出聲。

木蘭花站在大庭的身邊，大局已定了，已不需要再做什麼了。

可是，突然之間，木蘭花陡地想了起來，原杉大郎很有可能鋌而走險，明知非失敗不可了，來個同歸於盡，去發射飛彈的！

木蘭花一想到這一點，連忙道：「大庭，有沒有強力催淚氣發射槍？另外，快通知專門人員，去截斷這所宅子的電源。」

木蘭花的聲音十分急促，大庭忙放下了擴音器，不到一分鐘，已有三個人奔出去，去破壞電源，而另外三個人，各持著催淚氣發射槍，向前奔了過來。

木蘭花向那三個人一招手，道：「跟我來，快！」

他們四個人向前疾奔而出，來到了那石亭之前，木蘭花用力一推，將石頂推了下來，指著那通氣管，道：「快向內發射！」

那三人拉上了防毒面具，將催淚氣發射槍對準了通氣管，連續地掀動槍機，只聽得「嗤嗤」聲不絕於耳，催淚氣向內直射了進去。

大庭也奔到了木蘭花的近前，道：「一處電源已被切斷，但是，可能另外還有電源，正在尋找之中！」

他才講了一句話，突然，整個地面都像是震動了起來，就在他們兩人不遠處的一個噴水池，突然向旁移了開來。

木蘭花和大庭龍男各自發出了一下驚呼聲！因為那圓形的噴水池向旁移了

開來，他們可以清楚地看到下面的情形，強力催淚氣顯然已經發生了作用，下面四五十人，正在狼奔鼠竄。

但是卻還有一個人，伏在控制台上，他一手掩住了臉，另一隻手，正在控制台上尋找著按鈕。而且，他們也立即看到，在發射台上，已有一枚飛彈裝置好了，分明是只要一按鈕，那一枚飛彈便立時可以發射了！

大庭龍男在一聲驚呼之後，忙叫著道：「快制止他！」

木蘭花向前疾衝了出去，可是她才向前衝出了兩步，只聽得「轟」地一聲巨響，剎那之間，幾乎什麼也聽不到了。緊接著，便是一股灼熱之極的熱風呼呼捲著，四面八方散了開來，使得人像是身在火爐之中一樣。

所有的人都伏了下來！

那一枚在發射台上的飛彈，已經衝霄而起！飛彈上升的速度十分地快，幾乎只有兩秒鐘，但已經直射進雲霄之中了！

木蘭花雖然想到原杉大郎會鋌而走險，但是還是遲了一步！她未能及時阻止那枚飛彈的發射！

而當那枚飛彈飛進了雲端之後，一切都已恢復了正常，原杉大郎伏在控制台上，鮮血自他的腹際流出，他已切腹自殺了！

但是，所有的人全都呆了，包括木蘭花和大庭龍男在內，沒有一個有力氣去移動身子！

那枚飛彈射了出去，富士山要被引爆了，整個日本將捲入一個不可拔的浩劫之中，這實在是無法想像的可怕的事！

木蘭花和大庭龍男等人伏在地上，只覺得冷汗遍體，天旋地轉，誰也沒有勇氣先發聲。

琵琶湖畔，風光依然是那樣的明媚。

穆秀珍坐在湖旁的一塊大石上，她面上一副緊張的神色，雙手緊緊地握著拳，木蘭花坐在她的對面，正在向她講述進原杉宅子去的事。

安妮在穆秀珍的身旁，她卻神色自若。

穆秀珍道：「蘭花姐，我求你，快講下去啊，那枚飛彈射了出去之後，你們用什麼法子將它截住呢？」

木蘭花道：「飛彈以超音速的速度飛行，什麼東西能將它截回來，它自然是飛出去了！」

穆秀珍「颼」地吸了口氣道：「那怎麼辦？」

安妮笑道：「秀珍姐，你信麼，如果有什麼事，早已發生了，蘭花姐還會那麼安靜，在這裡和你慢慢地說經過麼？」

木蘭花笑了起來，道：「安妮說得對。」

穆秀珍頓足道：「那究竟怎麼樣啊？」

木蘭花笑道：「我及時想到了原杉可能冒險，還是有用，從通氣管噴進去的催淚氣，令得下面秩序大亂，根本來不及校定方向位置，原杉只是按了鈕，飛彈射了出去，根本不是射向富士山，而是射進了太平洋之中！」

穆秀珍鬆了一口氣，道：「原來這樣，蘭花姐，那我們可以回去了！」

「什麼？回去？秀珍，你忘了我們來日本是來休養的麼？」木蘭花一面說，一面伸了個懶腰，在湖坡的青草地上躺了下來。

請續看《木蘭花傳奇》17 吃人花

倪匡奇情作品集

木蘭花傳奇 16 闇夜（含：暗歷、人形飛彈）

作　者：倪匡
發行人：陳曉林
出版所：風雲時代出版股份有限公司
地址：10576台北市民生東路五段178號7樓之3
電話：(02) 2756-0949
傳真：(02) 2765-3799
執行主編：朱墨菲
美術設計：許惠芳
業務總監：張瑋鳳
出版日期：2024年1月
版權授權：倪匡
ISBN ：978-626-7369-10-4
風雲書網：http://www.eastbooks.com.tw
官方部落格：http://eastbooks.pixnet.net/blog
Facebook：http://www.facebook.com/h7560949
E-mail：h7560949@ms15.hinet.net
劃撥帳號：12043291
戶名：風雲時代出版股份有限公司

風雲發行所：33373桃園市龜山區公西村2鄰復興街304巷96號
電話：(03) 318-1378　　傳真：(03) 318-1378
法律顧問：永然法律事務所 李永然律師
　　　　　北辰著作權事務所 蕭雄淋律師

行政院新聞局局版台業字第3595號 營利事業統一編號22759935

定價：299元　**版權所有　翻印必究**

國家圖書館出版品預行編目資料

闇夜／倪匡 著. -- 臺北市：風雲時代出版股份有限公司,
2023.10　面；　公分.（木蘭花傳奇；16）

ISBN : 978-626-7369-10-4（平裝）

857.7　　112015066